ESPIONNAGE
Gallimard

HUBERT MAURY – MARC VICTOR

DES HOMMES SANS NOM

ROMAN

ESPIONNAGE
Gallimard

Collection dirigée par Marc Dugain

AVERTISSEMENT

Ce récit est une œuvre de fiction. Par conséquent, toute ressemblance avec des faits réels, toute similitude avec des personnes existantes ne saurait être que fortuite et involontaire.

Ce qui est fait reste à faire

V. JANKÉLÉVITCH

PROLOGUE

Périphérie de Mogadiscio, fin de l'année 1992.
Une base militaire de l'opération Oryx,
où réside un détachement de l'armée française,
en soutien à la force de maintien de la paix
des Nations unies.

Dans un mirador, trois soldats amollis par la routine surveillent vaguement les alentours.

La nuit tombe, le silence n'est déchiré que par les hurlements de quelques chiens sauvages qui se disputent des déchets putrides. Au coin de la rue, de jeunes Somaliens désœuvrés fument ou mâchent du kat en parlant à voix basse.

Une femme voilée revient de la ville en marchant vite, tête baissée, terrifiée. Les fumeurs de kat l'interpellent, puis, voyant qu'elle accélère le pas, l'encerclent. Ils commencent à jouer avec elle, à la pousser de l'un à l'autre, l'insultent en lui crachant dessus.

Les militaires français fixent la scène sans broncher. L'un d'eux hausse les épaules. Le plus gradé des trois, un sergent, est moins tranquille. Ce qui se déroule là, sous leurs yeux mais à l'extérieur du camp, n'est pas de leur compétence, cependant ils ne peuvent pas rester sans rien faire. D'autant qu'un des agresseurs commence à violenter la femme. Il la gifle, la projette vers l'obscurité, entreprend de lui arracher ses vêtements. Un autre tente de le raisonner, mais le reste du groupe se laisse entraîner dans ce qui constitue vraisemblablement la première activité de leur journée. Ils maintiennent de force leur proie au sol et lui relèvent brutalement ses jupes.

En haut du mirador une discussion est en cours. Deux des soldats, le sous-officier et un jeune, un Maghrébin, veulent intervenir. Le troisième, un grand type un peu maigre, physique d'Européen de l'Est, peut-être originaire du Caucase, refuse dans un premier temps de s'en mêler. Mais leur morale commune, leur esprit de corps, finit par les aligner sur la même position. Ils arment leurs fusils d'assaut. Le grand maigre, du haut du mirador, met en joue les violeurs. Les deux autres descendent précipitamment et se retrouvent, à l'encontre de toute consigne, dehors. Ils se rapprochent de la scène et sont vite repérés par les Somaliens. L'un d'eux, déjà sur la fille, se relève, dégaine son arme et hurle une menace incompréhensible. Les soldats français marquent un temps d'arrêt avant de reprendre leur progression. Maintenant qu'ils sont lancés, rien ne peut les arrêter. Le jeune Somalien armé s'écroule : l'homme du mirador l'a sèchement abattu. Comprenant soudain que la situation a dégénéré, les autres agresseurs s'éloignent de la femme en rajustant leurs vêtements. Les deux militaires se précipitent sur la victime, la couvrent tant bien que mal, et l'entraînent vers le camp.

C'est alors que, contre toute attente, les Somaliens font volte-face. Comprenant que ces soldats étrangers sont sortis de leurs prérogatives, ils reviennent vers eux. L'un d'eux arrive à les rattraper, mais se fait étendre d'un coup brutal en pleine face. Un autre a sorti un pistolet, vise le jeune Maghrébin. Le sous-officier s'interpose, tente de baisser l'arme de l'agresseur, qui ouvre alors le feu. Touché à la jambe, le sergent parvient cependant à assommer l'homme d'un coup de crosse sur la tête.

Du mirador, les tirs n'ont pas cessé, mais ils ne cherchent plus à tuer : le tireur vise juste devant les pieds des poursuivants, pour freiner leur progression. Ses deux camarades parviennent à rentrer au camp, le sous-officier sur une jambe, aidé par le jeune soldat, qui soutient également la femme. La bande de Somaliens se heurte aux barrières de la base. Puis fait demi-tour en lançant des insultes qui se perdent dans la nuit.

De tout cela il reste un cadavre, une femme souillée, un sous-officier blessé, et une infraction majeure au règlement. Une soirée somme toute assez ordinaire pour les trois hommes de la 13. *More majorum.* « À la manière de nos anciens »…

1

Paris, octobre 2010.

Quelques mois après son intégration à la DGSE, la Direction générale de la sécurité extérieure, Victoire Le Lidec, qui venait de fêter ses vingt-trois ans, avait été sélectionnée pour suivre la formation d'OT, officier traitant. C'était la filière dont elle rêvait et qui avait motivé son entrée dans la Boîte.

Victoire devait avoir aujourd'hui son premier contact avec le lieutenant Nikolaï Kozel. Au sein de la Maison, celui-ci avait une réputation de bon professionnel, intransigeant. Très bon même… et très intransigeant. Un rendez-vous avait été fixé à la terrasse d'un café situé au croisement de la rue de la Roquette et de la place de la Bastille.

Tôt ce matin-là, Victoire s'était rendue à la Centrale, boulevard Mortier, où elle avait été scrupuleusement examinée par « la Fouille », une équipe spécialisée dans le contrôle des clandestins avant leur départ en mission. On lui avait retiré tout ce qui pouvait la rattacher de près ou de loin à sa véritable identité : téléphone, papiers, carte bleue, cartes de tel ou tel restaurant ou magasin, tickets de caisse, passe Navigo... On avait même déniché, dans une poche intérieure de son manteau, une vieille facture de pressing jugée potentiellement compromettante... Et vérifié que les étiquettes mentionnant la marque de son slip et de son soutien-gorge n'allaient pas révéler le nom d'une boutique parisienne qu'elle aurait eu l'habitude de fréquenter. Victoire avait trouvé ce rituel parfaitement humiliant. D'autant qu'elle ne s'y attendait pas. Avant même que sa formation ne démarre, elle en voulait déjà à ce Kozel, qu'elle imaginait misogyne et qu'elle soupçonnait de faire du zèle.

Le lieutenant lui avait dit : 9 heures. Victoire, prudente, arriva au café avec dix minutes d'avance. Elle commanda un café. À 9 heures précises, elle reçut un SMS sur le téléphone portable que la Fouille lui avait remis pour l'occasion. C'était son instructeur : « J'avais dit 9 heures, pas 8 h 50. À demain, même heure, même lieu. » « Le con », murmura-t-elle.

Le problème, c'était que, lors de ce premier entretien, Kozel était censé lui remettre une enveloppe destinée à couvrir ses frais pour la semaine. Heureusement, elle avait gardé sur elle un peu d'argent personnel qui lui permettrait de survivre jusqu'au lendemain. Seulement, en ouvrant son porte-monnaie, elle se rendit compte qu'il était vide. Les soudards de la Fouille lui avaient tout raflé sans qu'elle s'en aperçoive !

Victoire se retrouvait donc démunie, à Paris, sans pouvoir demander de l'aide à un proche. Elle était censée vivre sous une fausse identité. En clair : dans la clandestinité. Sans le moindre argent en poche, elle allait avoir du mal à passer la journée… et la nuit. Elle devait déjà quitter le bistrot sans régler sa consommation. Autant prendre de l'avance, se dit-elle, car la journée serait longue. « Longue comme un jour sans pain. » Elle commanda donc un copieux petit déjeuner.

Elle avait du mal à se concentrer, tant elle en voulait à son instructeur. Elle ne l'avait vu que deux fois, lors de la présélection : contrairement aux autres recrues, qui semblaient prêtes à tout pour le séduire, elle n'était pas tombée sous le charme. Selon certains critères, ce Kozel était un bel homme, la quarantaine environ, brun et viril, mais pas son genre, trop trapu, de larges mâchoires et un regard dur. Et il boitait.

Il venait à l'instant de lui envoyer un second SMS : « Où que tu ailles, tu me dis où, tu me rends compte. »

Non seulement ce salaud me met dans une merde noire, se dit Victoire, mais en plus, il va falloir que je lui raconte tout ça en direct. Toutefois, et cette pensée la radoucit quelque peu, ces mesures devaient aussi permettre à l'officier d'assurer sa sécurité à elle, au cas où.

Elle se leva.

Son sac à main sous le bras, maigre bagage ne contenant qu'une brosse à dents et quelques culottes, elle s'éloigna lentement de la terrasse, faisant mine de vouloir parler au téléphone en toute tranquillité. Parvenue à la bouche de métro, elle s'y engouffra soudainement, bousculant sur son passage deux ou trois personnes. Elle emprunta à toutes jambes le long couloir qui mène à la ligne 1 et quitta la station par la sortie située de l'autre côté de la place de la Bastille.

Ce que Victoire ignorait, c'est qu'à ce moment-là un « ange gardien » était en train de régler sa note au café.

Après avoir pris un bus sans payer (pour la première fois de sa vie), elle descendit au hasard, vers Nation, et se mit à traîner dans une galerie marchande, pour passer le temps et réfléchir. Elle en rendit sagement compte par SMS à son instructeur.

Comment allait-elle pouvoir récupérer un peu d'argent ? C'était alors sa seule préoccupation… Elle imagina un court instant devoir mendier, puis pensa à ses parents. Même sous identité fictive, une Le Lidec ne fait pas la manche. Après la fouille, subir une humiliation de plus, elle ne s'en sentait pas capable.

À force de déambuler sans but, elle finit par se fatiguer. Elle décida de se poser un moment. Elle informa le lieutenant Kozel qu'elle s'installait dans le lobby d'un grand hôtel. À l'heure qu'il était, elle n'avait pas encore perdu de sa superbe. Elle pouvait faire illusion. Elle regardait avec envie les clients déguster des pâtisseries. Elle commençait à avoir sérieusement faim. Mais, au moins, ici, dans ce lieu sélect, elle était à l'abri, au chaud. Elle descendit aux toilettes du sous-sol boire au robinet. Et puis, elle se dit qu'elle finirait bientôt par attirer l'attention. Il fallait qu'elle quitte l'hôtel. La nuit commençait à tomber. Victoire se mit alors à maudire comme jamais son choix de carrière. Avec son diplôme de Langues O', sa bonne éducation et ses réseaux familiaux, tant d'opportunités plus confortables s'étaient offertes à elle…

Elle se ressaisit. Où allait-elle passer les prochaines heures ? La réponse lui vint brusquement à l'esprit : dans un lieu fréquenté par les couche-tard, évidemment ! Une boîte de nuit, une discothèque. Une chance dans sa galère : ce type d'établissement accueille généralement les femmes sans leur faire payer de droit d'entrée. Elle reprit donc ses déambulations et arriva au bord de la Seine, qu'elle traversa par le pont Charles-de-Gaulle. Un SMS à Kozel et Victoire se retrouva au Wanderlust, sur les quais. Elle avait déjà entendu parler de ce club branché, de sa terrasse donnant sur le fleuve, mais n'y était jamais allée. Décidément, c'était la journée des premières fois. Elle découvrit que l'entrée était gratuite pour tout le monde, filles et garçons, et que, si le cœur lui en disait, un barman offrait même des shots à celles qui montraient leurs seins. Elle décida de s'en tenir à l'eau.

Victoire comprit vite tout le parti qu'elle pouvait tirer de cet endroit. Elle se fondit dans la masse, se mit à danser comme une diablesse, se lia avec un petit groupe de jeunes hipsters… et finit la nuit chez une des filles de cette bande, prétextant ne plus avoir de train pour retourner chez elle en banlieue. Elle put ainsi dormir quelques heures.

Elle ne saurait jamais si la rencontre avec cette fille hospitalière avait été fortuite ou non. À 9 heures le lendemain, elle rejoignit le lieutenant Kozel à Bastille dans une forme acceptable.

Nikolaï maugréa, laissant ainsi entendre qu'il appréciait la façon dont Victoire avait géré cette première journée et cette première nuit de stage. Mais il lui fit remarquer qu'elle avait misé sur la carte « bourge parisienne » : confort, grand hôtel, discothèque branchée, et qu'il fallait qu'elle se sorte à tout prix de cet univers. Il allait l'aider. Ses camarades de stage, eux, n'avaient pas vécu une expérience aussi douillette. L'un s'était clochardisé, comptant sur les maraudes des associations caritatives, l'autre avait carrément provoqué un esclandre qui lui avait permis de passer la nuit au chaud… mais au poste. Un troisième avait cru pouvoir récupérer discrètement un peu d'argent auprès d'un ami. Autant dire que, rattrapé par la patrouille, il avait été viré du stage manu militari par Kozel.

Dans ce bar de Bastille, l'instructeur confia à Victoire sa première mission : observer la sortie des Galeries Lafayette pour tenter d'y repérer une cible, dont il lui donna la photo. Elle serait une SDF, assise face à l'entrée principale pour demander l'aumône. Salaud, pensa Victoire. Elle n'eut que peu de temps pour se positionner dans la tenue adaptée. Kozel lui avait remis un sac-poubelle contenant quelques frusques nauséabondes. Elle s'enferma dans des toilettes publiques, non loin des Galeries, pour se changer et ressortit en mendiante tout à fait vraisemblable. Vautrée sur le trottoir, elle tendit la main aux passants, en espérant qu'aucune de ses connaissances n'aurait l'idée de venir faire du shopping ce jour-là. Mais il était hautement improbable que qui que ce soit reconnaisse dans cette clocharde repoussante la jolie Victoire habituellement si propre sur elle.

Surprise, elle constata qu'elle ne laissait pas les passants indifférents. Elle récolta assez vite un petit pactole. Elle était donc crédible dans son rôle. Et elle commençait à se prendre au jeu quand surgit un clochard qui se mit à l'engueuler parce qu'elle occupait son emplacement. Elle répondit sur le même ton et il finit par dégager en râlant. Perturbée par l'altercation, Victoire faillit ne pas remarquer une femme dans la quarantaine, assez insignifiante, qui franchissait la porte du magasin. La cible. L'apprentie espionne nota l'heure.

Un passant lui remit alors un billet de cinq euros plié en quatre. Victoire reconnut Kozel, même si ce dernier avait fait l'effort de se « désilhouetter » vaguement. Dissimulé dans le billet : un message. L'instructeur lui fixait ainsi sa mission suivante. Elle devait, toute affaire cessante, prendre le RER B à Châtelet (l'horaire était précisé), pour rejoindre Massy-Palaiseau où elle allait être reçue dans les deux heures à venir par le responsable des ressources humaines d'une société pour un entretien d'embauche. Elle devait, maintenant, se débarrasser de ses haillons crasseux pour retrouver figure humaine.

Elle regagna les toilettes publiques et enfila ses vêtements personnels dissimulés dans le sac-poubelle. Mais ils y avaient été imprégnés de l'odeur de son déguisement. Elle se rua sur une boutique de sapes et acheta, avec l'argent de l'enveloppe enfin remise par l'officier, un tailleur mal coupé et un parfum bon marché. Puis elle gagna une troisième fois les toilettes, où elle fit, tant bien que mal, de rapides ablutions. En ressortant, elle tomba sur le clochard, celui qui l'avait engueulée ; il avait trouvé un emplacement de substitution. Victoire lui remit l'intégralité du pactole ramassé à l'entrée des Galeries, le laissant ébahi. Puis la jeune femme prit le métro. Et accéda au RER. Elle s'installa dans un wagon.

En face d'elle prit place le lieutenant Kozel. Victoire commençait à apprécier ces rencontres inopinées. Le militaire ne lui souriait toujours pas, mais son air martial, doublé d'un certain flegme, la mettait en confiance, la rassurait même. Il déposa sur la banquette une grosse enveloppe, et disparut. Victoire découvrit une flopée de documents qu'elle devait potasser en vue de l'entretien. Lequel allait avoir lieu en anglais. Naturellement. Bâtard d'Ukrainien ! jura-t-elle. Elle avait eu vent de rumeurs au sujet de l'instructeur, et commençait par ailleurs à prendre goût à ce langage de charretière.

*

Cet entretien d'embauche dans un milieu « policé » fut le dernier du genre. Kozel tint parole, il sortit Victoire de son univers BCBG et il en fit une femme en mesure de s'adapter à toutes les situations, de tout endurer, de se mouvoir dans tous les milieux. De certaines banlieues oubliées aux cercles les plus interlopes, des bars à putes aux hôtels miteux où Kozel lui donnait rendez-vous pour la débriefer, Victoire eut un aperçu de ce que la société pouvait avoir de moins reluisant, de plus singulier. Son accoutrement favori : une tenue de salafiste, un jilhab composé d'une longue robe noire et d'une capuche assortie. Elle savait se mouvoir ainsi vêtue en femme pieuse et soumise.

De certaines humiliations, que l'instructeur n'avait jamais tenté d'atténuer, traitant parfois Victoire comme un de ses troufions de la Légion – ce qui indiquait chez lui une marque de respect –, la jeune femme ne se remit pas tout à fait. À son admiration pour Kozel, immense, fut à jamais mêlée une pointe de rancune. Grâce à lui, cependant, elle avait approché de près ce que l'histoire de chacun, privilèges comme injustices, attributs comme indigence, compose, produit, pour le meilleur parfois, pour le pire trop souvent. Elle en conçut même une empathie certaine pour Kozel et sa jeunesse déclassée. Ce ne fut qu'à ce prix qu'elle devint une bonne espionne, une bonne « traitante », apte à comprendre la nature humaine.

2

Tunis, avril 2016.

Blancheur des bâtiments, bleu du ciel, lumière intense. Énergie d'une jeunesse présente à tous les coins de rue et qui portait encore, malgré tout et en dépit de la crise économique, dure, usante, les idéaux du Printemps tunisien de 2011.

Lorsque Nikolaï Kozel débarqua pour prendre son poste, ça sentait le jasmin, l'orange et le citron. Dans les quartiers riches. La proximité de la mer rendait cette ville fraîche, aérée, ouverte en permanence sur l'ailleurs. C'était aussi une ville scindée en deux, où les quartiers résidentiels étaient comme repliés sur eux-mêmes, sans réel contact avec les quartiers populaires. Avant la révolution, les privilégiés ignoraient qu'on pouvait avoir faim à quelques kilomètres de chez eux.

Le chant du muezzin était doux et fleuri.

Nikolaï appréciait de s'installer dans une capitale à visage humain, sorte de grand village où il allait pouvoir s'adonner à son activité favorite : la marche. Les rencontres seraient faciles.

Il avait débarqué à l'aéroport de Tunis une heure plus tôt. Il avait attendu, il avait téléphoné. En vain. Personne n'était venu le chercher. Il avait finalement décidé de prendre un taxi pour se rendre à l'ambassade.

Deux semaines auparavant, le capitaine Kozel avait été reçu par le directeur du Renseignement de la DGSE. La Centrale – le siège – de ces services qui regroupaient un total d'environ cinq mille agents, cette année-là, était logée dans deux anciennes casernes qui se faisaient face, à Paris. Kozel travaillait comme conseiller recherche, en attendant des jours meilleurs, car seul le terrain intéressait cet ancien légionnaire d'origine ukrainienne.

« Kozel, avait attaqué le directeur, vous avez demandé à partir en poste à Kiev.

— ...

— N'y comptez pas.

— ...

— J'ai mieux à vous offrir : Tunis.

— Tunis ?

— Notre homme là-bas ne vaut pas un clou. On va le rappeler. Vous allez le remplacer.

— Mais je n'y connais rien, moi, à la problématique Maghreb !

— On s'en fout. Vous apprendrez vite. Ce dont on a besoin, c'est d'un chasseur. Pas d'un sous-diplo ou d'un pseudo-analyste. Daesh semble vouloir s'implanter durablement dans la Libye voisine. On veut que vous nous recrutiez une source capable de nous renseigner là-dessus. Votre réputation vous colle aux grolles, mon vieux. La

Yougoslavie, le Cambodge, la Côte d'Ivoire... Vous y aviez recruté les meilleurs agents. Vous partez dans quinze jours. D'ici là, potassez le dossier sources monté par votre prédécesseur. Rassurez-vous, ça ne vous demandera pas beaucoup de boulot : il est vide.

— Bien, monsieur.

— Et pas de regrets. Un Ukrainien chef de poste DGSE à l'ambassade de France en Ukraine, ça ferait tache.

— Je ne suis pas ukrainien, monsieur. J'ai été naturalisé quand j'étais sous-officier à la Légion. Je suis français...

— Je sais, mon vieux, je sais... Allez à Tunis, Kozel, personne ne vous y cherchera des noises. »

En sortant du bureau, Nikolaï avait croisé dans le couloir une jeune femme qu'il connaissait. Une jolie brune, une trentenaire qui aurait pu être sa fille.

« Victoire, qu'est-ce que tu fais encore ici ? Je te croyais à l'étranger depuis des lustres ! Tu avais de bons résultats quand je t'ai eue en formation. Tu étais parmi les meilleurs en fait. » La jeune femme n'avait pas su que répondre, le capitaine Kozel l'avait toujours impressionnée, même si elle n'était pas du genre à se laisser intimider. « Alors ? Ta place, c'est à l'étranger, à exercer le métier pour lequel tu es faite !

— Merci, mon capitaine. Je suis venue briefer un jeune qui part en mission au Pakistan. Le pauvre est à peine sorti de l'œuf, il n'y connaît rien. Il balise un peu. Il a été désigné sur une mission pour laquelle j'avais également postulé... Moi, le Pakistan, c'est mon domaine. Imaginez, six ans que je bosse dessus. Lui, que dalle. Et pourtant, il a été désigné, et moi pas. Voilà pourquoi je traîne dans les couloirs, comme vous dites.

— Sexisme ordinaire ?

— Je dirais plutôt qu'il est dans les bons réseaux. Mais c'est pas grave, je vais le former. Et je suis certaine qu'il va accomplir des prouesses, à Islamabad. Et vous, mon capitaine, toujours par monts et par vaux ?

— On me paye des vacances en Tunisie…

— C'est pas si mal. Moi, je vais quitter la Boîte… J'ai bien compris que je me heurte à un plafond de verre. Seulement, je ne veux pas partir sur un constat d'échec. Je veux pouvoir tourner la page sans rancœur, sans amertume. En ayant l'impression d'avoir atteint à peu près l'objectif que je m'étais fixé quand j'y suis entrée. En ayant vraiment fait quelque chose. Pas du rens' par procuration. Un truc dont je serais fière… »

Nikolaï avait voulu réagir, mais Victoire avait déjà disparu dans le labyrinthe des couloirs. Elle aimait bien tourner les talons ainsi, sans un au revoir, comme pour se prouver à elle-même qu'elle n'était pas sentimentale.

À Tunis, enfin arrivé à l'ambassade de France, Nikolaï Kozel demanda à voir Gérard Mansuy. Le gendarme à l'entrée passa un appel. Arriva alors un jeune homme, grand et maigre, blafard.

« Bonjour, monsieur Kozel, désolé, je devais venir vous chercher à l'aéroport, mais le chef de poste m'a donné à taper un message long comme *Guerre et Paix* et je n'ai pas pu m'éloigner…

— C'est pas bien grave : je sais encore prendre un taxi. Tu es François, c'est ça ? Le secrétaire du poste. Amène-moi à ton patron, mon vieux.

— C'est que... euh... il s'est absenté.

— Et il s'est absenté jusqu'à quand ?

— C'est que... euh... il n'a pas l'air d'avoir très envie de vous rencontrer.

— Bien. Je vois le topo. Pas grave, j'ai pas besoin de lui. François, là, tu vas rédiger un message à la Boîte pour dire que je suis bien arrivé. Et puis, tu me prends un rendez-vous chez l'ambassadeur pour que j'aille lui présenter mes respects...

— Entendu. »

Le secrétaire s'éloignait déjà.

« François ?

— Oui ?

— Mansuy reste officiellement chef de poste jusqu'à quand ?

— Jusqu'à mardi, le temps de vous passer les consignes... Enfin, vous voyez ce que je veux dire... Mardi, il a un vol pour Paris.

— Très bien. Alors, jusqu'à mardi, c'est lui le patron. Tu es sous ses ordres. Tu fais à la lettre ce qu'il te dit de faire. Mais mardi, changement de taulier. T'inquiète pas, je suis un mec sympa, tu verras. »

Quelques heures plus tard, Gérard Mansuy entrait dans le bureau, une valise à la main. Il jeta un coup d'œil à son remplaçant, assis sur un canapé, en train de feuilleter un dossier. Sur le poste de télévision dans un coin de la pièce défilaient comme toujours, sans le son, les infos de

CNN. François était concentré sur son ordinateur, préférant ne pas être impliqué dans la bataille d'ego qui allait inévitablement se jouer sous ses yeux.

Mansuy fit un vague signe de la tête puis alla vers son bureau pour finir de ranger les rares documents qui traînaient encore. Nikolaï Kozel interrompit sa lecture pour l'interpeller.

« Mansuy ! Vous partez déjà ? On a pourtant du pain sur la planche, tous les deux. On m'avait parlé d'un passage de consignes. D'une présentation à nos homologues tunisiens, à nos honorables correspondants, un petit tour de table de vos contacts...

— Désolé, Kozel. Mais je n'avais pas la tête à faire le tour du propriétaire avec un fils de pute. J'avais un déménagement à boucler. Et finalement, j'ai annoncé que je partais plus tôt que prévu.

— Écoutez-moi bien, Mansuy, vous le prenez comme vous voulez, mais le "fils de pute" n'est pour rien dans votre rappel à la Centrale. Il n'a jamais demandé à vous relever. Mais ne vous avisez pas de lui savonner la planche à votre retour à Paris. Parce que vous découvririez alors ce dont est vraiment capable un fils de pute.

— Vous me menacez, Kozel ?

— Non, Mansuy, je ne vous menace pas... c'est le fils de pute qui vous menace. Or, ici, il n'y a que des gentlemen et des professionnels du renseignement. Pas vrai, François ? Accompagne donc M. Mansuy à l'aéroport. Je suis sûr qu'il a le mal du pays et qu'il a hâte de poser ses petits pieds sur le sol de notre belle patrie. »

François sortit, suivi par Gérard Mansuy qui marmonna entre ses dents : « Enculé d'Ukrainien ! »

« J'ai mal entendu, Mansuy ? s'exclama Kozel. Il n'y a que des Français, ici. Rien que des Français, qui bossent pour le bien du service... et, rappelez-vous, pour "le succès des armes de notre pays"... »

Nikolaï Kozel passa les jours suivants à consulter des dossiers, à reconnaître des lieux dans Tunis : bistrots miteux, lobbies de grands hôtels, cinémas, théâtres... mosquées...

Il se permit aussi un discret voyage à la frontière avec la Libye.

Après six heures de route, il arriva dans une région qui semblait abandonnée par les hommes. Il ne vit d'abord, près de la mer, qu'une zone sableuse, grise, qui s'ouvrait sur un désert rocailleux parsemé d'épineux et de rares genévriers malingres. Quelques étangs d'eau saumâtre ponctuaient ces étendues austères.

En descendant vers le sud, le paysage se transforma : d'abord s'élevait un plateau calcaire avec, çà et là, des caroubiers d'un vert intense. Enfin, Kozel découvrit de somptueuses dunes, qui bordaient Ben Gardane, la principale ville frontalière.

Ben Gardane était l'eldorado de la contrebande. Ici, chaque tribu, clan, famille... tenait une partie des différents commerces illicites transfrontaliers. Pour avoir la paix, l'État tunisien avait toujours fermé les yeux sur ces activités, car cette région était très pauvre, sous-développée, abandonnée. La plupart des familles étaient établies de part et d'autre de la frontière, ce qui permettait à la contrebande de bien fonctionner : essence, cigarettes, denrées alimentaires, vêtements, mais aussi drogue, armes et même êtres humains.

C'est là que se retrouvaient, depuis 2012, les djihadistes qui souhaitaient partir vers la Libye, ou même la Syrie. Ben Gardane ressemblait à toutes les villes tunisiennes de seconde zone, sorte de gros bourg somnolent, maisons de brique, pauvres, sans charme, ruelles en terre, en bitume amoché par le temps… contrastant avec le « boulevard de l'Environnement » aux couleurs rutilantes qui traversait la ville, et dont le nom avait été choisi par Ben Ali pour souligner, à une autre époque, le renouveau du pays. Les troquets étaient bondés de jeunes chômeurs désœuvrés ayant abandonné l'idée même de trouver un jour du boulot, qui buvaient du café en enchaînant de mornes parties de cartes du matin au soir sous des écrans de télé diffusant les informations en boucle, le son poussé au maximum. Dans les rues se succédaient les petits garages et les casses de voitures… La fin de la Tunisie, avant la grande aventure libyenne.

Kozel en avait assez vu. À quelques kilomètres de là, facile d'accès, la Libye était le nouveau terrain de chasse de Daesh. Le « Califat » pourrait facilement s'y implanter, étant donné l'anarchie politique qui y régnait. Et mener, qui sait, à partir de ce point stratégique, d'éventuelles opérations sur le sol européen tout proche.

De retour à Tunis, Kozel mit François, qui tentait de dissimuler sa panique, à contribution. « Tu vas me reconnaître trois itinéraires de sécurité en bagnole, à pied et en taxi, entre l'ambassade et un tripot dans la vieille ville. Un truc costaud pour désamorcer toute filature. Si tu as du mal, tu me le dis. Je t'aiderai.

— C'est que… euh… je ne connais pas bien le coin.

— Merde, François, ça fait deux ans que tu es là, et tu me dis que tu ne connais pas Tunis ?

— C'est que… votre prédécesseur ne me laissait pas sortir, il ne me demandait que de taper ses messages pour la Boîte. Et puis…

— Et puis ?

— Franchement, un Européen dans le bazar, c'est pas discret…

— François ?

— Oui ?

— Tu sais pourquoi je suis ici ? Pour recruter un agent qui va me renseigner sur la montée en puissance de Daesh en Libye. Pour ça, il va falloir que je rencontre d'autres personnes que le correspondant d'Air France, le patron du palace du coin ou le conseiller culturel. Même si je dois continuer à les voir, pour noyer le poisson. Il va falloir que je me cogne des mecs pas recommandables du tout. Alors tu vas me reconnaître ces putains d'itinéraires de sécurité, parce que je vais en avoir besoin et que je te le demande. Et si tu rencontres des difficultés, tu me le dis. On arrangera ça ensemble.

— Euh… re… reçu, monsieur Kozel.

— Et arrête de me donner du “monsieur Kozel”… On est censés être collègues, de simples diplomates. Alors, tu m'appelles Nikolaï, François.

— Reçu… Nikolaï.

— Dis-moi, il y a un point sur lequel tu as raison. Il me faut un mec du coin, un factotum, un type capable de traîner ses guêtres là où, ni toi ni moi, on ne pourrait les traîner. Tu as une idée ?

— Ben non. Euh… Et vous ?

— Bien sûr que j'ai une idée. »

Le regard de Kozel se fixa sur l'écran de la télé.

Les mêmes images y passaient en boucle depuis plusieurs minutes.

« Monte le son. » François s'exécuta. Des sirènes, des hurlements sortirent brutalement du poste et résonnèrent dans le bureau où se trouvaient les deux hommes. À l'écran, on distinguait, à travers une épaisse fumée noire, un bus qui flambait, des gens qui couraient dans tous les sens, des bâtiments détruits... Gros plan sur des corps déchiquetés, des flaques de sang. Une scène de cauchemar, d'apocalypse. Au cœur de cette panique, un journaliste expliquait qu'un attentat venait d'avoir lieu à New Delhi. On annonçait que huit Français y avaient trouvé la mort. Il s'agissait, disait-on, de techniciens en mission de maintenance, à la suite de l'achat par l'Inde d'avions de chasse Rafale. Le kamikaze qui avait déclenché son gilet explosif devant un grand hôtel de la capitale indienne, tuant des dizaines de personnes, visait semblait-il la délégation française.

En France, c'était l'indignation. Le président de la République fit part de sa colère : tout allait être fait pour remonter la piste des terroristes et punir les coupables.

Il s'en portait garant.

3

Nord du Pakistan, été 2016.
Une petite école coranique perdue
dans une vallée près de Peshawar.

La nature aux alentours était austère, sèche comme la pierre, même si on apercevait au loin, comme un mirage, des sommets enneigés et des forêts de conifères.

Dans les salles d'étude de la madrassa, serrées sur leurs bancs, plusieurs dizaines d'adolescentes étaient plongées dans leur Coran, qu'elles récitaient à haute voix. À part un vieil imam aveugle, il n'y avait ici que des filles. Une sexagénaire aussi sèche physiquement qu'inexpressive, à l'autorité brutale, régnait sur cet univers studieux. Arrivée deux ans plus tôt dans ce gynécée, Khadimat en était vite devenue la patronne.

Dans le cagibi austère qui lui servait de bureau, une adolescente de seize ou dix-sept ans essayait de dissimuler tant bien que mal sous des voiles son corps frêle, ainsi que son visage disgracieux marqué par l'acné et les piqûres d'insectes. Khadimat lui admonestait une leçon de morale, concernant un manque de concentration dans ses lectures des textes sacrés, doublé d'un écart de conduite : la jeune fille aurait ricané en présence de l'imam. L'adolescente acquiesça timidement à ces remontrances. Elle se retenait de pleurer. L'éducatrice se fit alors plus conciliante. Elle se força même à sourire. Elle parla un peu d'elle à la fille, et montra sur son bureau la photo d'un jeune garçon, au joli visage grave, expliquant que son fils était sa raison de vivre. Elle pâlit, ne put retenir une grimace de douleur, s'excusa puis se ressaisit. Elle était un peu souffrante, expliqua-t-elle, mais Allah lui donnait encore toute la force nécessaire à sa mission.

Elle se mit à évoquer ce qui faisait rêver toutes les filles de la madrassa : le destin fabuleux de celles qui s'étaient succédé avant elles, ces générations passées par ici, qui avaient tout donné, et dont le sacrifice avait fini par être récompensé de la plus belle des manières : nombreuses étaient aujourd'hui celles qui baignaient dans la félicité au Paradis en servantes du Seul, du Grand.

4

Paris, février 2017.

Victoire s'aperçut qu'elle longeait une enfilade de boutiques de chaussures, et releva distraitement l'ironie de la situation : elle souffrait depuis plus d'une heure d'une douleur lancinante au pied droit. Elle avait voulu se montrer élégante, pour une fois, et s'était perchée sur des talons hauts en vue de ce déjeuner qu'elle n'avait pourtant pas souhaité, or Élie n'avait rien trouvé de mieux à lui proposer qu'une longue visite de cet hôpital dont il était si fier. De son côté, l'enthousiasme n'y était pas.

Victoire ne savait plus où elle en était. Elle enchaînait les relations amoureuses éphémères et commençait à se dire qu'elle passait, peut-être, à côté de l'essentiel, qu'elle ne se réalisait pas en tant que femme. Son métier n'arrangeait pas les choses. Son amoureux du moment, Élie Lefèvre, interne en neurologie à Lariboisière, avait pourtant toutes les qualités que Victoire attendait d'un compagnon avec qui partager sa vie, mais elle sentait que leur liaison n'aurait pas plus de lendemain que les précédentes. Elle ne lui confiait donc rien de ses activités professionnelles. Elle avait seulement consenti à lâcher qu'elle travaillait au ministère de la Défense, dans un bureau d'analyses.

« Elle est inscrite aux monuments historiques ! » vanta Élie alors qu'ils venaient d'arriver à marche forcée devant la chapelle de l'hôpital. Difficile de savoir qui des deux avait accéléré le pas. Elle, parce qu'elle souhaitait en finir au plus vite avec ce rendez-vous en pleine journée alors qu'elle travaillait sur le plus beau dossier de sa carrière, ou lui, qui n'arrivait pas à évacuer l'adrénaline accumulée durant sa matinée consacrée à un AVC ischémique. Il avait bien tenté de lui expliquer le bonheur pour un interne en neurologie de voir débarquer de bon matin un patient nécessitant une thrombolyse, c'est-à-dire la perfusion d'un médicament destiné à déboucher l'artère cérébrale occluse. Mais avait obtenu pour toute réponse : « Ne le prends pas mal, Élie, mais je m'en fous de tes histoires d'accident vasculaire, comme je me fous de ta chapelle sacrée… » Elle avait jeté un regard à ce jeune type en blouse blanche marchant à ses côtés, et voyant qu'elle avait tapé un peu fort, avait tenté d'adoucir ses propos : « Ne m'en veux pas. Je m'échauffe vite en ce moment. Y a pas mal d'adrénaline au boulot… »

Ils étaient ensuite allés prendre un plat à l'étage de la brasserie Barbès, bel endroit, pointe avancée de la gentrification du quartier. Élie l'avait félicitée pour sa tenue – elle venait d'enlever une longue doudoune, révélant un simple chemisier et une jupe taille haute. « J'adore ton style ! » Le compliment fit plaisir à Victoire.

Puis le jeune homme s'était emballé pour le sujet qui

lui tenait à cœur ces temps-ci : l'homéostasie, « désir non réfléchi et involontaire de persister et d'avancer vers l'avenir... » (Il n'arrêtait pas de citer un livre, qu'il dévorait visiblement : *L'Ordre étrange des choses*, d'Antonio Damasio.) « OK, j'ai bien noté que tu t'en foutais de tout ça, s'était-il interrompu. Mais comprends que c'est compliqué : tu ne me dis rien sur ta vie, sur ce que tu fais, et tu ne t'intéresses pas non plus à mes histoires... » Elle n'avait pas répondu, se contentant de hausser les épaules.

Et là, alors qu'elle descendait le boulevard Magenta, après ce déjeuner raté, longeant les magasins de chaussures, avec la gare du Nord en vue, elle décida soudain d'entrer dans une boutique pour s'acheter dare-dare une paire de sandales bon marché. En balançant ses talons hauts dans une poubelle, elle retrouva enfin le sourire. « Si c'est pas de l'homéostasie, ça ! »

5

Entourée de hautes piles de dossiers, Victoire était concentrée sur des documents étalés devant elle, savourant ce moment rare où tout commence à clignoter, à indiquer qu'on se trouve au seuil d'une histoire importante, avec des personnages hauts en couleur, des ennemis bien identifiés, des recrues potentielles... Ses états d'âme professionnels avaient disparu quelques jours plus tôt : une opportunité s'offrait enfin à elle, comme une évidence.

Voilà trop longtemps qu'elle travaillait sur cette madrassa perdue au fin fond du Pakistan, et ces derniers temps, la routine et le manque de résultats avaient fini par atteindre son moral. Sans parler du mélange de pression et de frustration qui, depuis dix mois, accablait la Direction générale de la sécurité extérieure. Le 10 avril 2016, un attentat kamikaze à New Delhi avait provoqué la mort de trente personnes, huit Français et vingt-deux Indiens.

« Probablement un groupuscule terroriste pakistanais ému par le partenariat indo-français en matière d'armement », avaient conclu quelques experts médiatiques sur BFM. Un indice, mais faible : le kamikaze était une femme. Détail surprenant et qui méritait d'être signalé. Mais l'Élysée exigeait que l'on remonte le réseau, que l'on trouve des noms, les commanditaires, tous les détails... En clair, il voulait que la DGSE presse comme un citron ses homologues indiens du Research and Analysis Wing, et pakistanais de l'Inter-Services Intelligence, pour obtenir toutes les informations possibles. L'ISI avait fait mine de collaborer, mais, comme attendu, rien de concluant n'était apparu ; le RAW accusait le Pakistan d'avoir commandité l'attentat, l'ISI accusant en retour l'Inde d'avoir commandité l'attentat pour faire accuser le Pakistan d'avoir commandité l'attentat...

Victoire avait mobilisé toutes les sources, tous les capteurs possibles – techniques, humains... – pour tenter de vérifier ce qu'elle pressentait : l'implication de la madrassa de Peshawar dans l'attentat de Delhi. Une madrassa particulière puisqu'elle n'abritait que des jeunes filles.

La jeune analyste avait à sa disposition deux éléments à charge. Cette école coranique était en partie financée par un mouvement caritatif pakistanais, lequel était soupçonné de disposer, derrière sa vitrine humanitaire, d'une branche armée fondamentalement antichiite et... anti-indienne. Par ailleurs, cette madrassa avait reçu le renfort, plus d'un an avant l'attentat de New Delhi, de la Tchétchène Khadimat. Cette vétérane du djihad international, extrémiste convaincue, n'était pas une terroriste de premier plan, mais elle avait une longue histoire de luttes et de violences derrière elle, dirigées en premier lieu contre les Soviétiques puis, ce qui pour elle revenait au même, contre les Russes. Aujourd'hui, il était possible que, selon les commanditaires, elle fît flèche de tout bois en ce qui concernait les cibles des attentats auxquels elle participait, leur fournissant des jeunes filles endoctrinées, prêtes à se sacrifier pour leur religion.

Victoire n'avait cependant aucune certitude. Ni sur la localisation précise de l'école – elle pensait au Waziristan, une région frontalière de l'Afghanistan – ni sur ses financements, probablement multiples : elle avait entendu parler du Hezb-e-Islami, une organisation terroriste du chef de guerre afghan Gulbuddin Hekmatyar, mais aussi d'al-Qaida, de Daesh... Ce qu'elle savait, en revanche, c'était que le Pakistan – en tout cas ses services secrets – tolérait certains mouvements extrémistes, ceux qui ne commettaient pas d'attentats sur son sol. Ce pays, né douloureusement en 1947 de la partition de la colonie britannique dans le sous-continent, considérait son existence menacée, d'une part par ce qui était devenu depuis son ennemi héréditaire, le grand voisin indien, et d'autre part – du fait de l'existence de frontières incertaines sur son flanc nord-ouest – par l'éventualité de se voir amputé d'une partie de son territoire si un régime qui lui était hostile (« occidentalisé » ou dans la main de l'Inde) s'implantait en Afghanistan. Toutes les entreprises de déstabilisation de ces voisins qui pouvaient lui permettre de maintenir une certaine « profondeur stratégique » étaient bonnes à prendre.

Après de longs mois d'efforts infructueux, Victoire avait songé à embrayer vers une phase opérationnelle, ultra clandestine, dangereuse : placer dans ce lieu clos et reculé une infiltrée. Soumis à la pression de l'Élysée dans le but d'obtenir des résultats, ses chefs avaient finalement donné leur aval à cette opération d'infiltration. « On a une piste, on va l'exploiter », avaient-ils fait savoir au Château. Histoire de temporiser. De gagner du temps. La DGSI, les services intérieurs, mise dans la confidence, avait justement en réserve, prête à l'emploi, l'agente idoine : une Franco-Tunisienne de Clichy-sous-Bois, âgée de vingt-sept ans, cueillie à son retour de Syrie. Une fois en prison, on s'était rendu compte qu'elle n'était pas du tout radicalisée, qu'elle était partie sur un coup de tête, en rupture avec sa famille. Le service de renseignement intérieur avait décidé de la recruter : on lui avait proposé une nouvelle vie. Une série de tests, une formation... puis de longs mois à travailler pour une petite ONG à l'étranger, le temps de lui trouver une opération. Laquelle tardait à venir. Et puis l'opportunité d'infiltrer la madrassa pakistanaise se présenta, lors d'une réunion avec le service de contre-terrorisme de la DGSE de Victoire Le Lidec. Nadia – un pseudonyme – repartirait pour une mission en ONG, mais fictive cette fois-ci : elle justifierait sa longue absence de France.

La DGSI avait mis cette perle rare à la disposition de Victoire, mais ils avaient négocié... Ils avaient perdu la trace d'une terroriste potentielle, une Française convertie. Anne-Valérie Carez. Une Normande fanatisée, suivie de près... Pas d'assez près : elle s'était envolée. Des sources fiables la localisaient au Pakistan, justement. La DGSI voulait bien sûr partager le renseignement sur la madrassa, à toutes fins utiles ; et, si possible, des informations sur la Française radicalisée...

Restait à présent à imaginer le moyen d'infiltrer Nadia.

Un prétexte, une bonne raison pour que la madrassa accepte de voir cette jeune femme, débarquant de nulle part, se faire endoctriner entre ses murs. Victoire cherchait la solution depuis des mois, se sentant un peu seule à réfléchir à la question.

Jusqu'à la semaine dernière.

6

La semaine dernière, un matin, Victoire avait été convoquée par son chef, le responsable du contre-terrorisme à la DGSE. Elle ne se doutait pas, alors, que les choses allaient s'accélérer à ce point. À peine s'était-elle assise face à lui que le colonel Reilhac lui avait tendu une lettre manuscrite, une page à grands carreaux arrachée à un cahier d'écolier couverte recto verso de phrases en arabe. « Elle a été adressée au ministère de la Défense, qui nous l'a confiée. » Victoire avait lu le début du message d'une traite.

« Si je comprends bien... », avait-elle commencé. Le visage ridé et d'habitude impassible du colonel avait laissé apparaître une légère excitation. Il avait encouragé Victoire d'un discret hochement de tête. « Si je comprends bien... al-Chichani en est l'auteur.

— Oui, Suleiman al-Chichani lui-même. Et il propose de nous rencontrer. Il propose de... faire défection pour éventuellement nous rejoindre. »

Elle avait poursuivi sa lecture. « Et... et il exige précisément d'être mis en contact avec Nikolaï Kozel, et lui seul. »

Victoire s'était tue. Elle avait interrompu sa lecture. Découvrir ce nom faisait naître en elle un sentiment fort mais ambigu : de la joie, comme lorsque l'on retrouve un ami proche longtemps perdu de vue, mêlée à de l'anxiété, piqûre de rappel de l'exigence de son métier, de sa mission.

Reilhac s'était raclé la gorge, tentant de faire redescendre Victoire sur terre. « Vous comprenez bien ce que tout ceci veut dire... Le fait que Suleiman le Tchétchène évoque le nom d'un de nos officiers...

— Oui », avait répondu simplement Victoire. Elle devinait que c'était un problème, mais elle essayait d'avoir un coup d'avance, comme on le lui avait appris, comme un certain... Kozel le lui avait appris. « C'est un camouflet pour notre officier de renseignement d'avoir ainsi été identifié.

— Je ne vous le fais pas dire !

— En même temps, Suleiman aurait pu aussi adresser ce message à l'ambassade de Tunis... ou directement ici, à Mortier, non ? C'est quand même étonnant, le canal choisi...

— Ouais bon, mettez votre imagination en veilleuse. » Le colonel détestait quand l'ordre établi des règles du métier se trouvait contrarié. « Comprenez bien l'histoire : l'État islamique qui perd du terrain ces derniers mois en Libye – où il a déboulé en 2014, profitant du bordel qui a suivi la mort de Kadhafi –, la défaite à Syrte en décembre... On comprend que notre ami tchétchène ait des velléités de ficher le camp... Et ce n'est pas tout. Vous pouvez lire ensuite que Suleiman se recommande d'un ami commun. En l'occurrence, Centaure. La source mythique de Kozel à Tunis – dont il donne le véritable nom : Ahmed Messaoui. »

Reilhac avait alors marqué un temps pour vérifier que Victoire suivait le raisonnement. Elle n'était pas forcément au courant de tous les détails de ce dossier tuniso-libyen, elle qui travaillait depuis de longs mois sur le Pakistan.

« Ce que vous suggérez, dit-elle, c'est qu'il y a peut-être eu… intoxication… à Tunis, pendant plusieurs semaines. Si ce Suleiman donne le nom de l'officier traitant et de sa source, c'est que le djihadiste savait être suivi par la DGSE. Il a donc retapissé le dispositif et a pu le manipuler. »

Reilhac avait opiné.

« Intoxication… et provocation, avait repris Victoire. Il nous nargue en nous disant qu'il savait. Il n'hésite pas à nous le prouver, plutôt clairement. »

Reilhac était resté silencieux, hochant lentement la tête : il partageait le point de vue de son analyste.

« Cela dit, avait-il fini par reconnaître, en tant que chef du contre-terrorisme, je ne peux pas écarter d'un revers de main l'opportunité de recruter un chef de l'État islamique de la pointure de Vassiliev.

— Vassiliev ? s'était étonnée Victoire.

— Timour Vassiliev, la véritable identité du Tchétchène : Suleiman, c'est son nom de guerre chez Daesh. »

Reilhac réfléchissait tout haut, et vite, Victoire essayait de suivre.

« Timour Vassiliev, alias Suleiman al-Chichani, donc. Membre du bureau des opérations extérieures de Daesh en Libye. En cela, coordonnateur des attentats en Europe…

Même si l'organisation terroriste est en pleine débandade, là-bas, un chef de cette trempe aurait beaucoup de choses à nous apprendre... La question est : on tamponne ce type ou non ? Il faut peser les avantages d'aller au contact, et les inconvénients : je pense notamment à une belle manipulation de sa part, bien sûr. Une manipulation qui consisterait à nous intoxiquer encore davantage, dès lors qu'il serait dans nos pattes. »

Reilhac fixait Victoire avec un petit sourire.

« Désolé, Le Lidec, je sais que le Maghreb n'est pas votre zone, mais, là, il n'y a personne pour s'occuper de ça. »

Effectivement, l'analyste chargé de cette région – cinq ans de maison de moins que Victoire, mais une belle petite gueule d'attaché parlementaire et une filiation avec un haut fonctionnaire de la Défense – avait été désigné, de manière improbable tant il y avait de travail au bureau, pour accomplir un stage de langue de plusieurs mois à Jakarta... Jakarta, allez savoir pourquoi. En son absence, Victoire avait hérité de ses dossiers.

Elle devait tenter le coup et faire valoir qu'elle avait autre chose à faire avec son histoire de madrassa à infiltrer.

« Oui, mais... Peshawar ? Sauf votre respect, la DGSI, comme vous le savez, est persuadée que la Française qu'ils cherchent au Pakistan – enfin qu'ils nous demandent de chercher – n'a qu'une idée en tête : revenir se faire péter ici !

— Victoire... Comment vous dire... » Reilhac avait regardé sa collaboratrice en affichant une mine compatissante, et dubitative.

Il était inutile d'en rajouter. Victoire savait que Reilhac n'avait jamais cru à cette opération « Peshawar ». Elle connaissait son opinion sur la manipulation : il aurait fallu, a minima, mettre les Pakistanais dans le coup ; ce qui à l'évidence aurait été contre-productif dans la mesure où on les soupçonnait, probablement à raison, de mener un double jeu. L'opération de Victoire, cette infiltration au nord du Pakistan, si lointaine, ne passionnait plus les politiques. Sans parler des priorités du moment : de nouvelles menaces sur la France, qui ne provenaient pas du bout du monde. Un nouveau Bataclan devait à tout prix être évité. Outre des « champs de bataille immatériels » : le cyber, la lutte informationnelle…

Il avait cependant laissé Victoire avancer sur le sujet, pour l'occuper, lui donner du grain à moudre, sentant bien qu'il lui était nécessaire, voire vital, d'avoir cet os à ronger, que son moral en dépendait, et maintenir le moral des troupes faisait aussi partie de sa mission. Et puis, s'était-il dit, on n'était jamais à l'abri d'une bonne surprise, la pugnacité de Victoire pouvait porter ses fruits, à la longue… Mais là, il avait autre chose à lui proposer. Quelque chose de concret, d'immédiat, d'utile, qui allait pouvoir la sortir de ces longs mois d'engourdissement, de surplace.

« Je sais, je sais, avait-il lâché, réalisant qu'elle attendait toujours qu'il s'exprimât. Je n'ai pas dit non plus que votre infiltration était définitivement enterrée. Nous creusons la question… »

Victoire, qui avait l'impression d'être la seule à y réfléchir, avait retrouvé un peu d'espoir.

« Je continue à vous faire le topo, avait repris le militaire : Centaure était supposé, à l'époque, recueillir des renseignements sur Suleiman al-Chichani. Sans que celui-ci sache évidemment que cet Ahmed Messaoui, “Centaure” donc, était en contact avec la Boîte via Kozel. »

Reilhac s’était levé, avait fait trois pas, s’était rassis. « J’ignore si vous le savez, avait-il repris, mais les Russes avaient montré un intérêt… très marqué pour ce Suleiman. Comme vous êtes probablement au courant que Centaure a trouvé la mort en décembre dans une opération diligentée par Kozel… »

Sans en connaître les détails, Victoire avait entendu parler, en effet, de ce coup du sort qui avait alimenté les potins à la cafétéria. La perte d’une source était toujours une déconvenue, pour la Boîte. Quand il s’agissait d’une source de qualité, c’était un échec. Mais lorsque, de surcroît, cette disparition intervenait au cours d’une mission qu’on lui avait confiée, c’était un traumatisme.

« Vous avez sondé le capitaine Kozel ? Où en est-il actuellement ? » avait-elle interrogé, jouant les ingénues.

Reilhac avait marqué un temps. « Kozel a été très affecté par cette mort. Il a préféré mettre un terme à son mandat à Tunis et il est revenu à Paris début janvier, neuf mois après avoir pris son poste là-bas. Il est actuellement en disponibilité, il a besoin de se mettre au vert… »

Victoire avait tenté de rester impassible. Elle avait compris que cette quasi-retraite anticipée arrangeait le chef du contre-terrorisme. Qu’elle lui permettait de donner le temps à l’analyse, de se faire sa propre idée sur une situation complexe sans avoir, à ce stade, à prendre en compte des avis… subjectifs, comme celui du premier intéressé, Kozel.

Donc elle n’avait pas bronché. Mais toutes ces informations – qu'elle connaissait en partie, et découvrait pour le reste – finissaient par lui donner le vertige. Elle s'était demandé en quel honneur tout ceci lui était soudain révélé et avait conclu logiquement que ce n'était pas pour le plaisir de papoter, mais pour des raisons d'analyse. En clair, Reilhac lui demandait d'apporter une réponse à la question suivante : fallait-il donner une suite favorable à la demande de ralliement de Suleiman, et donc procéder à son recrutement, sachant que le Tchétchène avait possiblement enfumé la Boîte via Kozel et Centaure ?

On avait frappé à cet instant des coups secs à la porte. La silhouette de Christine, la secrétaire de Reilhac, était apparue dans l'entrebâillement. Victoire connaissait ce truc du colonel pour écourter ses rendez-vous : Christine apparaissait, faisait semblant de rappeler à son patron une réunion imaginaire et tout s'interrompait alors brutalement. Victoire avait dû repartir illico vers son petit bureau sombre sous les combles du sixième, des questions non élucidées plein la tête. Et une piste à creuser…

7

À partir de ce moment-là, tout avait pris une tournure différente : cette lettre d'un des chefs de Daesh en Libye souhaitant faire défection avait donné à Victoire l'ouverture, le coup à jouer que certains agents cherchent parfois pendant des années avant de finir par renoncer. Même si son plan ne suscitait pas encore un grand intérêt autour d'elle, Victoire aimait l'idée de foncer en ne comptant que sur ses propres forces.

Une piste, en l'occurrence un nom, cité au détour d'une phrase par son patron, avait particulièrement retenu son attention. Vassiliev. Il lui était presque familier. Elle aurait juré l'avoir déjà lu quelque part. Dans ses propres dossiers, possiblement… mais peut-être ailleurs. Les chefs djihadistes étaient usuellement appelés par leur nom de guerre : Abou Bakr al-Baghdadi, Abou Mohammed al-Joulani, Abou Mohammed al-Adnani... Suleiman al-Chichani. Il ne serait venu à l'idée de personne de les désigner sous leur véritable identité : Ibrahim Awwad Ibrahim Ali al-Badri al-Samarraï, Ahmed Hussein al-Chara, Taha Sobhi Falaha… Timour Vassiliev. Seuls quelques experts en auraient été capables. Et Victoire n'était pas une experte de Daesh. Seulement, Vassiliev, ce nom lui disait quelque chose.

En consultant les sources ouvertes, elle découvrit un Anatoli Vassiliev, metteur en scène, un Boris Vassiliev, écrivain, un Alexeï Vassiliev, plasticien, et un… Timour Vassiliev, djihadiste, donc. Rien en l'état qui puisse pour autant la ramener à ses dossiers pakistanais. Sur l'ordinateur de son bureau, elle avait aussi « criblé » le nom en parcourant la base de données de la Boîte. Il apparaissait systématiquement apposé à celui de Suleiman al-Chichani. Pour approfondir ses investigations, elle sonda le secrétaire du bureau Recherche. Elle ne détestait pas discuter avec ce nouveau, joli blondinet un peu coincé qu'elle aimait faire rougir. Honoré d'être sollicité par Victoire, il répéta ce qu'elle savait déjà : il s'agissait d'un des responsables de l'implantation de l'État islamique en Libye, certaines informations le concernant provenaient du poste de Moscou (l'intéressé avait fait parler de lui à la fin des années quatre-vingt-dix lors de la seconde guerre de Tchétchénie), mais surtout d'une source, jugée excellente : Centaure, recruté en 2016 par le responsable du poste de Tunis, Nikolaï Kozel… Les Russes avaient alors fait grimper ce Vassiliev en bonne place dans leur liste des terroristes les plus recherchés. Depuis la mort de Centaure, il y a quelques mois, et le retour de Kozel en France, l'intéressé avait brutalement disparu des écrans radar.

Ainsi, le secrétaire du bureau Recherche n'avait pas été informé de l'existence de la lettre adressée au ministère de la Défense… Donc Reilhac avait confié à Victoire les éléments qu'elle contenait sous le sceau de la confidence, et de la confiance. Elle se sentit flattée. Et se plongea dans ses propres notes, accumulées depuis qu'elle travaillait sur l'opération « Peshawar ». Se demandant toujours où elle avait vu ce nom de Vassiliev, elle ouvrit l'épais classeur qu'elle avait consacré à Khadimat.

Elle la connaissait bien, Khadimat. Elle ne l'avait jamais rencontrée, bien sûr, mais elle avait tellement travaillé sur son dossier qu'elle aurait pu en parler pendant des heures sans risquer de lasser son auditoire, en glissant dans son récit de nombreux détails piquants, pathétiques surtout… Elle aurait pu raconter son enfance à Grozny mieux que la Tchétchène elle-même, faire ressentir la douleur de la petite fille le jour où le KGB avait arrêté et déporté ses parents, torturé son frère, et obligé Khadimat à une errance sans fin, dépouillée de son enfance, de sa religion, de sa vie.

Victoire avait récolté la plupart de ces informations dans des documents qu'elle avait dénichés, quelques mois auparavant, aux archives centrales de la Boîte. On ne l'avait pas autorisée à en faire de photocopies. Datant des années soixante-dix, ils devaient à terme être numérisés. Mais, faute de temps, ou d'intérêt, ils n'avaient pas été jugés prioritaires. Ils étaient donc, pour l'heure, conservés sous leur forme originale : généralement des télégrammes provenant d'une source du poste de Moscou, à la grande époque du pacte de Varsovie, avant qu'un mur ne se soit effondré et que l'on accordât (un peu) moins d'importance à ce qui se tramait désormais dans cette partie du monde.

Elle avait recopié ce qu'elle avait jugé utile à la compréhension de son sujet, sur les premières années de la

Tchétchène dans une famille pieuse et militante, puis la dislocation de son environnement due à la barbarie soviétique, l'orphelinat, la fuite en Géorgie... Le fait qu'à l'âge de seize ans elle avait été courtisée, à Tbilissi, par un vieil homme alcoolique, sorti du paysage peu de temps après. Par la suite, plus rien. Sauf que le poste de Moscou, encore lui, avait dressé un portrait détaillé d'un grand nombre de terroristes, ou répertoriés comme tels par les services russes, d'origine tchétchène : Khadimat y figurait, combattante aguerrie, Tchétchénie, Afghanistan, Est de l'Ukraine, et enfin la madrassa de Peshawar. Mais aucune référence à un quelconque Vassiliev...

Victoire décida de retourner aux archives centrales. Un pensum, car pénétrer dans ce lieu sanctuarisé répondait à un protocole d'un autre âge. Il fallait faire une demande en amont, attendre une réponse, le cas échéant renouveler la requête, pour enfin se voir apposer sur un formulaire plusieurs signatures de différentes autorités, se réjouir d'être admise dans le saint des saints tant cela semblait relever du miracle... et se rendre alors compte que les difficultés ne faisaient que commencer. On devait en effet orienter la recherche soit vers les documents déjà numérisés, soit vers ceux qui ne l'étaient pas, en espérant que ce que l'on recherchait n'avait pas été transféré et conservé dans une cave du service historique des armées, au château de Vincennes. Dès lors que l'on avait enfin accès au dossier correspondant à sa recherche, il fallait s'armer de courage pour lire, relire, et re-relire un amas de paperasses, sous l'œil suspicieux d'un des archivistes, lesquels semblaient n'attendre qu'une chose : que vous chapardiez à leur insu le document tant convoité.

Mais Victoire savait où elle allait. Elle savait que celui qu'elle recherchait émanait du poste de Moscou, qu'il datait des années soixante-dix, et qu'il n'avait pas encore fait l'objet d'une numérisation. En outre, elle avait sympathisé, lors de précédentes explorations, avec le maître des lieux, un homme sans âge dont elle n'aurait pas été surprise d'apprendre qu'il avait connu tous les ancêtres de la DGSE : la DGER et le SDECE d'après-guerre, et avant eux, en France Libre, le BCRA puis la DGSS, voire le Deuxième bureau de la IIIe République.

Il se montra conciliant. Victoire lui ayant résumé l'objet de sa recherche, il se mit à disserter sur le nom de guerre que l'on avait attribué à Timour Vassiliev : Suleiman, Suleyman, Süleyman, Souleiman, Soliman, Slimane… « Et Schlomo, Salomon… », s'amusa-t-il à faire remarquer à la jeune analyste, montrant ainsi que la proximité entre musulmans et juifs le fascinait.

Elle entreprit donc ses recherches avec sérénité. Et finalement ce fut lui, l'archiviste sans âge, qui dénicha le précieux document qu'elle n'avait pas remarqué lors de son premier passage. À sa lecture, le visage de la jeune femme afficha un large sourire. Victoire était désormais certainement l'une des rares à connaître cette information capitale (avec, sans doute, quelques agents de l'ex-KGB…). Elle se retourna vers l'archiviste, qui ne put dissimuler sa surprise, ni sa joie, lorsqu'elle lui posa une bise furtive sur la joue.

8

Le lendemain à la première heure, Victoire entrait d'un pas rapide, après avoir vaguement frappé, dans le bureau du colonel Reilhac. « J'ai potassé le dossier dans tous les sens, monsieur. J'ai la réponse à votre question : on tamponne Suleiman al-Chichani ! Évidemment ! »

Elle perdit un peu de ses moyens en découvrant soudain que son supérieur n'était pas seul. Une femme était assise à l'écart, silencieuse. Signe des temps, des femmes émergeaient de tous les coins et recoins de la Maison. Celle-ci ne se présenta pas, ne sourit pas, ne regarda Victoire que deux secondes pour signifier qu'elles n'allaient pas devenir bonnes camarades. Devinant par ailleurs que Christine, la secrétaire, attendait pour faire irruption dans le bureau et interrompre cette réunion, Victoire était tendue. Mais déterminée.

« Parlez librement », lui dit Reilhac, visiblement conscient de la présence de cette troisième personne, qui s'arma d'un carnet et d'un stylo et se mit en position pour noter chaque mot qui sortirait de la bouche de Victoire.

Espérant impressionner son public, celle-ci se lança dans un topo, dont elle souhaitait qu'il parût exhaustif, quand bien même il n'était nourri que des maigres informations collectées sur le Tchétchène. « Je sais que votre temps est précieux, monsieur, je vais donc m'efforcer d'être brève », commença-t-elle avant de retracer succinctement la biographie d'al-Chichani. Elle mit en valeur tout l'intérêt que présenterait le recrutement de ce chef de Daesh en termes d'entrave au terrorisme et de protection des intérêts français. Elle plantait le décor avant le coup d'éclat qu'elle préparait, avec exaltation, depuis plusieurs jours.

Reilhac afficha une légère moue. « Que Suleiman puisse revêtir une importance majeure en matière de contre-terrorisme, j'en suis convaincu. Mais vous n'avez apporté aucune réponse à ma préoccupation principale : quid de l'intox potentielle, de la provocation, de la manipulation ? Comment je vais rassurer le DG sur ces questions ?

— On va soumettre al-Chichani à un test », se contenta-t-elle de répondre.

Le visage renfrogné de Reilhac s'éclaira soudain. « Qu'avez-vous derrière la tête, Victoire ? » Puis il regarda discrètement la femme au stylo, craignant que la présence de cette dernière n'inhibât sa jeune collaboratrice.

Mais Victoire était lancée et elle se connaissait assez pour savoir que, dans ces cas-là, il était vain de tenter de se contrôler. Laisser parler son tempérament était ce qui donnait les meilleurs résultats, pour convaincre ses interlocuteurs. La femme au carnet cessa d'écrire un instant, et leva la tête, observant tour à tour Victoire et Reilhac, comme si ce qui se jouait entre eux deux dans les silences avait pris le dessus sur ce qui était formulé. Et elle se replongea dans ses notes.

Déterminée à provoquer un électrochoc chez son supérieur hiérarchique, Victoire annonça : « Khadimat, monsieur. » Puis, après un temps : « Voilà celle que j'ai derrière la tête. » Reilhac marqua un étonnement sincère : « *Votre* Khadimat ? Que... que vient-elle faire dans la manip ?

— Khadimat, poursuivit Victoire, impassible, joue probablement un rôle majeur dans la préparation de jeunes filles à des attentats-suicides spectaculaires. Celui de Delhi, notamment. Encore faut-il l'établir. »

Reilhac ne put masquer son irritation. « Qu'est-ce qui vous prend, Le Lidec ? Vous tenez visiblement à vous concentrer sur cette région, ce qui est peut-être légitime, étant donné vos fonctions, mais là n'est plus la priorité ! »

Victoire sourit. « En consultant les archives centrales, monsieur...

— Oui, quoi ?

— J'ai obtenu la preuve que Khadimat est la mère de Timour Vassiliev, alias Suleiman al-Chichani... Pour tester le fils dans le cadre de son recrutement, si utile à la défense de notre pays, je vous propose donc... d'utiliser la mère. »

Victoire sentit que le colonel était époustouflé. Elle avait établi une conjonction entre deux affaires en cours, deux affaires dont il avait la charge : l'enquête sur l'attentat de Delhi et le recrutement d'un prétendu transfuge de l'État islamique, ancienne cible du poste de Tunis.

« Mais comment avons-nous pu passer à côté de cette

filiation, depuis le temps que vous bossez sur l'attentat de Delhi et que d'autres travaillent sur al-Chichani ?

— Parce que ce lien ne pouvait pas apparaître dans un criblage informatique, monsieur. La pièce qui l'établit date des années soixante-dix, elle est enfouie aux archives centrales, et n'a pas encore été numérisée. »

Elle relata brièvement ses recherches. Aidée par l'archiviste sans âge, elle avait découvert que le vieil homme alcoolique, celui qui avait « courtisé » Khadimat alors qu'elle n'avait que seize ans, était géorgien et qu'il s'appelait Evgueny Vassiliev. Il avait fait un enfant à la jeune Tchétchène, un petit garçon auquel il avait donné son nom. Vassiliev, donc. Prénom : Timour. Il s'agissait bien d'une affaire de famille. Reilhac se surprit à reformuler ce que, estomaqué, il venait d'apprendre : « Suleiman al-Chichani est le fils de Khadimat, la formatrice de la madrassa de Peshawar… »

Victoire eut l'impression que son chef avait appuyé sur un bouton dissimulé derrière des documents sur son bureau, mais elle l'avait sans doute imaginé. Cela faisait longtemps qu'avec ses collègues ils essayaient de découvrir comment Christine devinait à quel moment précis elle devait interrompre opportunément les rendez-vous.

« Puis-je parler franchement ? » demanda Victoire, faisant sursauter ses interlocuteurs. Reilhac pensait qu'elle ne s'en était pas privée jusqu'à présent, mais il trouva là un moyen de montrer que c'était lui qui avait la main sur la réunion. « Continuez à ne pas vous gêner, mais je vous en prie, Le Lidec, restez sur des conjectures solides.

— Voilà comment nous allons procéder pour tester Suleiman al-Chichani et s'assurer de sa fiabilité en amont de son recrutement. Puisque le Tchétchène lui-même semble demandeur de cette rencontre, nous le tamponnons. C'est Kozel qui va s'en charger, quelles que soient ses casseroles éventuelles, on met ça de côté dans la mesure où il ne sera utilisé que pour la prise de contact. »

Au nom de Kozel, la femme au carnet avait levé la tête. Elle appartenait sans aucun doute au service de sécurité, la « police des polices » de la Boîte, qui dépendait directement de la direction générale. Et ce service devait suivre dorénavant de près tout ce qui concernait Nikolaï Kozel.

« En cas de succès, poursuivit Victoire, je veux dire si le contact a lieu et qu'il se passe bien, Kozel s'éclipse, on reprend la main depuis Paris, et on propose un deal à Suleiman. Ce deal sera la façon de le tester avant de prendre définitivement notre décision de le recruter.

— Alléluia, on approche du but, grogna le colonel. Le test, donc ?

— On pousse Suleiman dans ses retranchements : s'il accepte de se compromettre au point de nous assister dans l'opération d'infiltration de la madrassa de sa mère, il aura donné des signes de sa volonté pleine et entière de ne pas nous enfler et de collaborer. »

Reilhac, tout vieux briscard qu'il était, venait de prendre conscience de la manœuvre de Victoire. Elle avait retourné la situation à son avantage, à l'avantage de ce qui était devenu pour elle une obsession. Ce fils, Suleiman al-Chichani, incarnerait ainsi ce sur quoi elle s'arrachait les cheveux depuis que l'Élysée avait mandaté la Boîte pour faire toute la lumière sur l'attentat de Delhi : le chaînon manquant entre l'agente Nadia et la madrassa. Celui qui allait permettre à Nadia d'infiltrer l'école coranique, l'école du terrorisme en l'occurrence.

Mi-satisfait de la proposition de la jeune analyste, mi-courroucé d'avoir un tant soit peu été manipulé, le chef du contre-terrorisme se souvint d'un roman de Nabokov qu'il avait lu autrefois, *La Défense Loujine*, et ne put s'empêcher de faire le rapprochement entre sa collaboratrice et le héros du livre, Loujine donc, un joueur d'échecs obnubilé par son art... Il esquissa un sourire. Mais Victoire, se souvenant que la pédagogie était affaire de répétition, reprenait déjà : « Si le Tchétchène accepte de trahir sa propre mère, c'est qu'il est vraiment motivé pour nous rejoindre. Enfin, cerise sur le gâteau, on serait alors en position pour obtenir des nouvelles de la Normande fanatique qui traînerait sa haine de la France au Pakistan... Avec ça, si vous n'arrivez pas à convaincre nos dirigeants de l'intérêt de ma petite opération... »

On frappa à la porte, Reilhac s'écria « Entrez ! » d'une voix autoritaire qui lui rendit une stature un peu évanouie en présence de la femme silencieuse qui lui faisait face, Christine passa une tête, désigna sa montre, et Victoire se retrouva éjectée de la pièce sur-le-champ.

Elle regagna son étage en repensant à sa stratégie. Elle avait intégré la Boîte sept années auparavant, passant avec succès les étapes successives pour devenir officier traitant. Seulement, elle avait vite eu l'impression de stagner, aucune de ses demandes pour partir en poste à l'étranger n'ayant jamais abouti. Des camarades masculins plus jeunes qu'elle, moins expérimentés, avaient été choisis. Elle, jamais. Était-ce une histoire de « sexisme ordinaire », selon l'expression de Kozel lui-même ? De mauvais réseau ? Victoire Le Lidec s'imaginait pourtant bien vue par les « cathos tradi » de la Boîte, grâce à ses origines : famille aristocrate du côté de son père, quoiqu'un peu fin de race, éleveurs de chevaux en Bretagne. Peut-être un peu trop détachée de la religion, trop « catho zombie », selon l'appellation de certains démographes. Les « francs-mac », la branche laïcarde, devaient la regarder avec suspicion, même si elle se considérait, elle, comme une aristo républicaine, une nobliote rebelle. Elle aimait exhiber la chevalière héritée de sa grand-mère mais c'était à peu près son seul signe extérieur de bonne famille. Son physique… « maghrébin », Victoire le tenait sans doute de sa mère, corse d'origine sicilienne. Par ailleurs, personne n'était censé savoir – on peut rêver – qu'elle avait voté pour Arlette Laguiller en 2007, un mois après avoir fêté ses vingt ans. De toute façon, elle ne comprenait rien à tous ces groupuscules qui s'affrontaient au sein de la Maison. Bref : Victoire semblait devoir rester cantonnée à Paris à accomplir un boulot peu valorisant d'analyste et de rédactrice. Elle n'en pouvait plus. Sitôt de retour dans son bureau, elle envoya un message à Christine pour solliciter de toute urgence un nouveau rendez-vous avec son chef, si possible en tête à tête.

9

« Je me suis conduit encore plus mal que d'habitude. Comment puis-je avoir de l'estime pour moi maintenant ? Il n'est pas de plus grand malheur que d'être privé de l'estime de soi-même. Mon Dieu, il n'y a plus rien en moi qu'on puisse aimer ou respecter... Et pourtant tu m'aimes ? Vraiment je ne comprends pas pourquoi... » La scène était plongée dans une semi-obscurité propice au drame, à la poésie. Platonov hésita... hésita... Dans la salle, assise au troisième rang, une petite femme sans âge couverte de châles légers, le chignon de cheveux blancs à moitié défait, glissa d'une voix flûtée, aux accents russes marqués : « Tu aurais trouvé quelque chose en moi qu'on puisse aimer ? Tu m'aimerais ? » Platonov la regarda, surpris. « Excusez-moi, mais vous êtes sûre ? Je ne me souviens pas du tout de cette réplique. » Sa partenaire s'esclaffa : « Tu m'étonnes ! Tu connais, et à peine, une réplique sur deux ! » Ce qui le fit sourire, lui aussi. Il admit, désignant sa tête d'un geste d'impuissance, qu'il la jugeait inapte à la mémorisation.

La metteuse en scène était la seule à ne pas goûter la cocasserie de la situation. D'ailleurs, l'humour, se dit Victoire, assise dans la salle quelques rangs derrière elle, ne devait pas être son trait de caractère dominant. « Théâtre amateur ou pas, Tchekhov est Tchekhov, mes enfants ! Il ne nous demande pas de jouer ses textes. Il ne nous demande rien ! La Russie est éternelle, pas vous ! » La vieille théâtreuse se leva, ferma son exemplaire de *Platonov* et le balança en direction de la scène, d'un geste... théâtral. Le livre alla s'écraser mollement sur la première rangée de sièges. « La répétition est terminée ! Revenez quand vous saurez votre texte... »

Et elle s'éloigna en trottinant.

Sur la scène, les deux acteurs se sourirent en haussant les épaules, puis se saluèrent. La femme alla retrouver une copine qui l'attendait en coulisses et l'homme se dirigea vers la salle pour récupérer un sac et un manteau. Ce fut à ce moment que Victoire se décida à le rejoindre. Il prit un air étonné, alors que l'un et l'autre savaient qu'il l'avait reconnue à l'instant même où elle avait poussé la porte de la salle de ce petit théâtre des Buttes-Chaumont.

« Victoire ? Le Lidec ?

— Mon capitaine. Heureuse de voir que vos... "congés" se passent au mieux. Un petit problème de mémoire, peut-être... mais on s'y croyait.

— Un Platonov un peu usé...

— La culture slave a fini par vous rattraper. Malgré tout.

— Je suis content de te voir. Je ne sais pas ce qui peut

t'amener ici mais je suis content. On va se prendre une vodka ? »

Ils descendirent l'avenue Mathurin-Moreau en direction de la place du Colonel-Fabien. Apercevoir la coupole blanche du siège du Parti communiste ne laissait jamais Nikolaï indifférent, mais il ne voulait pas jouer aux anciens combattants avec la jeune femme. Jeune femme qu'il avait vue naître au métier. L'un et l'autre avaient forcément en tête un grand nombre d'images de cette époque lointaine où le lieutenant Kozel avait dû, en seulement quelques mois, enseigner à un groupe de recrues innocentes les rudiments de l'espionnage de terrain : les filatures, contre-filatures, repérages, recherches et autres approches... Nikolaï en avait fait baver à Victoire, elle l'avait détesté pour ça, mais maintenant il y avait prescription, d'autant que l'ancien formateur avait perdu de sa superbe, avec ses premiers cheveux blancs, ses rides aux coins des yeux et ses épaules légèrement voûtées. Sans parler de cette claudication qu'elle lui avait toujours connue. Son étoile dans la Boîte avait brutalement pâli, depuis la lettre de Suleiman : n'avait-il pas été manipulé à Tunis, intoxiqué par sa cible, le chef djihadiste, voire par sa source, Centaure ? Voire... par sa source et sa cible ! N'était-ce pas une opération des Russes ? C'était d'ailleurs ce que Victoire avait avancé quand elle avait revu Reilhac, rapidement certes mais en tête à tête, afin de lui exposer son plan : profiter de la mauvaise passe de Nikolaï Kozel pour l'instrumentaliser.

Reilhac avait dit oui, à la condition que Victoire ne

dévoile en aucun cas l'intégralité de son plan. Il s'agissait de sonder Kozel sur ses dispositions à tamponner Suleiman. Mais de s'en tenir à cela, strictement à cela. La suite de l'opération, il n'avait pas besoin d'en connaître, selon l'expression consacrée. Les doutes, désormais bien établis, sur sa fiabilité, interdisaient qu'on le mît dans la confidence quant à l'infiltration de la madrassa. Kozel ne serait utilisé que pour un « one shot », l'approche de Suleiman. On le rendrait ensuite à sa préretraite et à ses états d'âme.

Ils s'étaient installés au comptoir du Café des Dames, et enchaînaient les shots de vodka en évoquant les derniers potins de la Boîte. Kozel enviait la fraîcheur de Victoire, son enthousiasme. Il l'avait eu, cet état d'esprit, quinze ans, vingt ans auparavant. Surtout en poste à l'étranger, à Phnom Penh, Belgrade, Tunis… Même si cela ne s'était approché ni de près ni de loin, en intensité, de ce qu'il avait vécu auparavant. Mais ça, c'était une autre histoire.

Au troisième shot de Nemiroff miel et piment – Kozel ne buvait que de la vodka ukrainienne –, Victoire accepta de l'appeler par son prénom et lâcha la raison de sa visite. Elle n'avait pas été autorisée, bien sûr, à sortir des bureaux la lettre d'al-Chichani, mais souhaitait en exposer l'essentiel. Dans sa tête, elle avait préparé ce qu'elle dirait à son ancien formateur, et tout ce qu'elle lui cacherait. Et même si elle avalait un litre d'eau-de-vie, elle ne faiblirait pas. Elle se connaissait. Et Nikolaï la connaissait.

Elle attaqua dans le dur. « On a reçu une lettre. Signée de… Suleiman al-Chichani. » Kozel ne broncha pas. « Il souhaite faire défection et il cite deux noms : le vôtre, d'abord. Il veut vous rencontrer… Il vous donne rendez-vous, à Kaboul.

— Moi ? À Kaboul ?

— Oui.

— Et le deuxième nom ?

— Ahmed Messaoui.

— Impossible. »

Elle fixa Nikolaï et, cette fois-ci, décela un léger trouble dans son regard blasé.

« Et on est sûr que cette lettre vient de lui ? demanda froidement Kozel.

— On le pense, oui. Mais pour en être sûr, il faudrait aller au contact.

— Mauvaise idée. Ça m'a tout l'air d'être une belle provoc'.

— De qui ?

— Je ne sais pas. C'est à toi de me le dire. Des Russes, qui sait ?

— Des Russes ? Ou de Suleiman lui-même, non ? »

Kozel avala cul sec un shot de vodka. « De Suleiman… » Il avait répété le nom du Tchétchène en contenant tant bien que mal son agacement. « Le cas échéant, cela voudrait dire qu'Ahmed serait aussi dans le coup… Impossible, je te dis. J'espère qu'à la Boîte, ils ne sont pas en train d'imaginer dans leurs cerveaux malades que je me suis fait intoxiquer par ma cible et par ma source ? »

Il avait perçu dans les yeux de Victoire, dans sa voix, dans le choix de ses mots, qu'elle maîtrisait parfaitement ce qu'elle avait à exposer, mais il ne chercha même pas à lui en faire cracher ne serait-ce qu'un petit morceau. Parce que c'était perdu d'avance, parce qu'il l'avait formée, et qu'il était trop éloigné du métier, actuellement. Ça ne l'intéressait pas. Il s'était donné quelques mois pour approfondir les subtilités du théâtre russe avec une des grandes spécialistes du genre, et ne plus penser à rien d'autre.

Mais Victoire Le Lidec n'était pas seulement rigoureuse, elle pouvait aussi se montrer persuasive. « Je ne crois pas une minute à tout ce qu'on dit sur vous... », lâcha-t-elle, vidant son verre cul sec avant de reprendre : « ... après tout ce que vous avez fait. Hier encore, vous étiez le meilleur, avec ce Centaure que les services du monde entier nous enviaient. Grâce à vous, Daesh patinait en Libye, et allait croupir comme une misérable secte au fin fond des Philippines. Et puis du jour au lendemain, sur la foi de quelques infos de seconde main, vous voilà pestiféré... » Nikolaï se dit qu'elle poussait le bouchon un peu loin, mais, à sa place, n'aurait-il pas fait la même chose ? On ne laisse pas un adversaire à moitié sonné récupérer tranquillement dans son coin, on continue à le bourrer de coups. S'ils discutaient tous les deux, accoudés au comptoir, comme de vieux camarades... il sentait pourtant que Victoire n'était pas franchement dans son camp, sur cette partie-là. Il n'imaginait pas, par exemple, qu'elle pût avoir autant d'intérêt pour ce Tchétchène affaibli sur une terre nord-africaine, alors que son terrain privilégié était l'Asie du Sud, et surtout le Pakistan.

Mais lui aussi avait son agenda personnel. D'abord, il quitterait volontiers quelque temps le panier de crabes parisien, en allant se faire oublier sur une opération lointaine. Ensuite, il ferait bien cracher à ce Suleiman ce qu'il savait sur cette histoire de manipulation, de complicité entre lui, le Tchétchène, et Centaure… afin d'établir si derrière tout cela se cachait la main du SVR ou celle du FSB, les services russes.

Ahmed n'était plus là pour apporter des réponses. Restait Suleiman.

« Donc, si je comprends bien, résuma-t-il avant d'avoir trop bu, tu me demandes de participer à la tentative de recrutement de Suleiman al-Chichani ? C'est ça ?

— Oui. Tout le monde y gagnerait, à mon avis. » Elle le fixa assez longuement pour qu'il comprenne ce qu'il y avait à comprendre.

Il était tenté. Il fit mine de réfléchir, concentré, en observant son verre vide.

« C'est cocasse », dit-il. Elle tourna la tête vers lui, pensant qu'il allait lui donner une réponse. « Je n'aimais plus les histoires, je pensais en avoir fait le tour, toutes ces combinaisons possibles de récits mettant en relation des personnages, ou exhibant des consciences individuelles dans leurs épanchements sans retenue, leurs flots insensés. Mais là, ce Tchekhov… »

Il fit signe au barman de les resservir. Victoire s'arma de patience. Elle se forçait à sourire. Il but, puis reprit, en articulant chaque syllabe, comme s'il cherchait à exaspérer sa jeune collègue pendue à ses lèvres : « Le mérite de l'âge est d'ôter toute angoisse pour l'avenir, pour le long terme… alors qu'autour de soi, on le voit bien, les gens flippent, tous, à juste titre d'ailleurs, ça ne sent pas bon, le monde qui vient. On compatit, raisonnablement. Est-ce mesquin de se réjouir de ne pas avoir à s'inquiéter ? »

Victoire se redressa, s'éclaircit la gorge. Elle ne souriait plus. « Mon capitaine ?

— Oui ?

— Pour Suleiman… donc ? »

Il refusa, de manière catégorique. Sans s'expliquer. Il refusa pour le principe. Pour la tranquillité. Pour Tchekhov.

10

Personne n'aurait pu dire – à part ses parents, peut-être – si Gérard Mansuy avait le physique de son caractère, ou si c'était l'inverse. Son visage, son corps même – membres courts et maigres, torse trop bombé, mélange de vanité et de complexe d'infériorité –, sa posture, sur la défensive, et son regard, inquiet et mauvais, respiraient la peur, la défaite, l'amertume.

Quand il marchait dans les couloirs de la DGSE, il roulait légèrement des épaules, les poings fermés, comme s'il se tenait prêt à cogner. On imaginait sans mal une phrase tourner en boucle dans sa tête : « Je suis le plus fort, je les défonce tous. » Cela devait être épuisant, la même phrase en boucle, toute sa vie.

Enfin, lorsque Mansuy prononçait son patronyme, il prenait un discret accent aristocratique, comme si ces deux syllabes et l'histoire qui allait avec le plaçaient sans discussion possible au-dessus du commun des mortels.

Récemment nommé chef du service de sécurité, Gérard Mansuy avait décidé de rencontrer les Russes pour tenter d'éclaircir leur rôle dans ce qui était devenu son obsession du moment, son dossier prioritaire : Kozel. Et, en particulier, la compromission de son successeur à Tunis. Il n'allait évidemment pas leur ouvrir tous ses dossiers. Il connaissait par exemple, presque au litre près, la quantité d'alcool ingurgitée par l'officier traitant chaque mois. Et il venait de lancer des vérifications sur cette rumeur insinuant que l'« Ukrainien » avait fréquenté une maison close clandestine à Tunis. Il voulait casser ce mythe du légionnaire fidèle, loyal, droit… Il ne supportait plus, en fait, d'être le seul à passer pour un connard. « Le service de sécurité est là pour vous protéger, ne cessait-il de répéter à ses collègues. Par nature, je ne suis pas spécialement un fouineur. »

Les deux hommes assis face à lui dans cette salle de réunion sécurisée du boulevard Mortier auraient pu ne faire qu'une bouchée de Gérard Mansuy, mais l'ordre du jour concernait, officiellement, une collaboration en bonne intelligence. Et le petit sourire forcé qui éclairait le visage sévère des deux Russes ne se voulait pas dominateur, seulement conciliant : on leur avait appris durant leur formation que les Français jugeaient hostiles leurs interlocuteurs quand ils ne souriaient pas.

Mansuy était une teigne antipathique, à l'esprit étroit, mais l'entraînement au vice lui avait donné de bons réflexes : il n'allait pas laisser entendre trop directement à ces officiers du FSB – le « Fsbeu », la « FaceB », comme on disait à la Boîte – qu'il avait Nikolaï Kozel dans le collimateur. Ni à eux, ni à leurs collègues du SVR, les services extérieurs, même si, pour les Russes, tout ce qui concernait les Tchétchènes, même de loin, était un problème intérieur.

« Nous savons à quel point vous êtes intéressés par

Suleiman al-Chichani, attaqua-t-il. Nous aussi il nous intéresse, bien sûr. Mais nous pensons qu'il est plutôt en perte de vitesse au sein de Daesh.

— Un Tchétchène islamiste en perte de vitesse est encore en vie, grogna le plus âgé des Russes. Et un Tchétchène islamiste en vie est... un homme mort. »

Son adjoint rit à cette saillie, et Gérard Mansuy en fit autant, par politesse. Il savait qu'une récente vague d'attentats dans les transports en commun moscovites, tous attribués à des islamistes tchétchènes, avait relancé de plus belle la guerre des services russes contre ces ennemis déclarés.

Le lieutenant-colonel Anisim Grichine reprit la parole, avec gravité. « Il y a quelques mois, quand nous avons approché – de manière formelle, officielle, je vous rassure – votre homme à Tunis, ce Kozel... » Mansuy ne put s'empêcher de se raidir, et s'en voulut. « ... il nous a envoyés promener – balader, comme vous dites. Nous n'avons pas apprécié. Alors qu'à cette époque, il aurait été facile de nous débarrasser tous ensemble de cette peste terroriste. Votre traitant avait un accès presque direct à Suleiman, c'était exceptionnel.

— Oui. Par une source malheureusement décédée aujourd'hui. »

Le lieutenant-colonel regarda brièvement son adjoint.

« Je ne vous cache pas, reprit Mansuy, que nous avons des doutes concernant les événements de cette année-là. Je suis chargé d'enquêter sur tout ce qui s'est passé en Tunisie. Le rôle de Kozel dans la mort de cette source tunisienne, ses erreurs éventuelles, ses... fautes éventuelles. C'est ma priorité. Mais Suleiman, c'est moins mon problème. Mes collègues du contre-terro y travaillent, vous y travaillez… Moi, ce qui m'intéresse, c'est l'histoire ancienne. Pas si ancienne que ça, d'ailleurs : 2016. Précisément les mois passés par Kozel à Tunis jusqu'à son retour début janvier.

— Vous-même avez été en poste là-bas », le coupa l'adjoint de Grichine.

Mansuy se renfrogna. Un silence lourd envahit la pièce. Comme cette salle était déjà insonorisée, chacun pouvait percevoir la respiration des autres, surtout celle du Français, plus forte, plus hachée. Tous trois connaissaient l'histoire : Gérard Mansuy avait été le chef de poste DGSE à Tunis avant Kozel, et il avait été rappelé à Paris pour manque de résultats. Une humiliation. À peine compensée par sa nomination suivante, grâce à de solides réseaux. Le fait que Nikolaï Kozel – « avec son prénom étranger et son nom étranger », soulignait Mansuy à chaque occasion – avait particulièrement brillé après lui alimentait la haine féroce qu'il lui portait. Renforcée par le profil de Nikolaï, entré tard boulevard Mortier, après un parcours atypique.

Le Russe venait d'appuyer là où ça faisait mal. Son supérieur en profita. « Au fond, qu'attendez-vous de nous, monsieur Mansuy ? »

Le Français sentit qu'il ne maîtrisait plus la partie. Il ne pouvait pas leur lâcher clairement ce qu'il aurait tant aimé obtenir d'eux : des informations compromettantes sur Nikolaï Kozel. Et en échange, il aurait été prêt à leur donner ce qui les intéressait, eux, à savoir une bonne partie du dossier sur le Tchétchène.

Mais il fallait avancer. Il joua donc ce dernier atout,

bien que ce ne soit pas le meilleur moment. « Il se pourrait que nous ayons des renseignements inédits et de grande valeur sur Suleiman al-Chichani. » Il laissa l'information infuser chez ses interlocuteurs avant de tenter de ramasser la mise, sans grand espoir. « Mais le prix que j'en...

— Vous voulez savoir ce qui s'est passé, précisément, entre votre Kozel et nous à Tunis ?

— Heu... voilà. »

Les deux Russes se regardèrent. Mansuy se sentit obligé d'ajouter : « Mais vous devez bien réaliser que Kozel n'a plus d'importance chez nous, et qu'il n'en aura plus jamais, d'ailleurs. C'est une planche pourrie dorénavant. » Le lieutenant-colonel ricana, puis il regarda à nouveau son adjoint. Les deux Russes se levèrent de conserve. Mansuy hésita un instant, se leva à son tour. Anisim Grichine lui tendit la main, soudain chaleureux. « Vous comprendrez que nous devons parler à notre hiérarchie de cette proposition. Nous vous conseillons d'en parler aussi à la vôtre. L'heure est à la collaboration entre nos services, comme vous savez, pas aux coups foireux, comme vous dites.

— Absolument, vous avez raison. »

Gérard Mansuy souhaitait maintenant en finir au plus vite avec cette réunion et il raccompagna ses hôtes, en prenant l'air suffisant qui lui donnait, pensait-il, sa meilleure contenance.

Il avait réussi, somme toute, à obtenir un élément clé pour son enquête. Les Russes, qui d'habitude réagissaient promptement et avec passion dès que le sujet Suleiman était abordé, avaient fait la fine bouche lorsqu'il leur avait offert, en quelque sorte, le terroriste sur un plateau. Comme si le sort de ce dernier ne les intéressait plus ou qu'ils n'avaient plus besoin de la DGSE dans la « gestion » de cet objectif pourtant prioritaire, depuis toujours, à leurs yeux.

Comme si, finalement, les Russes avaient recruté la source idoine pour les renseigner sur Suleiman. La source qui leur avait toujours manqué et qu'ils enviaient aux services français...

Mansuy alla retrouver son adjointe, la « femme au carnet et au stylo », qu'il avait déléguée pour surveiller ce qui se tramait dans le service du contre-terrorisme concernant Suleiman et Kozel. Et il lui soumit son hypothèse.

« Premièrement, attaqua-t-il, sûr de lui, il y a intoxication : le Tchétchène, grâce à la complicité de Centaure, découvre que Kozel travaille sur lui et transmet donc facilement à l'officier traitant de fausses informations. Deuxièmement, Kozel – on doit lui reconnaître un certain flair – se rend compte de la duplicité de sa source et cherche à s'en débarrasser. Pas question de radier Centaure – Kozel ne veut pas avoir à se justifier auprès de la Boîte –, alors il vend tout simplement son agent aux Russes – qui ont montré leur intérêt –, puis justifie sa disparition par un accident invérifiable. À ce moment-là, il se met à jouer au type abattu, écœuré, rentre à Paris et prend ses distances. Limpide. »

L'adjointe approuva. Elle admirait son chef, mais, surtout, le craignait. Son côté monomaniaque, obsessionnel. Elle osait rarement le contredire.

11

Nikolaï posa le recueil de nouvelles sur la table basse. Le cœur n'y était pas.

Il décida de sortir prendre l'air, se changer les idées.

Revoir Victoire, savourer sa présence le temps de quelques verres, l'avait certes sorti de sa torpeur. Elle seule l'appelait encore « mon capitaine ». Dans la bouche de la jeune femme, l'expression n'était pas véritablement une marque de respect due à un supérieur hiérarchique. D'ailleurs, et elle le savait, la désignation par son grade d'un officier ne faisait pas partie des pratiques de la Boîte. Non, si Victoire appelait parfois Nikolaï « mon capitaine », c'était comme un surnom affectueux qu'elle lui attribuait, du fait de ce « mon » qui lui donnait l'agréable impression de s'être approprié l'homme. La jeune femme était possessive.

Le capitaine Kozel avait fini par lui faire remarquer, sans que cela ne change en rien ses habitudes, que ce « mon »-là n'était que le diminutif de « monsieur ». Rien à voir avec un adjectif possessif. Lorsqu'elle disait « mon capitaine », elle disait donc, en fait, « monsieur le capitaine ». « D'ailleurs, quand on est une femme, avait-il expliqué, sauf si l'on est soi-même militaire, ce qui n'est pas ton cas, on dit "monsieur", tout simplement.

— Et si on est un homme ? Un civil, je veux dire ?

— On dit "mon capitaine".

— Pourquoi ?

— C'est comme ça. Peut-être parce qu'en ces temps-là, les hommes étaient presque tous militaires… Tu m'emmerdes ! Ce sont les us et coutumes, c'est tout. On ne les change pas. C'est comme de dire bonjour ou merci.

— C'est drôle, quand j'étais petite, mon vieux réac de père parlait comme ça quand je ne voulais pas apprendre les formules de politesse de l'aristocratie du XIXe siècle ! Aujourd'hui disparues, bien entendu. Ne le prenez pas mal, mon capitaine. »

Tout cela aurait pu ôter du charme au petit jeu de Victoire, mais, au contraire, cela ajouta une touche de complicité entre eux. Et puis, dans l'esprit de la jeune femme, l'appellation faisait aussi référence au fameux « *O Captain ! my Captain !* » du *Cercle des poètes disparus,* qui l'avait marquée, adolescente. Kozel, avec ce ton pontifiant derrière lequel il aimait à se masquer, lui avait fait la leçon, à ce sujet. « Depuis ce film… c'est devenu un poncif, dans la culture populaire. En fait, il s'agit d'un poème du grand Walt Whitman, en hommage à Abraham Lincoln, après son assassinat : "Ô capitaine ! mon capitaine ! Notre effroyable voyage est terminé, / Le vaisseau a franchi tous les caps, la récompense recherchée est gagnée"… »

Mais Victoire figurait aussi l'incarnation de la Boîte, de la Maison que Nikolaï avait décidé de plaquer, au moins le temps de faire le point. Le spleen l'envahit à nouveau. Il s'engouffra dans les couloirs du métro.

Il se sentait déprimé depuis la fin de son mandat à Tunis. Et les collègues qui balançaient dans son dos n'y étaient pour rien. Ces pratiques coutumières ne l'affectaient plus tant que ça. Mais, par sa faute, Centaure était mort. Nikolaï l'avait envoyé accomplir une mission dénuée d'enjeu, « une mission à la con », et Centaure, au mauvais moment au mauvais endroit, n'en était jamais revenu.

Descendu à la station Faidherbe, il rejoignit à pied la rue d'Aligre et son marché.

Lui, Nikolaï Kozel, avait tout bêtement sacrifié sa source, par manque de discernement, par vanité professionnelle... Le chef de poste était rentré à Paris anéanti. Il ne s'en remettait pas. Tunis, la Boîte, trop de mauvais souvenirs.

Il s'arrêta devant un étal pour acheter quelques fruits. Le marchand qui hélait les clients avait les traits d'Ahmed... Cela le fit sourire tristement.

De surcroît, à son retour à Paris, il n'avait pas obtenu le poste qu'il espérait. Un grand classique : personne ne vous attend. Il aurait fallu démarcher les différentes directions, les différents services, pour se vendre, comme n'importe quel demandeur d'emploi, choisir une tenue ad hoc, valoriser la structure pour laquelle on postule, détecter les questions pièges... en offrant de soi une image favorable. Avec le bourdon et la gueule qu'il avait à son retour de Tunis ! Il n'avait ni la volonté, ni la force, de se prêter à l'exercice. Surtout à son âge.

Continuant sa balade, toujours pensif, il finit par

rejoindre la place de la Bastille et passa devant le café qui avait servi de point de rendez-vous avec Victoire, plus de six ans auparavant. Victoire, encore Victoire.

Ces derniers temps, Kozel avait vraiment envisagé de tirer sa révérence, mais il se jugeait trop jeune, à cinquante ans, pour partir à la retraite et ne se sentait pas prêt à entamer une deuxième vie. Avec l'accord de sa hiérarchie, il avait donc décidé d'attendre qu'un job à sa convenance lui soit proposé. Ça tombait bien : depuis qu'il était entré à la DGSE, il n'avait jamais pu prendre de vacances. Alors, il allait s'accorder un repos bien mérité pendant quelques semaines, voire quelques mois, et tenter de rendre sa mélancolie moins lancinante grâce à Tchekhov. Soigner le mal par le mal.

Merde. Pourquoi le Tchétchène souhaite-t-il me voir, moi ?

D'après ce que Victoire lui avait dit, il y aurait eu un complot de Suleiman al-Chichani et Centaure pour intoxiquer la Boîte via son intermédiaire, lui, Nikolaï. Ce qui réduisait pratiquement à néant tout son travail pendant les neuf mois qu'il avait passés à Tunis. Sans parler de sa carrière, qui allait sombrer à tout jamais.

Victoire savait convaincre. En continuant à parcourir le quartier, Kozel ne cessait de penser à la jeune fille qu'il avait été chargé d'instruire, à l'époque : elle raisonnait bien, elle raisonnait vite. D'ailleurs elle l'avait épuisé, avec sa manière obsessionnelle de ne jamais rien lâcher, y compris les éléments les plus insignifiants d'une mission.

Nikolaï se dit que, pour ne pas laisser cette théorie sur Tunis devenir la version officielle de l'histoire, il devrait peut-être sortir de sa retraite forcée. Sans compter que

Le Lidec n'avait pas tout mis sur la table – enfin, sur le comptoir du Café des Dames –, il le sentait, et cette tentative de manipulation un peu grossière le blessait. Il n'avait pas l'intention de lui donner raison. Mais il ne pouvait s'empêcher d'y penser.

Il ne souhaitait pas non plus revenir sur sa décision de prendre du recul. Son orgueil et son entêtement allaient donc continuer quelque temps encore à se battre en duel.

12

Victoire s'en voulait d'avoir dissimulé une partie de l'opération à Nikolaï. Elle aurait aimé lui parler de Khadimat, de ses espoirs d'infiltrer à terme sa madrassa, cette école du terrorisme, de la nécessité à cet effet de recruter Suleiman, son fils, que l'on souhaitait contraindre à trahir sa mère. Sans doute Nikolaï aurait-il été d'un bon conseil, d'ailleurs.

Elle repensa également à l'exigence de Suleiman : le responsable de Daesh donnait rendez-vous à Nikolaï à Kaboul. Personne n'avait d'abord compris pourquoi. Le lien entre l'Afghanistan et le terroriste tchétchène basé en Libye n'était pas évident. Sauf pour Victoire, qui, elle, s'en félicitait, et qui avait éclairé son chef : la madrassa où vivait la mère du Tchétchène, à Peshawar, n'était qu'à deux cents kilomètres de la capitale afghane.

Pour le moment, de nouveau assise face au colonel Reilhac, Victoire jouait une partie plus compliquée encore. Depuis que des soupçons de trahison pesaient sur Kozel, son chef ne voulait plus être impliqué dans la combine. Il avait « eu des discussions avec la hiérarchie », avait « reçu des ordres stricts »... Il ne voulait pas « charger d'une telle opération un type en qui il n'avait pas confiance ». Le « type » étant Nikolaï Kozel, hier un des piliers de la Boîte, que tout le monde louait, mais que l'on soupçonnait aujourd'hui d'avoir été manipulé par Daesh pendant son mandat en Tunisie, voire d'avoir vendu sa source aux services russes. Si l'affaire attribuée à un officier traitant incontrôlable et potentiellement incompétent tournait mal, Reilhac ne voulait pas en assumer la responsabilité. « Sans parler de Mansuy », grommela-t-il avant de se replier sur lui-même, comme s'il regrettait d'avoir évoqué le nom du responsable de la sécurité. Victoire leva les sourcils, repensa à la femme au carnet, mais sentit que la porte s'était refermée et que Reilhac n'ajouterait rien à ce sujet.

Sans Nikolaï, la situation semblait bloquée. Victoire devait réfléchir plus vite que d'habitude, et trouver une solution, même si beaucoup d'éléments lui échappaient encore. Elle se souvint alors d'une astuce, transmise par Nikolaï lui-même pendant sa formation : « Quand rien ne se passe comme on le souhaite, il y a toujours moyen de se tourner vers le service Action, le plus clandestin et surtout le plus autonome de la Boîte. Dans une certaine mesure, les gars sont souvent partants pour donner un coup de main, surtout s'ils sont entre deux opérations et qu'ils s'emmerdent. » Or c'était le cas actuellement, elle le savait. Ils tournaient en rond, en raison de la mainmise des forces spéciales sur les opérations en Syrie, en Irak, au Sahel. Quasiment partout, en fait.

« Voilà ce que je vous propose, exposa-t-elle, au culot : vous parlez au SA. Ils devraient être ravis d'aller faire un tour à Kaboul. On explique au capitaine Kozel qu'ils vont l'accompagner pour le protéger, alors qu'ils seront là... pour le surveiller. Ils ne le lâcheront pas. On les regroupe tous à l'hôtel Serena, le lieu de rendez-vous fixé par Suleiman, et notre ami Nikolaï ne prendra pas un thé vert sans que nous soyons tenus au courant, ici à Paris.

— Le Lidec... » Reilhac ne put s'empêcher de sourire. « Vous allez petit à petit apprendre dans votre carrière, et peut-être même dans votre vie mais ça, ça ne me regarde pas, que l'on n'obtient pas toujours ce que l'on veut, parfois il faut savoir patienter, renoncer même... » Il marqua une pause, puis ajouta : « Donnez-moi quelques heures. »

Victoire esquissa une moue de satisfaction. Elle se leva, salua de la tête, sortit. Mais dans le couloir, à l'abri des regards, elle ne put retenir un petit pas de danse, joyeux.

13

Daria Kozel aurait pu vivre dans un appartement plus vaste, dans un quartier de Paris plus abordable, voire en banlieue, mais un seul critère avait motivé son choix : la proximité de la discrète cathédrale Saint-Volodymyr-le-Grand, située au croisement de la rue des Saints-Pères et du boulevard Saint-Germain. Elle vivait donc dans un modeste deux-pièces rue Cassette, au centre du chic sixième arrondissement et se rendait chaque jour, à pied, en marchant avec peine comme une femme âgée mais poussée par la flamme d'une croyante convaincue, aux offices de rite byzantin de son église grecque-catholique ukrainienne.

Nikolaï comprenait mal ce regain de foi de sa mère, qu'il jugeait excessif, et résistait autant qu'il pouvait à ses tentatives répétées pour l'entraîner lui aussi vers la religion de leurs ancêtres, un culte qui avait retrouvé sa totale liberté en 1989, après avoir été intégré de force par Staline à l'Église orthodoxe.

Ce jour-là, justement, assis sur un canapé inconfortable, le seul éclairage provenant de cierges en cire d'abeille, devant une tasse de ce thé imbuvable, il essuyait une litanie de reproches à propos de sa vie. Sans femme et sans enfants, sans Dieu et sans icônes ! Sa mère ne comprenait pas.

« Dacha, s'agaça-t-il, je vais bien, je t'assure. C'est seulement au travail que c'est un peu compliqué, en ce moment. Mais je te rappelle que je suis fonctionnaire, je suis payé, donc arrête de t'inquiéter.

— Oui, mais ma jolie Nathalie... Natacha... Pourquoi tu ne me l'amènes plus, Nathalie ?

— Parce que nous sommes séparés, Dacha.

— Évidemment. Tu ne voulais pas lui faire d'enfants !

— Tu n'en sais rien, maman, tu ne sais pas qui de nous deux ne voulait pas, ou ne pouvait pas, faire d'enfants.

— Toutes les femmes veulent des enfants. Ton cœur est sec, Kolienka, et ça me rend triste, et ça rend triste notre Christ et toutes les Myrrhophores. »

Daria appelait le plus souvent son fils par son diminutif : Kolia. Quand elle souhaitait marquer sa désapprobation, pour une raison ou pour une autre, et selon des règles qui n'appartenaient qu'à elle, elle passait à Kolienka, le superlatif... du diminutif.

Nikolaï haussa les épaules, et se dirigea vers la fenêtre qui donnait sur la rue Cassette. Il se répétait en boucle des répliques de Platonov, et les sermons de sa mère, comme ce que lui avait révélé Victoire la veille, glissaient dans sa tête par vaguelettes successives sans pouvoir se fixer. Il eut cependant une pensée pour Nathalie, la femme de sa vie. Elle n'avait pas voulu le suivre à Tunis et Nikolaï avait alors deviné que le problème entre eux était profond. Ils s'étaient donc séparés, mais sans crise, presque sans émotion, comme s'il s'agissait d'une simple parenthèse dans leur existence de couple. Mais, à son retour de Tunis, l'agent secret avait découvert qu'il ignorait beaucoup de choses sur sa compagne, son ex-compagne : elle avait déménagé sans le prévenir, et elle vivait désormais avec un libraire spécialisé en romans policiers et en romans... d'espionnage. Toujours experte en finances, elle avait aussi changé d'employeur, gérant un fonds dans une société dont Nikolaï n'arrivait pas à retenir le nom, le métier de Nathalie lui ayant toujours paru nébuleux.

Il avait vite évalué les conséquences de son célibat tout neuf. L'absence de vie sociale, en premier lieu, leurs amis, comprit-il avec une légère angoisse, étaient tous d'abord les siens.

En fixant la rue en contrebas, Nikolaï, qui n'avait pas perdu ses automatismes, finit par repérer un couple, assis dans une voiture garée sur une place de livraison. Ils discutaient, et se prenaient de temps à autre la main tendrement, mais la jeune femme, probablement encore novice, ne pouvait s'empêcher de jeter de brefs regards vers l'entrée de l'immeuble de Daria Kozel. Nikolaï possédait comme un sixième sens pour repérer les gens de la Maison. De la Boîte... ou d'une autre boutique. Les Russes devaient être sur le pied de guerre, depuis que des nouvelles au sujet de Suleiman avaient recommencé à circuler. Bref, tout le monde s'agitait, pendant que lui essayait juste de mémoriser ses répliques de théâtre.

Nikolaï se retourna et sourit à sa mère. Assise sans bouger dans son fauteuil, elle n'avait pas cessé de le fixer, comme si elle priait pour lui. Il fut soudain envahi par une bouffée d'affection. Dacha était bien le dernier point stable de son monde qui s'écroulait.

Sa vie à elle avait été simple : consacrée d'abord à son mari, petit fonctionnaire ukrainien. Dont la mort soudaine, seulement cinq ans après la naissance de Nikolaï, l'avait laissée dans un grand dénuement matériel. Ne vivant que pour son fils, elle avait décidé d'émigrer en France, où vivait une cousine éloignée. Ce n'est qu'après plusieurs dizaines d'années passées à Paris qu'elle avait commencé à revendiquer avec fierté ses origines, sa culture, sa religion.

Nikolaï s'était rassis pendant que sa mère s'affairait dans sa petite cuisine, lui préparant un bortsch qu'elle améliorait avec quantité de lard.

Nikolaï oublia alors un moment Tchekhov pour tenter de faire le point. Il en était là, aujourd'hui, en raison de son dernier fait d'armes. À Tunis, il avait recruté une source jugée par sa hiérarchie comme exceptionnelle : Centaure. Ce qui avait déclenché une forte jalousie chez son prédécesseur, et vieux rival, Gérard Mansuy, qui ne devait son poste actuel qu'à ses réseaux francs-maçons. La mort de Centaure avait dû le réjouir… Nikolaï imaginait d'ailleurs bien Mansuy être l'un des artisans de sa disgrâce.

Il le voyait fouiller dans sa vie personnelle et ses pratiques professionnelles, le soupçonner de tout et le reste, malgré les nombreuses enquêtes internes subies par Nikolaï durant sa carrière, notamment à cause des origines de sa mère. Peut-être même le chef du service de sécurité surveillait-il de près les relations ukrainiennes de Daria, l'éparque de la cathédrale et tous ses prêtres. Daria qui rêvait d'un voyage en Ukraine avec son fils – pas vraiment opportun par les temps qui courent...

Nikolaï avait du vague à l'âme. La dernière personne dont il s'était senti vraiment proche était morte : il s'agissait de Centaure. Il proposa à sa mère de regarder un film. Il savait qu'elle s'endormirait devant, mais il aimait ces moments passés à ses côtés, sans avoir à parler. Elle lui donnait depuis quelque temps l'impression de pouvoir basculer dans la folie douce, alors qu'elle avait jusque-là plutôt bien tenu. Daria se permettait de plus en plus souvent de s'absenter en elle-même. Il fallait, pour arriver à échanger avec elle, aller la chercher, la secouer gentiment. Certaines de ses amies y arrivaient mieux que lui, trop agressif quand il frappait à la porte close.

Il s'agaçait aussi de la voir triste en toutes occasions, y compris lors d'événements qui auraient dû la réjouir. Elle lui avait expliqué un jour gentiment, retrouvant sa vivacité d'esprit : « Le problème, avec l'âge, c'est que l'on reconnaît avec précision les moments heureux tout en les vivant. Comme on sait par ailleurs qu'ils sont rares, et que leur fréquence n'a aucune raison de s'accroître, on y mêle tant de nostalgie anticipée qu'ils en deviennent sombres. On finirait presque par les redouter quand on les sent arriver. » Il avait trouvé cette réflexion pleine de bon sens. Mais il se rappela que cette mélancolie habitait sa mère depuis toujours. Il le lui reprochait déjà, d'ailleurs, quand il n'était encore qu'adolescent.

En pensant à tout ça – il ne s'intéressait en fait pas plus au film qu'elle –, il se dit qu'au fond il lui ressemblait de plus en plus. L'âme slave. À quinze ans, se dit Nikolaï, ou même à vingt-cinq, on fait à ses parents des reproches acerbes, ouvertement ou dans son for intérieur. Si l'on pouvait savoir, alors, que les travers et autres défauts qui ont le plus provoqué notre agacement, voire notre hargne, seront quelques dizaines d'années plus tard nos traits de caractère les plus saillants, les gestes et attitudes les plus inévitables, dont nous serons fiers ou simplement inconscients, d'autant plus cultivés qu'ils sont marqués du sceau de la nostalgie…

14

Victoire ne croyait pas un mot de cette histoire de compromission. Kozel n'avait pas pu faire ça. Elle connaissait ses défauts et, si elle avait quelques raisons de lui en vouloir – depuis son instruction –, il symbolisait à ses yeux la loyauté, le patriotisme.

Victoire Le Lidec ne se contentait jamais de ce qu'on lui présentait comme des évidences, des vérités. Depuis qu'elle avait commencé à réfléchir à son choix de carrière, puis à la suite de son recrutement dans les services, elle n'avait cessé de se poser des questions sur son métier, sur le renseignement, sur le secret. Elle était assez intelligente pour garder la plupart de ses réflexions pour elle, ne souhaitant pas non plus passer pour la rebelle de service, la mauvaise camarade, celle qui remet en question les principes plus ou moins intangibles qui guidaient le fonctionnement bien rodé de la Maison.

Si, depuis quelques années, à la suite des tragédies qui avaient ensanglanté la France, l'opinion publique avait changé de regard sur le combat de l'ombre que menaient inlassablement des hommes et des femmes comme elle contre les terroristes, Victoire n'en avait pas pour autant cessé de réfléchir aux rapports qu'entretenait l'univers du renseignement, et son opacité, avec la démocratie, et sa nécessité de transparence. Elle étalait sans cesse les cartes sur la table et cherchait, pour son équilibre mental, à les organiser avec un minimum de cohérence : intérêts du pays, État qui s'autoprotège, faiblesse des contrôles, collecte de données personnelles, secrets parcellaires, fallacieux, interprétations erronées…

Elle devait également reconnaître que la plupart du temps, l'esprit en paix, son énergie consacrée à des missions concrètes qui prenaient tout leur sens, sans ambiguïté, simple pion entraîné par une force collective, par une équipe dévouée sans espoir de reconnaissance de la part de leurs concitoyens, en raison de la nature même de leur action, elle se sentait à sa place, à sa juste place. Ce qui était le cas, ce jour-là.

Victoire pensait à cela quand Reilhac débarqua dans son bureau pour lui annoncer que le service Action avait octroyé son accord, ils donneraient un coup de main.

La jeune Le Lidec lisait dans la tête de son chef comme dans un livre ouvert, c'était l'avantage d'avoir affaire à un militaire, aurait-elle pu en conclure si elle n'avait connu Nikolaï et son mode de pensée qui fuyait à l'instinct les dogmes et les règles.

La jeune femme prit conscience qu'elle ne pourrait compter sur un soutien hiérarchique que jusqu'à un certain point, jusqu'au moment où il faudrait être suffisamment créatif pour avancer, et cela serait déjà trop pour l'esprit formaté du colonel et son respect des ordres, exprimés ou simplement anticipés.

« Occupez-vous de Kozel, je m'occupe du reste », conclut Reilhac avant de tourner les talons.

15

Victoire avait imaginé que la présence d'Élie ferait diversion, qu'ils pourraient ainsi discuter de choses et d'autres sans subir la même pression que s'ils avaient été en tête à tête. Ce dîner avec Nikolaï devait lui permettre de convaincre le capitaine de partir pour Kaboul, mais discrètement, sans en avoir l'air. En donnant un aperçu de son intimité, la jeune femme espérait obtenir de Kozel qu'il fende un peu l'armure. Ce qui n'était pas gagné d'avance, avec un tel cabochard. La contrainte supplémentaire – règle du jeu qui aurait dû amuser son ex-instructeur – de devoir parler à demi-mot pour ne pas alerter Élie sur la nature des enjeux allait sans doute également atténuer les propos, les rendre moins directs.

Elle fut surprise de découvrir à quel point les deux hommes s'entendaient. Si bien qu'elle voyait les heures passer à parler du cerveau humain, de l'intelligence des mitochondries, de l'avenir des neurones, et commençait à s'inquiéter de ne pas trouver l'opportunité pour son ordre du jour caché.

Victoire vivait toujours dans son appartement d'étudiante, cour des Petites-Écuries, pas loin des Grands Boulevards. À l'époque, ses parents avaient encore des moyens, et ils lui avaient offert un beau logement, haut de plafond, que ses copines de Langues O' enviaient. Elle n'avait jamais eu de temps à consacrer à l'ameublement, ni à la décoration, et Nikolaï s'était amusé en découvrant les posters aux murs, et le canapé Ikea à moitié défoncé. Même le repas qu'elle leur servait aurait pu être l'œuvre de jeunes trop investis dans leurs examens pour gaspiller un temps précieux en cuisine.

Malgré une sagacité aiguisée par l'expérience, Nikolaï n'arrivait pas à identifier la nature de la relation entre Élie et elle, notamment s'ils vivaient ensemble à temps plein. Rien dans l'appartement, dans la chambre à coucher où il avait pénétré furtivement, ni dans la salle de bains, ne permettait de le découvrir. Nulle trace de sous-vêtements ou d'objets typiquement masculins, aucune revue médicale. Élie participait vaguement au service, mais avec la maladresse de celui qui n'est pas chez lui.

« Vous saviez, exposa avec exaltation le jeune homme au moment du dessert, que certaines personnes sont pathologiquement incapables de ressentir de la peur, même si leur vie est en danger ? »

Nikolaï le regarda en souriant. « Oui, je sais. J'en ai connu. »

L'étudiant ne prêta pas attention à la réponse et resta concentré sur ce qu'il souhaitait développer, certainement le fruit d'une lecture récente. « Elles ont une lésion de ce qu'on appelle les amygdales cérébrales, deux petites zones enfouies dans le cerveau, un système d'alarme hérité de nos ancêtres reptiliens. Les gens frappés de ce syndrome n'identifient pas l'expression de peur sur le visage des autres et ne savent pas distinguer s'ils sont hostiles, louches ou au contraire loyaux. Ces personnes semblent véritablement intrépides. »

Cet exposé provoqua un silence. Victoire s'engouffra dans la brèche. « Passons au salon... enfin, je veux dire, là, dans l'autre partie de cette pièce ! Élie va nous préparer un café, hein ? Et Nikolaï va me raconter à quoi il compte consacrer sa vie dans les prochaines semaines... À part brûler les planches bien sûr ! » Nikolaï sourit, gêné. Mais il se prêta malgré tout au jeu, et évoqua la foi de sa mère, son retour aux sources ukrainiennes, son désir d'aller à Kiev, d'y passer quelques jours et, pourquoi pas, de retourner dans son village natal. Elle souhaitait plus que tout être accompagnée par son fils, mais lui ne se sentait pas prêt pour entreprendre ce pèlerinage.

« Vous avez raison, répondit Victoire. Pas mal de choses se jouent ces temps-ci. La Boîte vous observe, vous le savez, Nikolaï. Vous êtes à un tournant de votre carrière, ce n'est peut-être pas le moment de faire du tourisme, fût-il "psychanalytique", vous comprenez ce que je veux dire ?

— À peu près, oui. Mais dis-moi, avant qu'il n'arrive avec son café, explique-moi dans quel genre de relation tu es avec ce jeune homme... Très sympa au demeurant. »

Cette question, inattendue, cueillit Victoire à froid. Elle bredouilla : « Ah, ça. Oui oui, c'est un gars bien, c'est sûr. Il a tout ce qu'il faut. Mais vous savez ce que c'est.

On bosse, on bosse. En ce moment, je m'éclate, comme vous devinez. Et je me bats toujours pour partir à l'étranger, j'y arriverai… ou alors, sinon, je suis prête à me barrer. Alors Élie… » L'intéressé arrivait de la cuisine, un plateau entre les mains. Il sourit benoîtement, et déposa les tasses de café sur la table basse. « Servez-vous, dit-il, et n'oubliez pas, Nikolaï, que vous devez me parler un peu de ce passé mystérieux qui vous a amené à devenir militaire. »

Ils entendirent des Africains s'engueuler dans la rue du Faubourg-Saint-Denis, au sujet d'une partie de cartes jouée sur un conteneur de poubelles.

Nikolaï toussota avant d'aborder, de mauvaise grâce et avec beaucoup d'ellipses, son parcours atypique : élevé tant bien que mal par une mère veuve prématurément, la petite délinquance, un peu de prison… et la Légion étrangère. Où il devint vite sergent. Les missions – Irak, Cambodge, Somalie –, puis la blessure, malencontreuse, dans des circonstances qu'il passa sous silence. Ensuite, à force de travail, le concours de major, le grade d'officier obtenu de haute lutte. Il se tut. Élie n'insista pas. Victoire prit le relais et souligna combien le profil de Nikolaï et sa trajectoire lui avaient valu le mépris de ses collègues à la formation plus traditionnelle, qui, dans le même temps, le redoutaient à cause de son passé sulfureux. Elle ne put s'empêcher de raconter ensuite, à sa manière, mêlant mensonges par omission et pures inventions, que Nikolaï avait été un temps instructeur pour les jeunes recrues du ministère, comme elle, qui manquaient de certaines bases militaires, et combien il avait été admiré par ses élèves, même si certains, certaines, trouvaient l'ambiance de cette formation un peu particulière, et parfois même brutale. Élie écoutait poliment, mais Nikolaï sentait bien que Victoire ne s'adressait pas vraiment à son petit ami. « Le capitaine Kozel avait du mal à se défaire de ses réflexes de légionnaire, même si je dois reconnaître qu'il n'était en rien sexiste : il traitait les jeunes femmes aussi durement que les hommes. » Un silence se fit. Élie sortit alors de sa torpeur. « Je ne savais pas que les fonctionnaires du ministère de la Défense devaient subir ce genre de... d'initiation ?

— Moi non plus ! » s'exclama Nikolaï en riant. Avant de se reprendre : « Je veux dire : avant qu'on ne me le demande... » Il échangea un regard avec Victoire.

Soudain, le portable d'Élie vibra : une urgence, il devait filer à Lariboisière. On le sentit plutôt soulagé de couper court à ces histoires d'anciens combattants.

Après son départ, Nikolaï observa Victoire, comme pour deviner quel tour allait prendre la soirée. Le dîner amical qui devait leur permettre d'évoquer l'ancien temps, et par la même occasion de lui présenter Élie, touchait à sa fin.

« Alors, vous le trouvez comment ? » attaqua Victoire, pas très sûre elle non plus de la meilleure manière d'enchaîner après ce départ impromptu du jeune interne.

« Très bien. Intéressant, enthousiaste. Beau garçon. Que pourrais-tu demander de plus !

— Ouais, c'est vrai. Un peu jeune pour moi, peut-être. » Elle fit mine de réfléchir, avant de cesser ce petit jeu. « Non mais attendez, on s'en fout d'Élie. Vous savez très bien que la vie de couple n'est pas ma priorité et...

— Une minute, l'interrompit-il, soudain grave. Pas si vite. Je sais où tu veux en venir. On va en parler de ton plan Kaboul. Mais, de toi à moi, je veux dire de moi, acteur de théâtre amateur, à toi, jeune femme pleine de vie et de promesses, essaye quand même, si tu passes par hasard à côté de celui qui pourrait être l'homme de ta vie, d'une partie de ta vie, de ne pas le rater. Je sais de quoi je parle.

— Oui oui, bien sûr. Vous avez raison. Oui oui. » Elle fit semblant d'accorder à ce conseil de vieil oncle quelques secondes d'intérêt avant de revenir à ce qui comptait vraiment pour elle. « OK, bon. Mais Centaure ? Parlez-moi un peu de Centaure. » Nikolaï soupira, en se massant les tempes. « T'arrêtes jamais... D'accord. Centaure ? »

Il raconta une partie de l'histoire, celle qu'il avait prévu de raconter si on en venait là.

« Ahmed Messaoui... », commença-t-il, alors que son esprit s'éloignait, plus loin encore que l'époque tunisienne. « J'ai connu Ahmed à la Légion. Ça, tu dois le savoir, c'est dans son dossier. Nous avions vingt ans et nous avons été entraînés avec des méthodes dures, impitoyables, dans le but d'éliminer les moins forts d'entre nous. Si tu avais connu ça, ça te ferait relativiser ton instruction au fort de Noisy. Ahmed a craqué, plusieurs fois, et je l'ai soutenu, je lui ai même probablement sauvé la vie, au moins à deux reprises, c'est là qu'est née cette solidarité entre nous, indéfectible. Depuis, il a eu des occasions de me prouver sa reconnaissance. Lui et d'autres, d'ailleurs. On se sauve souvent la vie mutuellement, à la Légion. Ahmed et moi étions, comme de nombreuses autres recrues, des enfants perdus qui avaient trouvé une famille. Ahmed en avait bien une, une famille très nombreuse, au fin fond de la Tunisie, mais, fils aîné sans travail, pas intéressé par l'idée de crever aux champs avec son père, il n'était plus le bienvenu chez lui. Il envoyait une partie de sa solde aux siens tous les mois et ne recevait pas de remerciements en retour, ni même de simples nouvelles, jamais. Je me souviens de lui attendant le courrier, chaque semaine… mais rien. Je lui faisais lire les lettres de ma mère – en fait je lui apprenais à lire avec les lettres de ma mère, qui maîtrisait elle aussi plutôt mal le français écrit. Moi-même, à cette époque… On s'est ainsi créé une famille de semi-analphabètes ! »

Victoire sourit. Elle s'était calée dans le canapé, et, bercée par la voix chaude de Nikolaï, elle écoutait son histoire avec délectation.

Dans la rue, les Africains continuaient à jouer, on les entendait de temps en temps élever le ton. Ils resteraient là jusque tard dans la nuit. Ils tapaient le carton à cet endroit quelle que soit la saison, leurs grandes canettes de bière à la main, s'engueulant souvent.

« Bon, je t'épargne les faits de guerre, l'ambiance virile, tout ça. Quand, blessé et avec la prévôtale au cul, la police militaire… j'ai quitté la Légion – plus ou moins de mon plein gré… Tu connais l'histoire, j'imagine ? Tu as fait ton boulot. » Victoire ne montra aucune émotion. « Laisse-moi quand même te raconter ma version. On a été trois, avec Ahmed et un autre, à être condamnés par la cour d'assises de Paris pour le meurtre d'un jeune Somalien, lors de l'opération Oryx à Mogadiscio, en 92.

Nos avocats ont plaidé l'assistance à personne en danger – nous étions intervenus pour empêcher le viol d'une femme –, mais rien n'y a fait : nous étions sortis de nos prérogatives, nous avions enfreint le règlement, et il y avait eu mort d'homme dans un contexte où l'armée française ne pouvait se permettre une bavure. Moi, j'avais eu la nationalité française, mais mes deux camarades ont été abandonnés par l'armée et par la France. Nous avons ensuite essayé tant bien que mal de nous reconstruire, de surmonter notre amertume... » Victoire hocha la tête, encourageant simplement Nikolaï à poursuivre.

« On est restés en contact, Ahmed, moi et un ou deux autres mecs. De mon côté, je suis entré dans notre humble Maison... » Nikolaï fit alors une pause, morose. « Ahmed le Tunisien s'est réinstallé dans son pays, à Ben Gardane, vers la frontière libyenne. Il s'est lancé dans des petits trafics, puis il a commencé à faire passer quelques armes de l'autre côté, en Libye. Il a approché, peu à peu, toutes les milices de cette région, les tribus, et, fatalement, des groupes de djihadistes. À Sabratah, entre la frontière et Tripoli, il est devenu assez pote avec Suleiman al-Chichani, un gars expérimenté, balèze en matière d'armes et de techniques de combat. » Nikolaï se tut.

Victoire alla chercher un fond de vodka qui traînait dans son frigo. Une marque ordinaire. Votre Suleiman, pensa-t-elle dans sa cuisine, fière d'avoir un coup d'avance sur son ancien instructeur, c'est le fils d'une djihadiste connue, Khadimat... et vous ne le saviez pas.

Elle remplit à moitié deux verres qu'ils vidèrent cul sec. « Vous ne mangez plus les verres ? demanda-t-elle en riant.

— Moins qu'avant. Et c'étaient des flûtes à champagne, je te rappelle, pas tes Duralex d'étudiante ! »

Ils s'observèrent un instant, contents d'avoir retrouvé un peu de leur complicité d'antan. Puis Nikolaï reprit son récit, heureux d'évoquer le passé et d'occulter un moment tous ses problèmes.

« Arrivé à Tunis, je me suis mis à la recherche d'un factotum, un type de confiance à qui je pourrais confier sans crainte telle ou telle petite mission que ma couverture de diplomate français m'interdisait de mener à découvert. J'ai fait ce que j'ai toujours fait en arrivant dans un nouveau poste, j'ai activé mon réseau "Légion". Muté à Tristan da Cunha ou au cap York, j'aurais toujours trouvé un ancien de la 13 pour me prêter main-forte.

— La treize ?

— Mon régiment : la 13e demi-brigade de la Légion étrangère. Un réseau qui ne m'a jamais fait défaut. J'ai donc repris contact avec Ahmed au nom de notre vieille camaraderie d'armes. » Il se tut de nouveau. Un voile de mélancolie brouilla son regard, comme si toute l'histoire de la 13e DBLE défilait en accéléré dans sa tête : Camerone 1863, Bir Hakeim 1942, Diên Biên Phu 1954...

« Excusez-moi pour le cliché, osa Victoire, mais la Légion, ce sont aussi quelques types pas très nets, non ? Qui prennent une nouvelle identité...

— Une "identité déclarée", officielle et provisoire, c'est le principe, oui. Un droit à l'oubli pour ceux qui ont eu un parcours chaotique. Tu pensais à moi ? s'amusa

Kozel. La Légion, ce n'est pas les Petits Chanteurs à la croix de bois.

— Bon, pardon, continuez...

— Assez vite après nos retrouvailles, courant 2016, Ahmed m'a garanti qu'il était en relation de manière régulière avec ce type, Suleiman. Tu ne peux pas savoir combien il était heureux de m'annoncer ça, comme s'il me faisait le plus beau des cadeaux. Il me proposait un accès direct à un djihadiste de Daesh. Bonne pioche pour moi, j'étais venu à Tunis pour ça. Centaure venait de naître.

— Pourquoi a-t-il accepté aussi vite de travailler pour vous ?

— Outre notre amitié ? J'imagine que c'était un moyen de s'assurer de ne pas faire de trop grosses conneries – comme devenir un terroriste – et de rester fidèle à nos valeurs de soldats.

— Il avait besoin d'argent, aussi, non ?

— C'est vrai. Ahmed grenouillait dans toutes sortes de réseaux et pour ses trafics il arrosait des tas de gens. »

Ensuite, tout avait été simple, raconta Nikolaï. Ahmed et lui se comprenaient comme des frères jumeaux. Une fois par semaine, jamais à la même heure ni au même endroit, ils se retrouvaient, buvaient un thé en papotant et Centaure livrait ses informations : sur tous les trafics entre la Tunisie et la Libye, sur les mouvements et les milices qui s'agitaient des deux côtés, sur Suleiman al-Chichani. « C'était assez jouissif de voir les Russes me tourner autour comme des rapaces », avoua Nikolaï. Il donnait de belles sommes en liquide à sa source, des sommes de plus en plus importantes – Ahmed prétendait qu'il montait vite dans la hiérarchie des trafiquants et qu'il devait arroser de plus en plus de gens. Cela n'avait pas été un problème, jusqu'au jour où Nikolaï découvrit que son ami était compromis dans une histoire de traite de migrants, avec esclavage et torture. C'était fin 2016.

Nikolaï marqua un temps. Devant son air abattu, Victoire eut envie de se coller contre lui pour le réconforter, mais elle se ressaisit. « Je n'y avais jamais pensé, reprit Nikolaï, mais il se pourrait bien que ce soit pour le punir, pour l'humilier, que je l'ai envoyé peu de temps après sur ce truc, cette mission au sud de la Libye, sans rapport avec Suleiman… juste pour répondre à une demande marginale de quelque analyste zélé…

— Trafic d'essence dans la zone des trois frontières ? lui souffla Victoire pour l'aider à poursuivre.

— Oui, la zone soudano-tchado-libyenne, le “triangle maléfique”. N'importe qui aurait pu le faire, enfin presque. J'ai envoyé Centaure. Qui ne voulait pas y aller. Centaure que tout le microcosme du rens' à Tunis nous enviait, considéré par tous comme la meilleure source sur la problématique Daesh au Maghreb, la seule à renseigner sur Suleiman al-Chichani, ce chef en devenir, qui avait plus d'ennemis dans cette région qu'il n'y avait…

— … de grains de sable dans le désert ? » tenta Victoire pour détendre l'atmosphère.

Nikolaï se leva, s'étira. Victoire le regarda, inquiète : il allait sans doute en rester là pour ce soir.

« Je sais, Vic. Je sais ce que tu attends de moi. Je n'ai pas encore décidé. La défection de Suleiman m'a tout l'air d'une belle connerie. Au mieux, un écran de fumée, au pire un piège à cons. Et le con… » Victoire s'était levée à son tour. « Faut qu'on se revoie, Nikolaï. Vite. Mais pas... officiellement.

— Je devine. Mes casseroles font du bruit, ces temps-ci.

— Oui. Voilà.

— Pas de problème. On va se revoir discrètement. Je t'ai appris comment faire. »

Elle sourit. Elle appréciait cette connivence entre eux. Un peu factice, certes, alors qu'elle ne lui confiait qu'une petite partie de ce qu'elle était en train de préparer, mais dans ce métier, il ne fallait pas trop en demander. Les fragments de confidence, de franchise, étaient toujours bons à prendre.

Il lui serra la main, comme à l'accoutumée, et partit sans un mot, martial.

16

À cette heure tardive, dans le froid piquant de février, la rue du Faubourg-Saint-Denis était déserte. Nikolaï marchait lentement. Ses pensées s'embrouillaient – ils avaient quand même pas mal bu –, et il comptait sur le rythme de ses pas pour l'aider à se concentrer, vieille habitude. Il commença par faire défiler tout ce que lui avait exposé Élie sur le cerveau et les neurosciences. Il appréciait ce garçon, son enthousiasme. Il se demanda si lui-même ne s'était pas trompé de carrière. Il s'imagina médecin, marié, une vie rangée. Cette idée lui parut tellement saugrenue qu'il faillit éclater de rire, seul au milieu de la nuit. Il se félicita de ne pas être obsédé par ces questions, finalement, d'échapper à ces crises personnelles, au mal-être de ses contemporains, à leurs apitoiements et à leur incapacité à s'intéresser à la planète, ou au moins aux autres humains, plus qu'à leur propre personne. Dans ce monde dont il connaissait si bien les chausse-trappes, les dangers, présents, et pour lequel il anticipait les cataclysmes à venir, il se félicitait de n'avoir, à part sa mère, aucun attachement affectif.

Encore que. Pour lui qui n'avait longtemps juré que par la famille et la patrie, il était davantage question, aujourd'hui, de substituts, qui apparaissaient finalement comme des présences réelles : substituts de père – ses supérieurs ? ceux qu'il admirait, rares –, substituts de fils – certains de ses agents, comme Ahmed –, substitut de fille, peut-être, avec cette Victoire Le Lidec. Des artifices incarnés. Par déformation professionnelle, Nikolaï avait un art de survivre consommé, il était habile avec les mensonges, question d'entraînement.

Il croisa deux hommes qui marchaient lentement, en discutant sur ce ton de confidence que donnaient un abus d'alcool et l'intimité nocturne. « Je suis vraiment content que tu sois venu... Tu sais... avec tout... », affirma le premier, le plus jeune, d'un air grave. L'autre aurait pu être son père, mais il devait plutôt s'agir de deux collègues, ou de deux syndicalistes qui sortaient d'une réunion, habillés d'une façon simple, mais assez chic. Alors que le jeune n'avait pas fini sa phrase, l'aîné approuva, lui aussi avec solennité. Nikolaï avait presque envie de se joindre à ces camarades de rencontre. Puis il se mit à douter. On lit plutôt aisément dans les pensées des gens, se dit-il, il suffit, en connaissant la nature humaine, de regarder en face ses interlocuteurs, d'analyser leurs mimiques, leurs gestes et leur langage. En revanche, il serait plus instructif, quoique déplaisant, voire repoussant, de découvrir, dans toute leur crudité, leurs arrière-pensées. Même pour ceux qu'elles habitent, elles sont moins assumées et donc plus dissimulées.

Ces deux hommes qu'il venait de croiser avaient certainement donné leur maximum, ils étaient sincères mais leur échange ne devait surtout pas atteindre une couche plus profonde.

Boulevard Magenta, Nikolaï s'arrêta un instant, trouvant prétexte à retirer de l'argent à un distributeur pour parcourir du regard les parages, cherchant à repérer une éventuelle filature. Il s'en fichait un peu, d'être suivi ou non, et il était même enclin à plaindre ceux à qui on aurait confié cette mission, mais, en vingt-cinq ans de métier, un certain type de paranoïa avait fini par s'incruster en lui comme un élément indissociable de sa nature d'espion.

À cet instant lui revint, sans grande logique, ce désir qu'il avait eu d'étreindre Victoire, juste avant de la quitter. Le temps ne passe pas, se dit-il. En présence de la jeune femme, il s'imaginait vraiment avoir trente ans. Cela lui rappela certaines situations, trop rares, où il s'était comporté comme un enfant. La plupart du temps, il menait une vie de vieux, sérieux, sobre, sans débordements ni exaltations. Il se félicita en tout cas d'avoir réussi à contrôler cette pulsion pour Victoire, qui n'aurait provoqué que de l'embarras, voire de l'humiliation. Il était persuadé que ce jeune Élie ferait un bon compagnon, un bon père pour leurs enfants, il espérait qu'elle n'allait pas commettre les mêmes erreurs que lui : tout sacrifier pour un métier passionnant, certes, mais ingrat, au bout du compte.

Nikolaï n'adorait pas l'introspection, mais de temps en temps elle s'imposait à lui. Quand il marchait ainsi dans la rue par exemple, des pensées, provoquées par une certaine cadence, s'invitaient sans prévenir. *J'ai toujours eu l'impression de ne pas avoir été aimé, et d'avoir peu aimé moi-même. Je me remémore la manière dont je me suis trop protégé, offrant une image de quelqu'un de fermé, voire d'hostile…*

Il essaya de revenir à ces histoires de la Boîte, à la demande de Victoire concernant Suleiman. Mais rien à faire.

Les leurres que l'on voit venir, sans chercher à les éviter, comme les désirs qui restent inassouvis, les offenses oubliées, les erreurs répétées… Peut-être à un jeune âge vit-on de tout ça, de réelle ambition, de fiascos et de réussites, de relations amoureuses et amicales, de joies et de déceptions, mais, la vie suivant son cours, tout ne tient plus qu'à un fil, celui des mirages, on en est plus ou moins conscient, selon son caractère, on joue avec ces mensonges si on est joueur, ou cynique, on les subit, harnaché de fausses certitudes, avec des œillères et incapable de se retourner pour contempler le chemin parcouru, et puis, d'autres années passant encore, même les illusions ne font plus illusion : les plus charitables parmi nos cadets font semblant de croire que nous sommes encore utiles, que nous leur apportons notre expérience sur un plateau orné de sagesse, mais nous sommes déjà sortis de l'histoire, avant même que le mot « fin » ne soit gravé sur notre tombeau.

Peu à peu, il dessaoulait. Le fil de ses pensées, enfin, le ramena à Centaure, et au Tchétchène. Il ne maîtrisait pas bien le dossier, avait l'impression d'être relégué sur la touche alors que se jouait sur le terrain une partie importante. Il n'aimait pas ça. Il s'était toujours débrouillé pour être maître de son destin, avait pris des risques dans ce but. Là, trop de cartes lui étaient inconnues. Il sentait bien que tout le monde trichait, mentait, bluffait. Mansuy, les Russes, Suleiman... et même Victoire, à sa manière, sans vice, mais avec habileté. Habile parce que sans vice. Une bonhomie dans sa façon de jouer les coups, une fausse transparence convaincante.

Arrivé à la gare du Nord, il s'était convaincu qu'il ne pouvait plus attendre. Il allait mettre entre parenthèses cette période de sa vie pendant laquelle il était censé réfléchir, pour avancer, au contraire, replonger, reprendre son existence en main. Et pour laver son honneur.

La rumeur avait dû se répandre boulevard Mortier qu'il s'était fait enfumer par sa source. Il devait être désormais l'objet de tous les quolibets. La Boîte pouvait être une belle pute quand elle voulait. Il ne fallait pas rester dans l'ambiguïté. Il voulait montrer à Victoire qu'elle s'était trompée ; cela lui avait fait mal, très mal, d'apprendre par elle qu'il n'avait peut-être pas su éviter un piège, comme un pauvre stagiaire à peine éclos. Décevoir sa jeune collègue l'avait profondément meurtri. Donc il voulait savoir. Savoir si Centaure l'avait vraiment trahi. Et si c'était le cas, pensa-t-il comme pour se réconforter, peut-être que les remords qui le rongeaient depuis qu'il avait appris sa mort, peut-être que ces remords seraient moins douloureux.

Il décida d'aller à Kaboul.

17

Élie rentra tard dans la nuit, mais Victoire ne dormait toujours pas. Elle fut heureuse de le revoir. Plus que d'habitude. Elle l'accueillit par un câlin, et il en fut surpris. Quelques heures auparavant, elle l'avait blessé en lui demandant, sans plus d'explications, de ranger toutes ses affaires et de les dissimuler pour faire croire à leur invité du soir, « un collègue », qu'elle vivait seule. « Une histoire de boulot, ne t'inquiète pas. » L'arrivée de Nikolaï l'avait en partie rassuré : il savait que Victoire n'aimait pas ce genre d'homme, fort, dans tous les sens du terme, mûr, renfermé sur lui-même. Un modèle à l'ancienne. « M'imagines-tu dans un lit avec Lino Ventura ? » lui avait-elle demandé un jour au sujet d'un coach de gym dont il s'était montré jaloux. Il avait ri, même s'il n'était pas du tout cinéphile et qu'il avait toujours confondu Lino Ventura avec Jean Gabin.

Elle l'aida à ressortir ses vêtements des placards et remit gentiment sa brosse à dents dans un gobelet de la salle de bains, collée à la sienne, ce qu'elle n'aimait pas, mais elle avait envie d'envoyer des signaux positifs. Revenus au salon, Élie tenta de lui raconter sa soirée à l'hôpital, mais elle l'interrompit avec douceur, lui posant une main sur la bouche, et une autre sur la poitrine.

« Élie ?

— Oui, chérie ?

— "Chérie" ! Vraiment ? Bon. Bref. Je me demandais... Tu adores vraiment ton travail. Je t'envie en fait. C'est quand même le monde d'avant où les gens choisissaient un métier passion, pour toute leur vie, non ?

— Heu... Ouais. Oui oui, je ne sais pas. Pas tous, hein. Et souvent c'était contraint, on était porté par son entourage, les choix étaient moins individualistes. Pourquoi ?

— Je ne sais pas. Je n'arrive pas à savoir pour quelle vie je suis faite. »

Elle pensait beaucoup à ses jeunes sœurs ces temps-ci. Bien dans leur époque, égoïstes, sans envies précises, sans vocation, sans rien. Elles allaient probablement changer de métier comme de chemisier, de mari comme de convictions politiques. Une vie futile et narcissique, pas si déplaisante, finalement.

Élie approcha son visage de celui de Victoire, comme pour lire dans ses pensées. Il adorait plonger dans les yeux noirs de sa compagne, qui recélaient tant de mystères, mais qui révélaient aussi, à l'amoureux attentif, outre de profondes douleurs, une intensité, une clairvoyance surnaturelle.

« Tu veux me larguer, c'est ça ? murmura-t-il, surjouant la panique.

— Mais non, t'es con. Je me pose juste des questions.

— Comme tu ne parles jamais de ton boulot, c'est difficile pour moi de t'aider à réfléchir à tout ça.

— J'aime ce que je fais. C'est juste chiant d'en parler. C'est pas très rock and roll. Mais j'aime beaucoup mon job. J'y donne toute la mesure de mon caractère maniaque, obsessionnel ! En fait, c'est plus général : tu nous vois dans cinq ans, mariés, avec deux gamins, aller au square Villemin avec une poussette...

— Ben oui. Je n'attends que ça !

— Mouais. On verra. Embrasse-moi plutôt. »

Élie s'exécuta. Victoire adorait la fougue qu'il mettait en tout. Elle se laissa embarquer dans ces étreintes ardentes, sans plus penser à rien. Enfin. Elle oubliait ses questionnements, ses doutes... « Attends, dit Élie, interrompant leurs ébats. J'ai appris un truc intéressant aujourd'hui : 60 % des hommes jouissent pendant ou juste après l'intromission du pénis, et 30 % avant même la pénétration. L'orgasme raté de la femme est quasiment la norme.

— Élie ?... *Chéri...*

— Oui ?

— Ferme-la. »

18

Ce fut son chef qui lui apprit la nouvelle. Il était monté jusqu'à son cagibi du sixième pour l'occasion. Il aimait ça, circuler dans les couloirs de son service, à vive allure. Cela lui donnait l'illusion d'être encore dans l'action, de mener au pas de charge ses équipes au front. Il le faisait le plus souvent possible. Son cardiologue lui avait d'ailleurs prescrit de l'exercice. Comme il ne se voyait pas dans la salle de sport de la Boîte, mêlé aux « paltoquets et autres pignoufs » – son vocabulaire datait, il le savait et l'assumait –, encore moins à gambader dans un bois – plein de « foutriquets et de jean-foutre » –, il déboulait de manière régulière dans les bureaux de son équipe du contre-terrorisme, sans prévenir, et sans frapper.

Reilhac était un sexagénaire en pleine forme, qui savait qu'il ne serait jamais général, ce qui lui convenait bien : il aimait le travail acharné, les rapports simples et directs, pas les ronds de jambe ni les cocktails mondains. Il ne l'avouerait jamais, même sous la torture, mais le monde des civils l'intimidait un peu, ce qu'il dissimulait en traitant tous ceux qui n'étaient pas militaires de « pacifistes gauchistes ». Comme la DGSE œuvrait depuis des années à élargir son recrutement, notamment vers des profils pointus – crypto-mathématiciens, ingénieurs cœur de réseau, etc. –, les positions gentiment rétrogrades du colonel agaçaient ses supérieurs, mais ils appréciaient sa loyauté indéfectible et son professionnalisme vieille école.

Contrairement au contre-espionnage, par exemple, univers du temps long, de secrets sans fond et sans fin, l'antiterrorisme exigeait de la rapidité et Reilhac aimait ça. Il trouvait aussi que si la Boîte était forte pour la collecte de renseignements – trop forte même, la saturation menaçait –, l'analyse n'arrivait pas toujours à suivre. Mais ça, il le gardait pour lui.

Christine l'accompagnait parfois dans ses allées et venues, des dossiers sous les bras, essoufflée. Cette fois cependant, il entra seul dans le bureau de Victoire, l'air grave. « Le Lidec, je viens d'avoir la confirmation concernant qui vous savez…

— Suleiman ?

— Mais non, Kozel.

— Ah, lui.

— Mansuy mène une enquête approfondie à son sujet. Je n'ai pas l'habilitation pour avoir les détails, mais la consigne est formelle : jusqu'à nouvel ordre, notre ami ne doit plus mettre les pieds ici. Accès à la Boîte interdit. Et ce n'est pas tout : ceux qui ont eu des liens de proximité avec lui dans le passé, par exemple ceux… ou celles qu'il a instruits, suivez mon regard, ont l'interdiction de le voir et de lui parler. »

Victoire resta impassible, calculant déjà en quoi cette consigne pouvait entraver ce qu'elle mettait en place. Elle se dit que l'écueil avait été anticipé et que cela ne changerait pas grand-chose, ils devraient seulement être encore plus discrets lors de leurs rencontres.

« Ne me prenez pas pour un con, Le Lidec. Je sais à quoi vous pensez. Ce serait quand même dommage de mettre votre carrière en péril pour...

— Ma carrière, ma carrière... Mais sont-ils conscients, les grands chefs, que nous travaillons sur le pourquoi et le comment de l'attentat de Delhi, et que tant qu'on n'aura pas tout compris, on vivra sous une menace terroriste grave et réelle... sans parler de la colère de l'Élysée.

— Oui. Je leur ai tout dit : Khadimat et la madrassa, Suleiman et sa lettre, la Normande convertie qui traîne probablement au Pakistan...

— Et ?

— Et... On continue bien sûr. Mais à cause de la "planche pourrie", on ne fait pas la manip à partir de Paris. »

Victoire afficha une moue ambiguë, du genre : « Oui, vous avez raison, et en même temps on s'en tamponne un peu des consignes, non ? » Reilhac fit comme s'il n'avait rien vu, une méthode peaufinée au cours de l'ascension laborieuse jusqu'au poste qu'il occupait aujourd'hui.

« Kiev ! s'exclama Victoire.

— Kiev ?

— Oui, Daria, la maman... Mme Kozel. Elle a des envies de retour aux sources, d'un petit voyage en Ukraine. »

Reilhac ne tenait pas en place, et continuait à marcher, en rond, dans le bureau exigu de Victoire. Il évalua l'idée, les conséquences éventuelles – pas pour lui, il n'avait plus grand-chose à perdre – et finit par se figer et par gratifier son analyste d'un hochement de tête approbateur qui se mua en un sourire aussi admiratif qu'il en était capable.

« Pas con, Le Lidec. On envoie notre ami à Kiev, et, de là... à Kaboul.

— Riche idée, monsieur.

— Je vous remercie. » Il appréciait cette jeune femme, même s'il traînait la réputation de s'être opposé, à l'époque, au développement de la mixité dans tous les services, à commencer par le sien.

Victoire se dit que tous ces événements, ces informations qu'elle recueillait au sein de la Centrale au sujet de Nikolaï, du sort qui lui était réservé, les tenants et les aboutissants, lui offraient des armes pour l'amener à poursuivre sa collaboration, en douceur. Une collaboration qu'il venait d'accepter, dans son principe, pour le peu qu'il en connaissait. Il fallait lui donner l'impression qu'elle l'aidait, bien sûr. Sans jamais oublier qu'il n'était pas un novice en la matière. Pourquoi, devait-il se demander, Victoire lui viendrait-elle en aide alors qu'elle avait tout à perdre dans cette relation ? Il fallait espérer que ces quelques semaines de congé sabbatique et son immersion dans l'âme russe via Platonov l'aient un peu rouillé, qu'il soit moins coriace qu'à la belle époque... Un défi excitant pour elle, un compte à régler aussi, avec les hommes en général et celui-ci en particulier. Elle se ressaisit et découvrit que son chef l'observait avec attention, de légères rides d'inquiétude au coin de ses yeux bleus.

« On est bons, Le Lidec ? »

Elle opina et prit son air le plus imperturbable possible, le plus résolu.

Reilhac tourna les talons et repartit comme il était venu, au trot.

19

À la demande insistante de Daria, ils avaient commencé, dès la première heure de leur premier jour sur place, par le vieux marché couvert Bessarabsky. Non pas qu'elle y eût tellement de souvenirs, mais elle se raccrochait à une image connue de son pays d'origine, et c'était ce lieu typique qui semblait le mieux correspondre à cette représentation nostalgique. On trouvait là le meilleur caviar de Kiev, mais Daria avait plutôt traîné son Kolia vers les bocaux de champignons marinés, de cornichons et de tomates à l'aneth, ainsi que vers les plateaux d'aubergines farcies aux noix, de salade de chou rouge. Elle voulait tout goûter, mais, submergée par l'émotion, l'estomac noué, n'avait pas d'appétit, alors, ce qu'elle achetait, c'était pour son fils adoré. Nikolaï picorait poliment, avant de fourrer toutes les courses dans un cabas.

Il devait avouer que cet ancien marché kolkhozien avait de l'allure, avec ses cascades de fruits et de légumes colorés, ses vendeuses en blouse bleue sans manches. Sans parler des étals de lard. Du lard et encore du lard.

Kozel essayait de ne pas penser à l'image qu'ils donnaient, Daria et lui : un homme claudicant voyageant avec sa vieille mère qui traînait la patte et qui sanglotait à la moindre occasion. « Plus nous souffrons sur terre, plus doux sera notre paradis », prétendait-elle.

En termes de souffrance, ils étaient comblés : en ce mois de mars, la capitale ukrainienne était glaciale. Même si, reconnaissait Nikolaï, la belle couche de neige qui recouvrait la ville rendait féeriques tous les lieux qu'ils traversaient, tous les monuments qu'ils apercevaient. Kiev était blanche et semblait aussi pure que les âmes lors de la « résurrection finale du Christ ». La cathédrale Sainte-Sophie se fondait dans le décor, ses dômes d'un vert profond et ses bulbes dorés semblant s'en détacher et flotter dans les airs.

Les Kozel repassèrent à l'hôtel déposer leurs achats du matin. Nikolaï pensait pouvoir enfin se poser un peu, déjeuner, voire dormir une heure ou deux. Mais sa mère ne l'entendit pas ainsi. Elle attendait ce moment depuis trop longtemps. Outre sa foi, seuls ses souvenirs lui permettaient de supporter sa vie à Paris et, aujourd'hui, elle retrouvait tout ce qu'elle avait laissé derrière elle en quittant sa patrie, sa jeunesse.

« Kolienka, que fais-tu dans ce fauteuil ? Un homme dans la force de l'âge, tu n'as pas honte ! »

Daria insista pour se rendre sans plus tarder à la toute nouvelle cathédrale de la Résurrection-du-Christ, un des rares édifices religieux construits sur la rive gauche du Dniepr. Il essaya de la faire renoncer à ce projet, soulignant sa mauvaise condition physique, mais elle ne voulut rien savoir, il ne s'agissait rien de moins que de rendre hommage au nouveau siège du primat de son Église et elle devait s'y rendre séance tenante. Les gens sont des énigmes, se dit Nikolaï, en pensant au théâtre de son cher Anton, puis il héla un taxi.

Ils retraversèrent donc Kiev, la « Mère de tous les peuples slaves orientaux », comme Daria l'appelait. Depuis l'indépendance du pays, votée en 1991, il régnait ici une atmosphère de liberté, d'affairisme, de consommation. Puis ils quittèrent les collines de la rive droite et franchirent les bras du Dniepr, large fleuve couleur acier.

Arrivés à destination, ils commencèrent par une visite détaillée de la nouvelle cathédrale patriarcale, puis descendirent dans la crypte. Pendant que Daria inondait de ses larmes les tombeaux des martyrs, un couple de touristes s'approcha de Nikolaï, et lui demanda en français s'il voulait bien les prendre en photo. Il s'exécuta puis leur rendit l'appareil, gardant le faux passeport que le couple lui avait furtivement glissé.

Avant son départ pour Kiev, et grâce à l'intervention de Victoire, Nikolaï s'était vu attribuer par le service Action un pseudo, « Pégase ». Il se voyait donc maintenant doté d'une fausse identité. Il n'était plus officier de renseignement, mais un simple agent, aux ordres de son traitant, Victoire Le Lidec. Reilhac, malgré ses dénégations, suivait à bonne distance, ni de trop près ni de trop loin, l'avancée des choses. Il venait d'apprendre que la jeune femme avait quelques jours devant elle avant la convocation de Kozel par Gérard Mansuy. Ce délai écoulé, le colonel ne répondrait plus de rien, et Victoire devrait se débrouiller comme la grande qu'elle souhaitait devenir.

Le lendemain, Nikolaï accompagna sa mère dans son village natal – leur village natal –, au nord de Kiev. Tchernobyl était proche, guère plus d'une cinquantaine de kilomètres, ce qui n'était pas très rassurant. Le petit train qu'ils avaient emprunté sillonnait d'immenses campagnes plates, recouvertes de neige.

En arrivant sur les lieux de son enfance – qu'ils avaient quittés quand Nikolaï n'avait que cinq ans –, l'ancien légionnaire, l'officier traitant rugueux, fut plus ému qu'il n'aurait pu l'anticiper. Dans ses souvenirs, ou plutôt dans les images qu'il s'était mentalement fabriquées à partir des récits de sa mère et de quelques photos, les maisons, quelques dizaines, éparpillées autour de la rue principale – l'unique rue d'ailleurs –, avaient des toits de chaume. Aujourd'hui, elles étaient presque toutes couvertes de tôle ondulée, ou de bâches en plastique. Les bâtiments de petit commerce et les administrations locales semblaient de construction récente. Seule la vieille église en bois, avec son bulbe typique de la religion orthodoxe, un peu de guingois, avait été préservée du passage des ans, voire des siècles.

Ce qui subsistait également, élément fondamental de la culture ukrainienne, c'était la séparation entre le dedans et le dehors, entre « nous » et « les autres » : les portes des habitations ne donnaient pas sur la rue, obligeant les visiteurs à pénétrer dans la cour, ou le jardin, avant de contourner le foyer pour y être accueilli.

Il fit connaissance avec des oncles, des tantes, des cousins, certains proches, d'autres éloignés – il en sortait toujours davantage des modestes maisons, comme si tous les habitants du coin avaient plus ou moins des liens de parenté. Ce petit monde vivait simplement, dans une zone mi-campagnarde mi-industrielle, plutôt sinistre.

Nikolaï demanda à voir la tombe de son père, cet homme dont il n'avait gardé aucun souvenir. Cela créa une gêne. « Il a été enterré dans le village de ses parents à lui, loin d'ici », expliqua une femme. Daria, qui venait de traduire, soupira : elle s'était toujours refusée à évoquer ce sujet avec son fils. Elle se contenta de murmurer, en français : « Ce n'était pas un bon chrétien, toujours au troquet à l'heure de la messe. »

Un vieil homme – un oncle ? –, qui s'était absenté un moment, revint en exhibant fièrement une photographie jaunie, tachée, écornée. Il pointa Nikolaï du doigt puis désigna sur le cliché un petit garçon de quatre ou cinq ans, assis sagement devant deux rangées d'adultes endimanchés, pour ce qui semblait être un mariage. La noce paraissait ne réunir que des personnes de petite taille, vêtues de noir, pour les hommes, de couleurs claires pour les femmes, et qui affichaient leur air le plus sérieux. La photo avait été prise dans un pré avec deux meules de foin en arrière-plan.

Nikolaï reconnut sa mère, jeune et belle. Daria sourit, émue, et elle accepta de désigner son mari, à ses côtés, un homme plus âgé qu'elle, à l'air réservé. Tous ces visages graves fixant l'objectif, tous ces corps rompus mais solidement alignés remplirent Nikolaï de fierté, sans qu'il pût s'expliquer pourquoi.

Il regarda autour de lui, les gens, le paysage enneigé, les sapins blanchis. Ce qui pourrait définir cet univers physique, ce territoire, ce pays, se dit-il, ce serait une tonalité, une qualité de lumière, une couleur, plus ressentie que réelle : une illumination, intense mais subtile, une noblesse sans afféterie, brute, bienveillante, un air, dans tous les sens du terme, l'atmosphère, le climat affectif... qui lui ferait éprouver par l'âme et par la peau, par le cœur et par les yeux, qu'il était bien d'ici.

Le soir, des dizaines de personnes se pressèrent autour d'eux, dans la minuscule maison de bois de celle qui semblait être la matriarche de la famille. Ils eurent droit à un bortsch bien sûr, et à des galoubsy, les roulades de chou farci à la viande, et aussi à du lard cru, salé et aillé.

Daria était radieuse, elle enchaînait, en ukrainien, les récits sur sa vie en France, qu'elle enjolivait, bien sûr, mais avec humour. Elle ne put s'empêcher de narrer en détail les « bêtises » de son Kolienka adolescent, ses échecs scolaires, ses copains délinquants... Passant cependant sous silence les quelques mois passés par Nikolaï dans une prison pour mineurs. « Heureusement que l'armée française a été accueillante avec mon petit. Une vraie mère, presque aussi bonne que moi ! »

Nikolaï souriait bêtement. Il ne parlait que trois mots de sa langue maternelle. Sans qu'il sût bien pourquoi, il pensa à Victoire. À son dynamisme, à sa fraîcheur. Il se félicitait qu'elle soit entrée, ou plutôt réapparue, ainsi dans sa vie. Il s'en voulait d'être aussi sentimental mais il ne put s'empêcher de se rappeler une phrase de Nicolas Gogol, le grand auteur ukrainien, dans *Les Âmes mortes* : « ... chaque homme fait, au moins une fois dans sa vie, une rencontre qui éveille en lui des sentiments jusqu'alors inéprouvés. Parmi les chagrins dont notre vie est tissée, luit toujours, à un moment donné, un éclair de joie. »

Victoire, la mission qui l'attendait… Il oublia l'Ukraine, cet univers étranger qui l'entourait, il n'entendait plus que vaguement la voix enjouée et intarissable de sa mère, et son public qui riait aux éclats. Mentalement, Kozel se préparait pour la suite, pour cette rencontre improbable avec un chef djihadiste qui l'avait désigné, lui, personnellement, dans une lettre.

Nikolaï avait peut-être un fond d'« âme slave », mais il était surtout ce que la Légion, puis les services de renseignement, avaient fait de lui.

Le lendemain matin, Nikolaï confia sa mère à sa famille pour « quelques jours ». Prétextant une obligation professionnelle, il rentra à Kiev. De là, il prit un vol pour Berlin sous sa nouvelle identité, son vieux passeport dissimulé dans la matriochka intermédiaire d'une série de six poupées russes. Depuis la capitale allemande, il réussit à trouver une liaison aérienne pour Kaboul, via Dubaï.

20

En 2017, les temps n'étaient pas propices aux affaires à Kaboul, mais l'ingénieur agronome Stanislas Weber travaillait avec des financements d'organisations internationales. Il étudiait les cultures de substitution au pavot, ce fléau national.

Il ne se considérait pas non plus comme un aventurier, et trouva plus sage d'aller s'enfermer pour la durée de son séjour dans le seul grand hôtel de la ville bénéficiant, a priori, d'une bonne protection, le Serena.

La sécurité y était toute relative, d'ailleurs. En 2008, un attentat-suicide des talibans y avait fait huit victimes, et, en 2014, un assaut de quatre individus très jeunes de ce même groupe extrémiste, qui avaient dissimulé des petits pistolets dans leurs chaussettes, avait provoqué la mort de neuf personnes, cinq Afghans et quatre étrangers.

Le Serena était un bâtiment rénové au bord de la vieille ville et du bazar, un établissement plutôt chic à l'intérieur, comportant une salle de sport, une piscine, plusieurs restaurants, mais aux murs extérieurs déjà incrustés de cette poussière visqueuse qui recouvrait tout dans la capitale afghane.

Seuls quatre hommes, enregistrés à la réception le même jour que lui, connaissaient la véritable identité du consultant. Et pour cause : ces membres du service Action de la DGSE avaient pour mission de ne pas lâcher Nikolaï Kozel, alias Stanislas Weber, de l'accompagner, à distance, de le protéger, si besoin était, et de le surveiller. Un séjour tranquille, beaucoup trop tranquille. Nikolaï d'un côté, les quatre « babysitters » de l'autre, faisant semblant de s'ignorer, passaient leurs journées entre le buffet, à volonté, et la télé dans leurs chambres... et ils commencèrent vite à s'ennuyer. De l'Afghanistan, ils ne voyaient rien, si ce n'est des employés modèles, stylés, d'une politesse extrême.

Weber décrocha un rendez-vous avec le représentant à Kaboul de l'Office des Nations unies contre les drogues. Le docteur Shri Arjun Prasad eut l'air heureux d'avoir une occasion de sortir de son bureau, où il passait de longues heures à consulter vaguement de vagues rapports, et il accepta de se rendre au Serena, la réputation du bar n'était plus à faire. Les deux hommes y discutèrent de tout et de rien, notamment de la situation afghane qui, partie de très bas, empirait encore, malgré les gros moyens déversés depuis une quinzaine d'années par la communauté internationale, des aides qui semblaient s'évaporer, ou être absorbées par les sables, ou simplement fuir sur des comptes à l'étranger...

Nikolaï s'efforçait de se composer le sourire un peu niais de celui qui apprécie un bref séjour dans un pays jugé dangereux. Il était Stanislas Weber, Français de la bonne bourgeoisie, un patrimoine immobilier hérité de papa-maman, trois dépôts de bilan au compteur, quelques mois de chômage payés cinq fois le smic...

« À mon avis, glissa le fonctionnaire international, les talibans peuvent revenir au pouvoir prochainement. On a voulu – les Américains surtout – construire, en quelques années et à grand renfort de milliards, un État, une démocratie, une économie de marché... alors que le pays n'y était pas prêt. Les élites ici ne sont pas du tout "libérales" mais au contraire très fondamentalistes, pour la plupart. Et si la population ne partage généralement pas la vision rigoriste de l'islam des talibans, ils se souviennent qu'à leur époque, l'Afghanistan bénéficiait d'une forme de sécurité et d'organisation. »

Stanislas Weber hochait la tête poliment. Il était plutôt d'accord avec cette analyse. Tout en se disant que la société civile qui avait tant bien que mal émergé en Afghanistan ces dernières années, dans la capitale surtout, ne serait pas forcément prête à confier à nouveau les clés du pays à des mollahs, il admettait que les extrémistes religieux pourraient être de retour au pouvoir plus vite que prévu. Mais il n'en dit rien. Il avait une seule priorité : adopter un profil discret.

Quant aux cultures de substitution du pavot, le docteur Prasad ne cachait pas son pessimisme : le safran avait été prometteur, certes, mais il avait suffi d'un hiver trop rude pour anéantir les récoltes, et le pays restait toujours le plus gros producteur d'opium, avec 80 % du marché mondial.

« Les aides financières promises par l'État aux agriculteurs tardent à arriver, ajouta l'Indien. Et les infrastructures, les routes praticables, ne suivent pas : une famille qui cultive des tomates, par exemple, n'a pas les moyens d'aller les vendre en ville. Alors que le pavot... Les narcotrafiquants s'occupent de la logistique ! Sans parler des gains : comparez le prix d'un kilo de tomates et celui d'un kilo de pavot à opium... »

Les deux hommes passèrent ensemble un moment plutôt agréable, à boire et à discuter. Ils décidèrent de se revoir quand ils auraient davantage étudié leurs dossiers, en espérant que, d'ici là, la situation politique dans le pays serait enfin en voie d'apaisement. Ils n'y croyaient ni l'un ni l'autre.

Nikolaï ignorait tout sur la manière dont Suleiman devait entrer en contact avec lui, et sa vigilance des premières heures se transforma vite en inertie, puis en indifférence. Il se plongea dans des textes moins connus de Tchekhov, qu'il trouva d'une profondeur sans égale. Les hommes qui le protégeaient, et le surveillaient, finirent par envier ce qui ressemblait bien à une passion, et Nikolaï vint une nuit déposer *L'Île de Sakhaline* devant la porte d'une des chambres qu'il avait repérées. Geste qui ne lui valut pas le moindre signe de gratitude. Pourtant, ce récit du séjour de l'auteur chez des bagnards n'aurait pas dû laisser ces hommes durs et eux aussi enfermés tout à fait insensibles...

Au bout d'une semaine, il fut décidé de lever le camp. Nikolaï, d'abord, reçut un message crypté de Victoire lui proposant de rentrer. Et lorsqu'il partit prendre son avion pour Dubaï, il découvrit sans surprise que le dispositif du SA suivait. Au moins jusqu'à l'aéroport, puisque, selon leur procédure, les quatre anges gardiens devaient voyager en ordre dispersé.

21

Kozel connaissait bien l'aéroport de Dubaï, point de passage obligé pour de nombreuses destinations orientales. Il y avait souvent rencontré des sources, en avait même recruté dans cet environnement moderne, impersonnel, loin de tout repère, où chacun pouvait se vendre au plus offrant sans complexe, sans avoir l'impression de trahir sa nation d'origine, qui semblait si loin, ici.

Il décida de se payer un massage facial d'une dizaine de minutes. L'attente à Kaboul, enfermé dans cet hôtel, avait été frustrante et donc, au bout du compte, stressante.

Puis, détendu, il erra dans les halls clinquants, observant les voyageurs hétéroclites. Il s'acheta un roman de John Grisham et finit par s'asseoir.

L'homme qui s'installa sur le siège voisin sembla s'intéresser à son livre, car il approcha sa tête pour murmurer, dans un mauvais anglais, à quel point il appréciait cet auteur américain. Nikolaï prit son temps pour relever les yeux et le dévisager. Il n'avait pas vu venir cette approche directe mais n'en fit rien paraître. Il afficha un vague sourire réflexe, hochant la tête.

L'individu, la quarantaine environ, ne ressemblait ni à un homme d'affaires ni à un touriste. Ç'aurait pu être un petit fonctionnaire local comme un ressortissant de la classe moyenne d'un pays de la région, assez riche pour voyager mais dont l'apparence, des chaussures usées à la coupe de cheveux bon marché, en passant par le costume élimé, indiquait qu'il avait investi une bonne partie de ses économies dans ce déplacement. L'allure de presque tous les légionnaires que Nikolaï avait connus quand ils partaient en permission. Le Français se sentit en confiance. Surtout que l'homme lui souriait gentiment.

Au cours de sa longue carrière, Nikolaï avait eu un aperçu de toutes les grimaces, de tous les coups tordus et de leurs divers signes avant-coureurs. Ils étaient l'œuvre d'individus bien formés à de nombreuses techniques, mais pas forcément bons comédiens. Il ne vit dans ce visage tourné vers lui à cet instant que le désir d'entamer un dialogue complice. « Je parle un peu français, aussi », glissa l'homme, et Nikolaï crut reconnaître un accent d'Afrique du Nord, libyen ou égyptien. « Et… comment savez-vous que je parle français ? » demanda-t-il doucement – il avait pris soin de s'acheter un roman en anglais. « Je sais qui vous êtes, susurra l'homme, presque timidement. J'ai un message pour vous. De la part d'un ami à moi.

— …

— Un ami tchétchène… Oui ? Je vois que ça vous intéresse !

— Et il s'appelle comment, votre ami tchétchène ?

— Peu importe. Mais c'est lui que vous voulez rencontrer…

— Où ? Et quand ?

— À Dubaï. Attendez à l'hôtel. »

Tout en parlant, l'homme s'était mis à farfouiller dans un sac informe posé sur ses genoux. Il en sortit un petit téléphone portable bon marché qu'il tendit à Nikolaï. Tout était dit.

L'inconnu salua poliment de la tête, se leva et disparut d'un pas tranquille.

22

Le moral de Victoire n'était pas au zénith.

Après avoir avalé un jambon-beurre qu'un de ses collègues lui avait rapporté, elle décida de s'accorder quelques instants pour prendre l'air, loin de l'agitation de l'open space où elle était temporairement installée à l'étage de l'état-major de la direction des Opérations, dont dépendait le service Action. Elle avait été détachée là le temps de la prise de contact avec Suleiman.

Il était environ 14 heures. L'heure où les derniers clients de la cafétéria de la Boîte s'octroyaient une promenade post-déjeuner en faisant ce qu'il était de coutume d'appeler « le tour de la Centrale » : toujours dans le même sens, antihoraire, et personne n'aurait su expliquer pourquoi. Victoire ne leur emboîta pas le pas : elle effectua la balade dans le sens contraire. Elle préférait d'ailleurs la qualifier de « Prisoners' Round », en raison de sa similitude avec le tableau de Van Gogh, ou encore avec une séquence fameuse de *Midnight Express*, qui mettent tous deux en scène des grappes de détenus au pas mécanique et à l'itinéraire désespérément immuable. Songeuse, elle déambulait donc le long de ces lourds bâtiments au passé de garnison.

Ils disaient « la Centrale », « la Maison », « la Boîte »... Il ne serait venu à l'idée de personne, parmi les fonctionnaires des services secrets français, d'appeler « caserne » l'endroit qui abritait leur siège, dans le XXe arrondissement de Paris. C'en était pourtant bien une, du XIXe siècle, avec le charme qui lui était propre... son imposant mur d'enceinte, ses hauts bâtiments austères, intimidants, ses gardes à l'entrée... La DGSE dépendait du ministère de la Défense, le lieu était donc militaire, mais chacun mettait un point d'honneur, dans le choix des mots, des attitudes, à ne jamais évoquer ce pedigree. On hésitait, par exemple, sauf lorsque l'on s'adressait à une haute autorité, à appeler les officiers par leur grade. Ceux-ci s'ingéniaient d'ailleurs à se « délooker », tentant, avec des résultats plus ou moins convaincants, d'effacer de leur apparence et de leur attitude tout ce qui aurait pu rappeler une vie antérieure passée sous les drapeaux, dans un régiment, une base aérienne, ou un bâtiment de la Marine. Ils portaient généralement les cheveux plus longs que ne le prescrivait le règlement, donnant parfois même libre cours à la plus extravagante fantaisie. Il n'était pas rare de croiser un militaire arborant des favoris, ou une queue-de-cheval. Il fallait absolument se faire passer pour un « civil ». Il y allait de la crédibilité des couvertures que l'on pouvait se voir confier à l'étranger. Mais aussi, en interne, du maintien d'une certaine cohésion. Civils et militaires devaient être logés à la même enseigne. Il ne fallait pas, au moins dans l'apparence, que l'on puisse les distinguer.

Lorsqu'elle avait intégré la Boîte, Victoire s'était beaucoup amusée des efforts déployés par ses camarades officiers pour donner d'eux l'image de ce qu'ils étaient dans leur vie antérieure au métier des armes. Et la jeune femme s'était aperçue au fil du temps que le naturel ne se laissait pas chasser aussi facilement.

Si l'uniforme avait été banni au sein de cette caserne, il était réapparu sous d'autres formes. Chaque entité de la Boîte avait ainsi sa propre façon de se vêtir. Avec un peu d'expérience, on devinait à quelle direction, à quel service, appartenait tel ou tel.

Un fonctionnaire de la direction de la Stratégie devait, par exemple, arborer un costume dernier cri (la question du double ou triple boutonnage étant, à cet égard, cruciale). Il se devait aussi de circuler avec *Le Monde* en évidence à la main – on persistait à croire, à la DGSE, que « le quotidien du soir » était encore le journal de référence.

Un homme de terrain de la direction des Opérations ou un instructeur du service de formation était en jean-blouson-baskets. De même qu'un geek de la direction technique, qui pouvait pousser le laisser-aller vestimentaire jusqu'au jean déchiré aux genoux.

À la direction du Renseignement, le costume-cravate était de rigueur comme à la Stratégie, mais le caractère « figure de mode » moins marqué. Il fut une époque, celle du stage de Victoire, où il était de bon ton de porter une cravate décorée de Tintin, Obélix ou Titi et Grosminet. Probablement pour donner une note de gaieté à une tenue somme toute austère, et, surtout, pour indiquer que, quand bien même on était agent de la DGSE, on pouvait ne pas être totalement dénué d'humour et avoir l'esprit large. Mais cette époque était révolue et seuls quelques dinosaures osaient encore la cravate fantaisie. Au sein de cette direction du Renseignement, les hommes du contre-espionnage se distinguaient en préférant au complet-cravate le combo veste-pull à col roulé.

Qui croyait, se fiant à un coup d'œil trop rapide, que l'uniforme était l'apanage des gardes de sécurité se trompait donc fort.

Finalement, seules les femmes ne répondaient à aucun code vestimentaire : elles s'habillaient comme elles le souhaitaient, sans que leur tenue pût révéler leur affectation. Ni soulever aucun débat. « Et on prétend que ce sont les femmes qui causent chiffons ! » avait dit un jour Victoire à une collègue.

Lors de son « tour de Centrale », toujours donc dans le sens des aiguilles d'une montre, Victoire croisa au moins un spécimen de chaque catégorie professionnelle de la Boîte. Elle s'amusa à essayer de deviner, en étudiant leur tenue, qui faisait quoi. L'un des promeneurs attira son attention. Surtout que l'homme donnait l'impression de la scruter, alors que leurs pas les rapprochaient. Quand il la croisa, il tourna la tête vers elle pour la fixer. Elle comprit de qui il s'agissait en reconnaissant la personne qui l'accompagnait : « la femme au carnet et au stylo ». C'était donc Mansuy… Elle ne l'avait encore jamais rencontré. Cet échange furtif et ce regard appuyé la mirent mal à l'aise. Ses idées noires ressurgirent.

Une fois encore, elle avait subi un échec. Et quel échec ! Non seulement le contact à Kaboul avec Suleiman n'avait pas eu lieu, mais de surcroît elle avait perdu la pièce majeure de son dispositif. Le capitaine Nikolaï Kozel, sans qui son plan d'infiltrer Nadia dans l'école coranique ne pouvait aboutir, allait désormais être neutralisé par ce qu'elle considérait, avec amertume, comme la « cinquième colonne », l'« ennemi intérieur » : le service de sécurité de sa propre boîte. Avec, à sa tête, l'homme qu'elle venait de croiser.

Victoire avait été présomptueuse. Elle avait cru, avec ses sept ans d'expérience et son obstination, pouvoir manœuvrer le chevronné Kozel, contourner le retors Mansuy, convaincre le faux candide Reilhac et persuader le rude service Action de se lancer dans une manipulation démesurée. Conclusion : un lapin. Un lapin posé par Suleiman, via Nikolaï. Ou, pour rester dans les expressions animalières : la grenouille avait été avalée toute crue par les bœufs. Elle avait voulu jouer sur deux tableaux : manœuvrer Kozel en instrumentalisant sa disgrâce, et faire fi de cette même disgrâce pour recruter Suleiman. Victime de son hubris, elle était aujourd'hui punie par les dieux, et surtout par la réalité, ramenée à sa condition d'analyste, de gratte-papier, de rat de bibliothèque... Aurait-elle dû s'en satisfaire, laisser agir les grands, les pros, se limiter à ce qu'elle avait toujours fait : du renseignement par procuration ?

Aurait-elle dû être comblée parce qu'elle avait un mec, un appartement et un job ?

Non, elle avait voulu briller, sortir du lot, se démarquer.

Désenchantée, Victoire regagna son bureau où elle laissa filer l'après-midi. À 17 h 30, elle décida de rentrer chez elle. Quitte à déprimer, autant le faire devant une bonne série, quelques bières à portée de main. Elle allait donc mettre les voiles plus tôt que d'habitude, et peu importait si ses collègues en profitaient pour faire du mauvais humour : « Tiens, tu prends ton après-midi ? » Elle avait rassemblé, pour les enfermer dans son armoire-forte, les quelques papiers qui traînaient sur sa table ainsi que l'ordinateur portable crypté sur lequel elle communiquait avec Kozel. L'appareil lui serait désormais inutile, elle s'y était résignée et elle avait d'ailleurs pris la décision de le restituer à la direction technique dès le lendemain. Grande fut donc sa surprise d'entendre le bip caractéristique lui indiquant qu'elle avait reçu un message. Contre toute attente, Nikolaï avait quelque chose à lui dire. Victoire se rua sur l'écran. « From Pégase to Centrale : Licorne à Dubaï. Je reste sur place pour prise de contact ? » Nikolaï Kozel, alias Pégase, informait la Boîte qu'il avait réussi à ferrer Suleiman al-Chichani, alias Licorne.

La première réaction de Victoire fut un « Yes ! »... victorieux. Puis, prise de doute, elle se ravisa : Nikolaï disait-il la vérité ? Pourquoi Suleiman l'aurait-il fait venir à Kaboul, pour finalement le contacter à l'escale de Dubaï lors de son trajet retour ?

Comme elle en avait désormais pris l'habitude, la jeune femme fit défiler dans sa tête les hypothèses en espérant que la plus favorable s'imposât. Kozel n'était-il pas en train de tenter de la lui faire à l'envers ? En clair : dans la mesure où il était tenu de répondre à la convocation du service de sécurité, n'était-il pas coupable et sur le point de s'enfuir ? Ou alors, Suleiman aurait-il fait venir Nikolaï à Kaboul pour un contrôle ? Et, ayant détecté dans le paysage quatre individus suspects, le Tchétchène, prudent, avait peut-être renoncé au contact à Kaboul pour privilégier Dubaï ?

Victoire ne pouvait en aucun cas réagir au message de Nikolaï sans l'aval du service Action. Elle répondit donc par un prudent : « From Centrale to Pégase : Attendez. »

23

Mais Nikolaï Kozel n'attendit pas. Il n'y avait pas de temps à perdre. Empoignant sa petite valise-cabine (il s'était bien gardé de déposer un bagage en soute à Kaboul, afin de rester maître de ses mouvements), il se dirigea vers le hall d'arrivée du terminal 3, où un officier d'immigration apposa sur son vrai-faux passeport un visa « visiteur » de trente jours. Puis il embarqua dans un de ces taxis beiges en attente devant l'aéroport et demanda qu'on le conduisît dans un hôtel international, où, se dit-il, il pourrait passer inaperçu. Le chauffeur lui conseilla le Burj Al Arab, un arrogant cinq-étoiles dont l'édifice aurait pu faire penser, à des esprits imaginatifs, à la voile déployée d'un grand navire amarré devant la marina. Après une rapide recherche sur son portable, Kozel lui préféra l'Intercontinental, moins onéreux, mais aussi parce que s'y trouvait le restaurant d'un compatriote, Pierre Gagnaire.

Le taxi naviguait d'une voie à l'autre de la Sheikh Zayed Road, l'autoroute – et artère principale de la ville – qui allait les conduire à l'hôtel. Songeur, Nikolaï contemplait la succession de buildings prétentieux qui s'élançaient vers le ciel, en se disant que, pour rien au monde, il n'aurait accepté de vivre dans un endroit aussi impersonnel.

Au terme d'un trajet d'une vingtaine de minutes, Nikolaï Kozel fut déposé à l'Intercontinental. Il prit une chambre et s'y installa. Posé sur la table basse de cette pièce luxueuse, le petit Nokia que lui avait remis l'inconnu de l'aéroport semblait insolite. Il retint pourtant toute l'attention de Kozel, lequel ne descendit même pas au restaurant. Il commanda un club-sandwich et il attendit. L'appel de Suleiman.

24

Songeur, Kozel promenait son regard sur la ville à travers la baie vitrée de sa chambre pendant que derrière lui braillait une série égyptienne sur l'écran de la télé, allumée par réflexe. L'attente se prolongeait, s'annonçait interminable, mais il n'était ni impatient ni énervé.

L'extravagance urbaine de l'émirat de Dubaï prenait, la nuit, tout son sens. Le pouls scintillant et régulier des minuscules spots à éclipses du gratte-ciel Burj Khalifa marquait dans le noir le battement du cœur de la ville nouvelle de la famille régnante Al Maktoum.

La sonnerie doucereuse de la chambre rappela à l'officier de renseignement que le service d'étage venait livrer sa commande.

Alors qu'il entamait sa collation, le téléphone de contact vibra. Un message on ne pouvait plus succinct s'afficha : « Bu Qtair. 23 h. » Il esquissa un sourire. Ça y est, c'est parti.

Le Bu Qtair, apprit-il après une courte recherche sur le Net, était un restaurant de poisson populaire, situé dans la marina du quartier d'Umm Suqeim. À trente minutes de taxi de l'Intercontinental.

Sa montre indiquant 22 h 07, Kozel se changea rapidement, enfila un jean et un polo sombres, ses vieilles baskets, et commença à sécuriser sa chambre.

Il fit brailler un peu plus fort les actrices égyptiennes avant de refermer la porte et se dirigea vers l'ascenseur.

Le géant pakistanais à l'entrée de l'hôtel héla avec force gestes un taxi en attente. Le chauffeur, un Ougandais, jeta sa voiture dans le trafic toujours dense, naviguant ensuite agilement entre les files. La Sheikh Zayed Road longeait la skyline : les tours succédaient aux tours, toujours dominées par l'élégante et silencieuse Burj Khalifa. Bien peu d'appartements étaient occupés, constata Kozel.

Le taxi se gara au bord de la route, à l'entrée de la marina d'Umm Suqeim. 22 h 48.

Kozel régla la course avant de franchir les grilles d'un pas de promeneur, tentant de repérer le fameux restaurant. Le port était presque intime, à peine quatre ou cinq quais où des yachts côtoyaient des bateaux de pêche locaux et des vedettes de plaisance. Un drôle de mélange, se dit Nikolaï.

Il passa devant la petite terrasse du restaurant Al Fannah, où des fumeurs de shisha, hommes et femmes, partageaient une copieuse barquette de mezzé en pompant voluptueusement sur leurs pipes.

Poursuivant sa marche nonchalante, Kozel déboucha sur un établissement surélevé, également doté d'une terrasse, mais celle-ci était vaste et illuminée. L'enseigne sur la façade de ciment beige annonçait : *Bu Qtair Restau-*

rant. Nikolaï Kozel y était presque, mais il prit le temps d'en faire le tour pour s'imprégner du lieu.

La clientèle était dense, et variée : des locaux en dis-dachas blanches, avec leur famille au grand complet, des Philippins, des Indiens, des Libanais, des Pakistanais, des Européens... Tout Dubaï réuni, se dit Nikolaï. Tous dégustaient, avec ou sans couverts, et dans un joyeux vacarme, de larges barquettes de riz et de gros poissons grillés, accompagnés d'une sauce épaisse au curry jaune. Plat unique. Ambiance unique.

Kozel s'imagina de retour dans une de ces gargotes populaires dont l'Orient a le secret et le charme, et qu'il affectionnait. Il n'aurait pas pensé qu'à Dubaï même on pouvait trouver des endroits aussi authentiques.

Il commanda son poisson et son riz, s'assit à une table restée libre et attendit en dévisageant discrètement les convives, table après table, en fumant paisiblement une cigarette de circonstance. 23 heures.

Comment Suleiman allait-il l'aborder ? Quelques-uns de ses sbires étaient certainement déjà sur place, ou au Fannah, ou ailleurs, chargés de rendre compte qu'il était là, attablé, en attente. 23 h 30.

Le plat servi justifiait le succès du lieu, mais ni l'appétit ni le cœur de Kozel n'y étaient vraiment. Toujours rien, seulement le ballet des serveurs qui désormais nettoyaient les tables au fur et à mesure qu'elles se libéraient. Il commanda un Pepsi. Minuit, rien.

Le téléphone de contact restait muet. Trop muet... 0 h 30, 1 heure. Rien.

C'est raté. Un contretemps, une inquiétude, un report, un nouveau lapin après celui de Kaboul ? Pourquoi ?

Nikolaï commençait à perdre patience. Suleiman allait-il le balader ainsi jusqu'à le rendre fou, savourant une quelconque vengeance ? Avait-il juste voulu l'écarter de l'hôtel pour prendre le temps de « faire » sa chambre ? Mais il n'y avait rien à trouver de ce côté-là. Alors quoi ?

1 h 30. Aucune indication, aucun signe, aucun message. Toujours rien. Kozel devait se résigner. Il allait devoir, la mort dans l'âme, retourner à Paris, bredouille, pour affronter Mansuy et ses théories paranoïaques de trahison.

Il leva la main, fit le signe convenu dans le monde arabe pour régler sa note, passant ostensiblement le bout des doigts de la main droite dans la main gauche, attendit, paya et se dirigea vers les marches de la terrasse.

Parvenu en bas, il jeta un regard circulaire : à gauche, sur la digue, à trois cents mètres, le petit phare jetait ses éclats saccadés et circulaires dans la nuit. Rien. En face : rien, la marina endormie. À droite : la seconde sortie du port, quelques passants tardifs, des voitures garées. Rien, rien, rien. Mais, à ce moment-là, son vibreur annonça un SMS. « *Light house.* »

Pas de doute, Kozel était bien observé. D'où et depuis quand ? Il n'en savait rien, mais cela n'avait pas d'importance. Ne maîtrisant pas les conditions du contact, il devait se laisser faire. C'était le jeu, qu'il aimait, avec son adrénaline et ses pulsations subites. Un jeu toujours exigeant, parfois froid et cruel, auquel il fallait s'adapter sans tomber dans la routine ni la jubilation sinon, à coup presque sûr, on s'offrait au danger, on commettait l'erreur, on se mettait à la faute. On subissait. Nikolaï n'aimait pas subir. Il prit une cigarette, l'alluma, et se dirigea, dans la pénombre du petit port, vers le phare, sans hâte.

Remontant le quai désert, l'officier s'aperçut qu'un bruit continu de moteur de bateau, à la fois sourd et puissant, s'imposait dans le silence de la nuit bien établie désormais. Un moteur en marche sans lumière de bord pour éviter de trahir le bateau ? Intrigué, Kozel se planta le long du quai devant la marina désertée et, tous les sens en éveil, tenta de le localiser dans les travées. En vain. Le bruit, amorti et régulier, paraissait provenir devant lui de la masse sombre et faiblement oscillante du port miniature. Ce n'étaient pas les furtifs éclairs de lumière lancés par le fanal qui pouvaient l'aider, bien au contraire.

Il termina sa cigarette, l'écrasa et reprit sa marche jusqu'au petit phare, à la droite duquel il distinguait mieux la haute digue protectrice de la marina. Il se retrouvait désormais dans l'obscurité la plus totale d'une nuit sans lune, régulièrement striée par les feux aveuglants du fanal. Il entendit alors, très bas, mais distinctement : « *Tabqa huna !* » Reste là !

Nikolaï stoppa. Il distingua une masse tout près de lui, sentit une large main se poser sur son épaule droite qui l'incita par la pression des doigts à reprendre sa marche dans une direction imposée. Longeant le quai de la digue, Kozel et son guide dépassèrent ainsi sans un mot plusieurs bateaux à l'anneau. Le ronflement du moteur était plus distinct, maintenant. Ils s'en approchaient forcément. Nikolaï comprit que le rendez-vous n'aurait pas lieu à terre.

Une pression plus forte lui fit stopper sa marche : il lui fallait monter à bord du bateau devant lequel ils se trouvaient. Il enjamba la coupée. À peine avait-il posé le pied sur le pont avant que plusieurs mains l'incitaient d'autorité à s'asseoir, tandis que d'autres lui passaient un sac sur la tête. C'était le pompon ! Il faisait nuit noire mais il avait quand même droit à ça... Kozel était furieux, mais le succès espéré d'une entrevue lui imposait de se contenir tant qu'il n'aurait pas de contact physique avec le Tchétchène.

On le mit debout et il comprit qu'on allait le faire descendre dans les entrailles du bateau. Il s'exécuta, guidé par deux ou peut-être trois marins, jusqu'à une pièce où il fut adossé, assis au sol, à une cloison qui vibrait au rythme du moteur. Peu après, la cadence augmenta et Nikolaï sentit que le bateau glissait sur l'eau, sans à-coup. Rejoindraient-ils bientôt la pleine mer ? Plongé dans des pensées contradictoires, l'espion s'interrogeait sur la suite de ce kidnapping consenti, mais surtout sur la personnalité du Tchétchène et ses intentions. Il allait falloir être persuasif pour l'amener à coopérer, le convaincre d'accepter un marché aux antipodes de ses convictions apparentes. Et puis, il devait faire la lumière, toute la lumière, sur ce qui s'était passé à Tunis et en Libye. Entre lui, Kozel, officier traitant travaillant pour la France, Ahmed, sa source tunisienne, alias l'agent Centaure, et Suleiman, un Tchétchène de Daesh. Avait-il été manipulé, comme Victoire le lui avait laissé entendre ?

Au bout d'un temps qu'il estimait à une bonne demiheure, la puissance du moteur fut soudainement réduite. Kozel sentit son cœur battre la chamade. L'heure de vérité approchait, comme celle d'une exécution inéluctable, ponctuée par les palpitations de ses tempes. Il inspira profondément à plusieurs reprises pour tenter de maîtriser l'émotion qui s'était emparée de lui. Le bateau était désormais stabilisé, moteur au ralenti, mais rien ne se passait.

L'attente reprit, inexorable. Son pouls avait recouvré une fréquence normale, comme au diapason de l'embarcation.

Des mains l'incitèrent à se lever, et à marcher, en aveugle, tenu par les épaules, jusqu'à ce qu'il sentît une brise marine envahir le sac de jute qui lui couvrait la tête. Tiré, poussé, encadré, il se sentit monter sur une passerelle de bois en légère pente. Changement d'esquif, se dit-il, avant de trébucher intentionnellement pour tenter de déterminer combien de marins étaient chargés de sa capture. Au moins trois, conclut-il. Toujours très entouré, il fut introduit dans un bateau qu'il devinait confusément bien plus vaste que le premier. Un dhow, probablement. Nikolaï connaissait bien ces voiliers en bois, des boutres sur lesquels il retrouvait souvent Ahmed, en Tunisie.

Les sbires le conduisirent, toujours sans un mot, comme dans un ballet bien rodé, jusqu'à ce qu'il pensa être le carré. Là encore il fut assis d'autorité, mais cette fois sur une chaise. Une porte s'ouvrit, des bruits de pas, entrant, se mêlant à d'autres qui sortaient. Puis le silence. Aucune vibration de moteur, aucun bruit sinon le cliquetis et les craquements légers de tout navire à l'ancre.

Une voix s'éleva alors, grave, monocorde, maîtrisée : « *Bismillah rahman wou rahim wou barakat Allah wou rahmatahou.* » Pour l'avoir souvent entendue dans les mosquées de Tunis, Nikolaï reconnut la formule rituelle déclamée par les musulmans pour se confier au Dieu tout-puissant. Dans le cas présent, devait-il la comprendre comme une formule d'accueil, ou comme une saillie provocatrice ?

Ça y est, se dit-il, tout en se triturant les méninges : cette voix, ce timbre, ce rythme lui étaient familiers. Seule la langue ne collait pas !

« Comment vas-tu, sergent ? » Cette voix... Elle l'interpellait désormais en français, comme une bravade, comme une invitation à deviner qui se cachait derrière elle. Nikolaï comprit la raison du sac : il connaissait son interlocuteur mais ce dernier préférait jouer un peu avant de livrer son visage. Accaparé par ses pensées, Kozel ne répondait pas.

« Alors, sergent, comment te sens-tu ? » Sergent ? Kozel avait été sergent, oui, il y avait bien longtemps, lorsqu'il était sous-officier de ce corps d'élite, la Légion étrangère, au sein de laquelle il avait connu des heures de gloire avant d'en être chassé comme un malpropre, et condamné par la justice française, de surcroît.

À cet instant précis de ses réflexions, tout s'éclaira : cette voix, aussi incroyable que cela parût, était, il ne pouvait s'y méprendre, celle de son camarade de Légion, puis d'infortune : le première classe Dima... Dima le Géorgien... engagé, et placé sous les ordres du sergent Nikolaï Kozel. Dima ! Ils étaient trois inséparables à la 13e DBLE : Nikolaï l'Ukrainien, Ahmed le Tunisien et Dima le Géorgien.

Tous les trois avaient été condamnés par la cour d'assises de Paris pour le meurtre d'un jeune Somalien à Mogadiscio en 1992.

En un éclair, les pièces du puzzle s'étaient assemblées dans le cerveau de Nikolaï. Le hasard de la vie avait fait que ces anciens soldats perdus s'étaient retrouvés, mais jamais tous les trois ensemble. L'officier traitant Nikolaï Kozel, nommé chef de poste à Tunis pour la Boîte, avait renoué le contact avec Ahmed. Pour la DGSE, Ahmed était devenu Centaure. Une source enviée et convoitée par les autres services de renseignement, notamment le FSB russe, du fait de son accès inédit à un cacique de Daesh en Libye, Suleiman al-Chichani.

Centaure était lié à Suleiman, découvrit à cet instant Kozel, parce que Suleiman et Dima ne faisaient qu'un. Pendant de longs mois, Centaure avait renseigné son officier traitant sur le chef de Daesh, sans jamais lui avouer que le Tchétchène était en fait le Géorgien, leur ancien camarade de la Légion.

Dans son esprit, la boucle était bouclée, là, abruptement, en plein golfe Persique.

« Salut, Dima. Moi, ça va. Et toi, camarade ? » se surprit-il à répondre d'une voix calme et amicale.

Dima libéra alors la tête de Kozel de son sac en toile de jute.

25

Face à son ancien camarade de la Légion, Kozel parvenait à cacher son émotion, mais il avait du mal à faire correspondre tous les personnages, à accepter l'idée que derrière les noms différents, ces physiques dissemblables même, se trouvait un seul homme.

Le légionnaire Dima Zlatko, il l'avait connu bel homme, glabre. Le djihadiste qui sévissait en Libye et sur lequel il avait travaillé pendant de longs mois, depuis la Tunisie, il n'en avait vu que quelques photos, prises par Centaure. Des photos floues, il comprenait aujourd'hui pourquoi. Ahmed était malin, toute trace de leur passé commun avait été effacée avec soin. Le visage de l'homme qui lui souriait sur ce bateau aujourd'hui s'était creusé, il avait pris des rides, il était rongé par une barbe hirsute poivre et sel... mais le regard était le même, un peu plus fatigué peut-être, en tout cas toujours fier, malicieux, voire goguenard. Et puis la voix, la voix, elle, n'avait pas bougé.

Kozel ne voulait pas se laisser gagner par la nostalgie : la Légion, le béret vert, Dima... Pour autant, il devait donner l'illusion à son interlocuteur qu'il s'adressait à ce vieux camarade, pour mieux pénétrer le cœur de l'homme devenu djihadiste. En clair, il fallait à présent qu'il comprenne rapidement ce que Suleiman avait dans le ventre. D'abord pour répondre au mandat que lui avait confié Victoire : le recrutement du Tchétchène était-il possible et sous quelles conditions ? Mais surtout pour comprendre ce qui s'était passé en Tunisie. Entre lui, Centaure et Suleiman.

« Dima, je sais que tu as beaucoup de choses à te reprocher, mais je suis quand même heureux de te revoir, après tout ce temps...

— Beaucoup de choses à me reprocher, en effet, sergent... Plus que tu ne le crois, répondit Suleiman en riant.

— Merde, Dima, viens-en au fait ! Qu'est-ce que tu fous dans la peau de Suleiman al-Chichani, Suleiman le Tchétchène, toi que j'ai connu comme Dima le Géorgien ?

— Des faits, en voilà. Je suis effectivement né à Birkiani, en Géorgie, mais je suis tchétchène, sergent. Géorgien d'ethnie tchétchène. Une information qu'on préfère ne pas étaler, sachant que les Russes préfèrent en général les Tchétchènes morts. Je suis Vassiliev par mon père. Je m'appelais donc Timour Vassiliev avant d'entrer dans la Légion... et de nouveau, en quittant la Légion. Puis il y a eu ce nom de guerre, Suleiman al-Chichani. Moi-même je m'y perds ! Les "hommes sans nom", comme on nous appelle... comme on nous appelait, nous les légionnaires. Quand la Légion m'a laissé tomber – nous a laissés tomber –, après cette merde en Somalie, j'ai dû quitter la France. Contrairement à toi à qui l'on a accordé la nationalité française, du fait de tes états de service, toi que l'on a probablement recyclé sur un autre poste...

— On m'a recyclé sur un autre poste, Dima, je te le confirme, sinon je ne serais pas là.

— Dans un centre d'entraînement commando, je parie. » Ce qui fit sourire Kozel. Son camarade n'en savait pas autant qu'on se l'imaginait à Paris.

« Moi, reprit Suleiman, on m'a renvoyé en Géorgie avec un coup de pied au cul. J'ai essayé de refaire ma vie dans la vallée de Pankissi. Tu te souviens peut-être... les fameuses gorges de Pankissi utilisées comme point de transit pour les rebelles lors de la seconde guerre de Tchétchénie. J'ai été en contact, dans cette zone, avec les rebelles tchétchènes qui pénétraient en Russie. Oui, j'ai aidé des militants tchétchènes en Russie... et je les ai parfois rejoints pour des missions contre les troupes russes. Mais rien de mirobolant. C'est en tout cas avec eux que j'ai retrouvé la foi. J'étais affaibli moralement, très affaibli. J'ai même essayé de m'engager dans l'armée géorgienne. Tu comprends, je ne savais faire que ça, la guerre... Mais ils n'ont pas voulu de moi, ces cons m'ont diagnostiqué une tuberculose. "Réformé", m'ont-ils dit, la honte pour un ancien légionnaire. Alors je suis retourné chez moi, à Birkiani, et j'ai postulé pour un emploi dans la police locale. Échec sur toute la ligne, à nouveau. J'ai perdu toutes mes illusions. Ma mère m'a alors sauvé la vie. C'est elle qui m'a poussé à partir pour le djihad. Et j'ai rejoint la Syrie, puis la Libye. Et je suis devenu Suleiman al-Chichani. »

Kozel n'en croyait pas ses oreilles. En quelques minutes, il venait d'en apprendre plus sur Suleiman qu'après de longs mois de collaboration à Tunis avec Centaure.

À ce moment, une très jeune femme pénétra dans le carré, un plateau de fruits secs à la main. Elle était belle sous sa large blouse en soie d'un rouge éclatant. Mais ce fut un cliquetis de métal qui attira l'attention de Kozel. La jeune femme était couverte de bijoux. Son cou, ses poignets, ses oreilles, ses chevilles, l'ensemble de son corps était orné de larges pièces d'argent ou de cuivre martelées, et sa démarche souple amplifiait la grâce de cette silhouette décorée. Cette apparition parvint à ravir Kozel. Elle lui sourit et lui tendit le plateau.

« Elle s'appelle Nour, elle est tunisienne, dit Suleiman, répondant à la fascination de son camarade. C'est à cause d'elle que j'ai voulu te rencontrer, sergent. » Puis il prononça une parole en arabe, et la jeune femme quitta les lieux.

Nikolaï comprit que le Tchétchène allait continuer à se livrer et décida de ne pas l'interrompre.

« Je suis ton semblable, Nikolaï, un légionnaire, un combattant, un étranger au service de la France... Tu permets que je t'appelle Nikolaï, sergent ? » Nikolaï acquiesça d'un mouvement de tête.

Suleiman avait désormais fui l'État islamique. Il s'était marié avant avec une jeune Tunisienne de Bir Zar, à la frontière libyenne. La jeune femme aux bijoux. Le Tchétchène en était tombé follement amoureux. Son destin n'était plus de jouer les pousse-cailloux dans le désert, il en avait sa claque de cette vie. Il voulait fonder une famille, s'occuper de sa femme, l'extraire des tumultes de la guerre, elle était enceinte de lui. Il avait appris que son passé d'indépendantiste et de djihadiste tchétchène le poursuivait, que les Russes avaient depuis longtemps mis un contrat sur sa tête.

« J'ai pris peur, Nikolaï, pas pour moi, mais pour ma femme, pour notre fils à naître. Je suis prêt à collaborer pleinement avec la France. La France, c'est ma deuxième patrie. »

Kozel le coupa sèchement. « C'est la France, ou l'État islamique, ta deuxième patrie ?

— La France, Nikolaï. J'ai rejoint Daesh par dépit, parce que la Légion ne m'a pas laissé le choix. Parce que la vie ne m'a pas laissé le choix. J'étais jeune, j'avais la haine… Mais aujourd'hui, j'ai mûri, j'ai grandi, j'ai une famille. Et je suis toujours légionnaire, dans mon âme. Comme toi, Nikolaï.

— Tu veux quoi ?

— L'asile politique, pour ma femme et pour moi. »

Nikolaï laissa passer un moment, regardant fixement Suleiman dans les yeux.

« Si tu devais rejoindre la France, dit nonchalamment l'officier français, comme s'il jugeait l'hypothèse improbable, tu devrais épouser sa cause. Combattre ceux avec lesquels tu combattais jusqu'alors. Trahir tes frères djihadistes. On te demandera l'impossible. Dès le premier pas posé à Paris, on ne te lâchera plus. On ne te laissera pas dormir. On te pressera comme un citron pour savoir ce que tu as dans le ventre. Tu passeras au polygraphe. Tu subiras interrogatoire sur interrogatoire. Des équipes se relaieront. On partira du principe que tu mens. Ce sera à toi de prouver le contraire. On te mettra face à tes contradictions, on cherchera à savoir si tu dis la vérité, si tu es fiable, si ton renoncement au djihad est sincère. Cela prendra plusieurs mois, peut-être plus encore, sans que tu sois jamais assuré de l'issue positive de cette mise à l'épreuve… »

Suleiman était prêt. Rien ne pouvait être pire pour lui, désormais, que d'être aliéné par un fanatisme. On n'avait qu'à lui demander l'impossible, pourvu qu'ils puissent gagner la France, lui et sa femme.

« Et Ahmed ? Tu as des nouvelles de notre vieux camarade Ahmed ? » demanda subitement Nikolaï, comme s'il souhaitait provisoirement fermer le chapitre « Suleiman le djihadiste à recruter » pour rouvrir celui de « Dima le camarade de la Légion »...

Le Tchétchène ne parut pas surpris par la question. « Ahmed, oui, je l'ai revu... quand j'avais un peu le vent en poupe, à mon arrivée en Libye. Il trafiquait à la frontière. Il nous vendait des trucs qu'on ne trouvait pas en Libye. En tout cas pas dans les patelins à rats où l'on vivait. Tu sais, des trucs du genre lingettes pour bébés, non pas qu'on avait des marmots avec nous, mais il n'y a rien de plus pratique pour se laver le cul, sur le terrain ! Ahmed avait des ambitions pour moi, il voulait que je devienne le futur patron du califat en Libye. Mais moi, tu me connais, je n'avais pas cette prétention. Et pourtant il a réussi à me convaincre, il imaginait le meilleur avenir pour moi. Je ne sais pas ce qui le poussait, mais en tout cas il avait l'air motivé. Beaucoup plus que moi, ha ha. Et ça a marché : je suis entré au bureau des opérations extérieures, un truc incroyable. Et ce n'est pas tout : j'étais en train de me laisser convaincre d'en prendre la tête, ma nomination était en cours. Puis Syrte est tombée, la débandade a commencé, j'ai préféré me barrer... »

Nikolaï resta un long moment sidéré. Il eut peur que son visage ne trahisse l'amertume qui le gagnait. Merde, se dit-il, on a failli réussir au-delà de nos espérances. Il pensa alors à Ahmed : Ce qui le motivait à voir Suleiman prendre du galon, c'était moi, uniquement moi. Il voulait me faire plaisir, il voulait de l'argent, mais avant tout, il espérait ma reconnaissance...

« Et... tu es toujours en contact avec Ahmed ? »

Nikolaï savait que, dans l'absolu, sa question n'avait aucun sens puisque Ahmed était mort. D'une mort stupide, une mort dont on sait qu'elle ne sert à rien. « Mort au champ de la connerie », aurait-on dit à la Légion.

« Ahmed, répondit Dima, non. Je ne sais pas pourquoi, on s'est perdus de vue. Un beau jour, il a disparu. D'un seul coup, sans laisser de nouvelles. C'est lui qui m'avait mis en contact avec le réseau de passeurs. En fait, à l'époque, je voulais seulement aller rendre visite à ma mère, au bout du monde. Mais je l'ai utilisé pour fuir la Libye. Il faudra que je l'en remercie, je lui dois une fière chandelle. Ahmed, c'est un malin, on dirait que tout est à sa portée, que grâce à ses liens avec tous ces trafiquants, rien ne lui est impossible. Je ne désespère pas qu'il reprenne un jour contact. Avec Ahmed, je te l'ai dit, tout est possible. »

Nikolaï eut envie de lui dire que leur camarade était mort. Mais il se garda de le faire, pour ne pas donner l'impression que le sujet l'intéressait au plus haut point, et qu'il en savait plus qu'il n'en avait l'air.

« Et pourquoi moi, pourquoi avoir voulu me rencontrer, moi ? demanda soudainement Kozel.

— Je n'ai que toi, en France, Nikolaï, répondit Dima. Parce que tu es mon ancien sous-off. Parce que tu as su gagner ma confiance à la Légion. Et que, même au terme de longues années, je savais que tu ne me laisserais pas tomber. »

Le métier de Nikolaï aurait dû l'obliger à ne pas croire un seul mot de ce beau couplet, mais il décida de se fier à Dima sur parole.

« Et Kaboul, pourquoi m'as-tu demandé de venir à Kaboul ?

— Parce que j'aurais dû être à Kaboul. Pour voir ma mère. Mais je n'avais pas assez d'argent pour rejoindre l'Afghanistan, avant ton arrivée. Je suis un homme traqué, Nikolaï, je ne prends pas l'avion. Je t'ai cueilli à Dubaï sur ton retour, parce que mes passeurs m'ont au moins permis d'arriver ici.

— Ta mère, Dima... que fait-elle à Kaboul ?

— Elle n'est pas à Kaboul, elle est sur la frontière... du côté pakistanais, pas loin de Peshawar. Enfin, je crois. Elle finit ses jours recluse dans une petite madrassa dans la montagne. J'espère qu'elle y est heureuse. »

Nikolaï pensa à sa propre mère. « Et, bien sûr, tu veux revoir ta mère, Dima ?

— Une dernière fois, oui. Elle était ma seule famille, avant que je rencontre Nour. Je tenais à lui présenter ma femme. Et lui faire mes adieux, avant de rejoindre la France. Elle est au courant, elle m'attend. Mais je n'ai plus d'argent, Nikolaï. J'ai dépensé tout ce que j'avais pour rejoindre Dubaï. Les passeurs ne m'ont pas fait de cadeau. J'ai besoin de ton aide. Je suis à ta merci. Je suis à tes ordres, Nikolaï. »

Kozel décida alors de lever le camp. « Ne te fais pas d'illusions, dit-il à Dima en quittant le large boutre à bord duquel ils avaient discuté, je ne peux prendre aucune décision te concernant. Tout viendra de là-haut, et là-haut, ils n'en ont rien à foutre de la fraternité d'armes à la Légion. »

La petite embarcation de l'aller le ramena à terre.

26

Dubaï la nuit, illuminé, animé, n'était pas si différent du Dubaï de la journée. Kozel n'avait d'ailleurs plus tellement la notion du temps, quand il rentra à son hôtel, à 3 heures du matin.

Le réceptionniste lui remit un message : seulement un numéro de chambre. Après tout ce qu'il venait de vivre, il en fut à peine surpris. Quelqu'un l'attendait au vingtième. Soit. Mais à la réflexion… personne ne savait qu'il avait élu domicile à l'Intercontinental. Sauf…

Ce fut bien Victoire qui lui ouvrit la porte de la chambre 208. Il trouva la force de lui sourire, tout en désignant sa montre, comme pour lui signifier : « Il est tard… je suis crevé… que fais-tu ici ?… Je ne m'attendais pas à ce que tu arrives aussi vite à Dubaï. »

Victoire n'était pas seule. Assis autour de la table basse centrale, les quatre équipiers du service Action qui avaient accompagné Kozel à Kaboul l'observaient sans dire un mot, impassibles.

« Alors ? demanda-t-elle, dissimulant tant bien que mal sa fébrilité.

— Alors... contact pris », répondit Kozel, jouant la désinvolture.

Aussitôt, un bouchon de champagne sauta. Alceste, le patron des hommes du SA, tendit une coupe à chacun.

« On s'emballe pas, les gars, temporisa Victoire en souriant, ce n'est que le début.

— Le début de quoi ? » s'impatienta Kozel.

Victoire s'assit, tentant de garder son calme, alors qu'elle venait probablement de vivre l'une de ses premières grandes satisfactions à la Boîte. Elle fixa le capitaine Kozel, avec ce petit air de vénération dont elle n'arrivait pas à se départir.

« Nikolaï, vous allez tout nous raconter, mais il faut d'abord que vous sachiez que cela n'a pas été facile...

— De mon côté non plus, cela n'a pas été facile, je te le confirme, Victoire.

— Je voulais dire : cela ne... va pas être facile. Mansuy veut votre tête. Il est persuadé qu'il s'est passé un truc pas clair à Tunis, à l'époque. Il vous accuse de vous être compromis avec les Russes. Sur Centaure. Il vous accuse... d'avoir vendu Centaure aux Russes. Il considère que votre fuite à Kiev est...

— C'est quoi, cette nouvelle lubie ? Putain, mais Centaure est mort ! s'emporta Kozel.

— Oui, Centaure est mort, mais Mansuy, lui, est très en forme. Et il veut vous entendre, au plus tôt, à la Centrale. Pour l'instant, il vous recherche en Ukraine.

— Tu veux quoi, en fait, Victoire ? Tu veux que je bosse avec toi, ou que je me livre à Mansuy ? Sois honnête... tu cherches quoi ?

— Et vous, Nikolaï, vous cherchez quoi ?

— Moi, je veux laver mon honneur. C'est difficile à comprendre ? »

Victoire ne répondit pas. Nikolaï se calma, puis reprit la parole. « Bon, je vais te faire le topo, mais après tu me dis ce que tu as à me dire sur ta manip avec Suleiman, parce que, pour le moment, tu ne m'aides pas beaucoup, Victoire... »

Kozel resta debout, immobile, fixant Victoire, assise, elle, concentrée.

« Tu dois d'abord savoir une chose, Victoire », dit posément Nikolaï.

Et, masquant au mieux son amertume, il reconnut comment il s'était fait en partie abuser par sa source, Centaure, comment celle-ci lui avait dissimulé que Suleiman était leur ancien camarade de la Légion Dima Zlatko, Dima le Géorgien.

Victoire et les membres du service Action se regardèrent, stupéfaits.

« Nikolaï... vous êtes en train de me dire que... que vous connaissiez Suleiman ? Que vous aviez déjà rencontré votre cible dans le passé, que vous l'aviez fréquentée... qu'elle faisait partie de vos proches à la Légion ?

— Oui. Je connaissais ma cible. Mais je ne savais pas que je la connaissais. Comment aurais-je pu le savoir ? À l'époque, la Légion lui avait offert une nouvelle identité, Dima Zlatko. Comment aurais-je pu faire le lien avec Suleiman al-Chichani ?

— Centaure... Centaure aurait dû vous le dire ! » rétorqua Victoire avec insolence.

Plus que la surprise, c'est la déception qui s'afficha alors sur le visage de la jeune femme. Comment son mentor, le prestigieux capitaine Kozel, avait-il pu se laisser ainsi aveugler par sa source ? Nikolaï ne détourna pas le regard et affronta celui de Victoire. Il continuait à la fixer droit dans les yeux, comme pour lui dire ce qu'Alceste, souhaitant détendre l'atmosphère, finit par lâcher : « Comme quoi, dans ce métier, on n'est jamais à l'abri d'une enculerie. C'est ce qui fait aussi son charme. » Victoire comprit que cette boutade lui était adressée. Elle murmura alors un bienveillant : « On n'est pas là pour vous juger, Nikolaï, loin de là. »

Elle le laissa donc raconter, à son rythme, à sa manière, son entrevue avec le Tchétchène : comment il avait acquis la conviction que Suleiman était sincère dans sa demande d'asile politique, pour lui et Nour, sa jeune femme enceinte… épouse qu'il souhaitait aussi présenter à sa vieille mère, recluse dans une école coranique du Pakistan. Comment il avait appris que cet homme, aujourd'hui en fuite en raison de la défaite subie par Daesh à Syrte, avait été à deux doigts d'accéder aux plus hautes fonctions de l'organisation terroriste en Libye, et pourquoi, finalement, son recrutement présentait un intérêt majeur.

La jeune fonctionnaire de la DGSE avait écouté l'officier sans l'interrompre, redoublant d'attention lorsque Kozel avait évoqué la mère de Suleiman, mais elle s'était bien gardée d'intervenir. Il lui semblait que les rôles s'étaient inversés, l'ex-stagiaire soumise avait pris le dessus sur l'instructeur sûr de lui.

« Qu'attends-tu de moi, Victoire ? Que je recrute Suleiman ? » finit par demander Kozel.

Un silence se fit, qui se prolongea. Victoire regarda les hommes du SA, puis Kozel, puis le sol.

« Je vous en dirai plus demain, finit-elle par dire.

— Pourquoi demain ? s'agaça Nikolaï.

— Vous savez ce que c'est. Je dois rendre compte, attendre les instructions de la Centrale...

— C'est comme ça que tu vois notre... collaboration ? »

Elle le regarda, gênée. Elle comprenait l'humiliation qu'il ressentait, mais elle savait, et lui aussi, qu'elle ne pouvait pas aller plus loin à ce stade, qu'il lui fallait un accord de Paris.

« C'est comme ça que vous m'avez appris à travailler, Nikolaï. »

27

Gérard Mansuy se tortillait sur son siège. Plus il tentait de contrôler ses tics nerveux, plus ceux-ci augmentaient. Il essayait alors de les accompagner au mieux : quand une de ses mains partait en l'air, par exemple, il poussait le mouvement, comme pour faire croire qu'il battait la mesure tout en parlant.

Il se trouvait dans le bureau du « dircab », le directeur de cabinet – en fait le directeur général adjoint de la DGSE. Le général de cavalerie Philippe Boyer de Latour du Moulin, proche de la retraite, était plutôt chaleureux, sauf avec les gens qu'il avait dans le nez.

Mansuy avait fait une demande d'audience au directeur général. Connaissant la toxicité du personnage, le directeur de cabinet avait préféré le recevoir en amont pour désamorcer ce qui pouvait l'être. Mais il fallait qu'il agisse avec précaution. D'abord, parce que tout le monde savait que Gérard Mansuy était moins con qu'il n'en avait l'air. Mais surtout, il faisait partie de la « bonne loge », en clair la loge maçonnique au pouvoir dans la Boîte actuellement. Il aurait été contre-productif que le général se mette à dos une partie de l'oligarchie de la maison au prétexte de « se faire » Mansuy.

En recevant l'intéressé ce jour-là, il savait pertinemment ce que le chef du service de sécurité voulait obtenir : décrédibiliser son successeur à Tunis, Nikolaï Kozel. Le général ne fut donc pas surpris quand Mansuy annonça, victorieux, que Kozel avait, contre les ordres reçus, pactisé avec les Russes sur le cas Centaure. « Il s'agit au mieux d'une insubordination, au pire d'un acte de traîtrise qui justifierait qu'on le traîne devant les tribunaux militaires !

— Ne nous emballons pas, répondit calmement le général. Expliquez-moi tout ça. Kozel, je vois à peu près qui c'est... Vous lui avez interdit provisoirement l'accès à la Centrale, je crois. Mais ensuite, vous m'évoquez un nom d'oiseau, Centaure... et puis les Russes... On les met un peu à toutes les sauces, les Russes, non ?

— Mais... mon général...

— Gérard, le directeur et moi-même apprécions grandement votre travail.

— ...

— Sinon, vous ne seriez pas là d'ailleurs. Comme vous le savez aussi, Nikolaï Kozel est un excellent officier traitant. Un des meilleurs dans son genre. Peut-être pas dans les bureaux, comme d'autres, mais en tout cas sur le terrain.

— Si vous me permettez, mon général, c'est justement pour ça. Les grands menteurs de métier sont les plus durs à débusquer. Tellement habitués à tricher sur ce qu'ils pensent... D'ailleurs ils se font parfois eux-mêmes des nœuds, et perdent de vue des notions simples, la loyauté, par exemple.

— Écoutez, mon vieux, comme disait ma grand-mère, “le temps n’est jamais en retard pour avancer”... Mettez-moi tout ça par écrit, pour me permettre d’y voir clair en toute sérénité, pas votre philosophie sur la vie, seulement les faits en votre possession... et on se revoit. »

Le général lui désigna vivement la porte.

Mansuy, la rage au ventre (le général l’avait pris pour le con qu’il savait ne pas être), retourna dans son bureau pour exécuter ces ordres. Le directeur de cabinet voulait un rapport, il allait en pondre un. Et un gratiné.

Assez fier de sa prestation, tout en se demandant s’il n’avait pas forcé le côté « à l’ouest » de son personnage, le général décrocha son téléphone pour s’entretenir avec le chef du service Action, celui qui chapeautait Victoire dans l’opération Suleiman : « Il y a le nuisible, celui qui cherche des noises à Pégase, qui est venu me voir. Motivé. Il ne faudrait pas qu’il fasse capoter votre manip. » Le chef du SA ricana, avant de répondre : « Aucun risque pour l’heure, mon général, on a lancé cet arachnide sur une fausse piste : Kiev. Histoire de le faire gamberger un moment. Quand il se sera suffisamment pris la tête sur le pourquoi du comment de cette virée suspecte de Pégase en Ukraine, de l’eau aura coulé sous les ponts... »

28

Victoire se posta devant la baie vitrée de sa chambre d'hôtel et prit un moment pour contempler la vue. Cet ensemble de modernité et de luxe sorti des sables, les tours géantes, la marina et ses yachts, c'était grisant. Elle s'imagina vivant ici. Puis se ressaisit. Ces vies n'étaient pas pour elle : ni celle d'une cadre de grande société internationale, ni, encore moins, celle d'une « Jumeirah Jane », sobriquet attribué ici aux riches femmes d'expatriés qui se languissaient sur les plages et dans les cafés chics de cette cité artificielle.

Victoire était satisfaite des résultats de l'entretien Pégase-Licorne. Tout se déroulait selon ses plans, encore mieux même, et le « bébé infiltration » se présentait bien. Mais déjà l'organisation du coup d'après occupait son esprit. La détente, le repos du guerrier viendraient plus tard, dans une autre vie. Dans le secret de sa chambre, elle envoya un message crypté à l'état-major du service Action pour faire un rapport complet et soumettre ses intentions : il était urgent, dans un premier temps, de mettre Pégase dans la confidence, afin de poursuivre la manipulation de Licorne.

À l'origine, elle avait imaginé que Nikolaï ne lui serait utile que pour établir le contact avec Suleiman. Depuis, elle avait compris que le lien établi, et avec succès, reposait sur une seule donnée, capitale, qui avait jusqu'alors échappé à tous : si la cible al-Chichani avait demandé, dans le cadre de sa défection, à être mise au contact de l'officier traitant Kozel, c'était uniquement parce que tous deux, à une époque lointaine, avaient été camarades à la Légion étrangère. Il fallait oublier les soupçons d'intoxication ou autres tentatives de provocation ; il s'agissait, au contraire, d'une relation de confiance, fondée sur la seule fraternité d'armes.

« Donc, Licorne a contacté Pégase tout bêtement parce que c'était son ancien sous-off à la 13 », résuma, impassible au bout du fil, l'officier d'état-major.

Victoire avait remarqué cette manie, parfois agaçante, des membres du service Action. Ils mettaient un point d'honneur à ne jamais s'étonner de rien, même lorsqu'on leur annonçait les nouvelles les plus extravagantes.

« C'est à peu près ça, dit-elle. Parce que c'était son ancien sous-off à la Légion, et pas du tout du fait de sa qualité d'OT basé à Tunis. Licorne ne sait même pas que Pégase a intégré la Boîte.

— ...

— Vous comprenez que l'on dispose là d'un atout majeur, insista Victoire. Il faut absolument maintenir Pégase dans le dispositif. Il faut s'appuyer sur cette relation... affective... entre soldats pour manipuler Licorne, pour qu'il nous conduise à la madrassa.

— Vous comprenez que l'on ne peut pas prendre

cette décision à la légère, répondit l'officier d'état-major. D'autant plus qu'il y a un pépin : Mansuy a obtenu l'autorisation officielle de convoquer Pégase pour l'entendre. Il est convaincu qu'il a fui en Ukraine pour lui échapper, et que cette fuite est forcément révélatrice de sa culpabilité dans cette histoire de Centaure et des Russes. Pour l'heure, Mansuy patauge à Kiev, mais il va tout faire pour retrouver Pégase, coûte que coûte.

— Quand aurez-vous pris votre décision ? demanda Victoire.

— Donnez-nous douze heures.

— Douze heures ! Et je fais quoi, moi, pendant douze heures, avec Pégase qui trépigne comme un cheval entravé ?

— Vous êtes chef de mission, ma belle, vous vous démerdez. »

29

Le restaurant de Pierre Gagnaire à Dubaï disposait d'un salon du dernier chic, meublé design et équipé d'une myriade de stands proposant une large variété de pâtisseries, qui donnait sur une terrasse ornée des incontournables palmiers, paillotes et autres parasols, ouverte sur un bras de mer. Malgré la chaleur, Victoire choisit la terrasse pour ne pas avoir à subir le supplice de Tantale dans le voisinage du buffet. Elle attendait Nikolaï. Elle commanda un thé. Au terme du débriefing de la nuit, elle avait craint que son ancien instructeur, humilié de subir une situation qu'il ne maîtrisait pas, ne lui échappât. Il lui avait paru nécessaire de le reconquérir. Mais là, à six heures de vol de Paris, elle ne pouvait pas compter sur la présence innocente d'Élie pour donner le change.

Elle avait aussi senti qu'il était important pour Nikolaï de revenir encore et encore sur ce qui s'était passé en Tunisie en 2016, comme s'il éprouvait le besoin de se justifier, ou en tout cas de comprendre. Elle allait miser sur cette perception. Et cette longue attente avant de recevoir les instructions de l'état-major du service Action pouvait lui donner l'occasion de regagner la confiance de son mentor, en lui prêtant une oreille attentive. « La capacité d'écoute, l'empathie sont les qualités majeures de l'officier traitant », lui avait-on rabâché lors de son stage de formation.

Nikolaï ne tarda pas à la rejoindre. Il avait les traits tirés.

« Bien dormi ? demanda Victoire.

— Pas dormi. »

Après avoir jeté un rapide coup d'œil à la carte, il commanda un Business Breakfast.

« Tu as du nouveau ? grommela Kozel.

— Pas encore, répondit Victoire.

— Et... tu voulais quoi, en fait ?

— Rien de particulier... »

Ils se regardèrent tous les deux en chiens de faïence, puis Nikolaï esquissa un sourire, et Victoire le lui rendit.

« C'était quand même une belle manip, Nikolaï...

— De quoi tu parles ?

— Avec Centaure... sur Suleiman... en 2016.

— Ah ! On y arrive ! L'empathie ! L'empathie vis-à-vis de sa source ! La qualité majeure de l'officier traitant. Je vois que tu n'as rien oublié, Victoire. »

Nikolaï riait de bon cœur. Victoire savait que son accroche était peu crédible, mais l'essentiel était que Nikolaï se détende. Et lui se réjouissait de la voir s'empêtrer dans les ficelles du métier qu'il lui avait lui-même enseignées, à une époque où il était encore considéré comme un cador.

« Je ne sais pas si c'était une belle manip, Victoire, mais c'en était une comme seule la Boîte peut en pondre...

— Allez-y, mon capitaine, je vous écoute, je suis tout ouïe », déclara Victoire, enjouée.

Alors Kozel se prêta à ce qu'il savait être un jeu : elle s'amusant de feindre l'empathie, lui s'amusant de feindre d'être sensible à sa feinte empathie.

« Sur la base, au départ, d'un bobard d'Ahmed… Enfin, d'un bobard… On va dire d'un non-dit, d'un mensonge par omission… Ahmed et moi on a créé une putain de légende avec Suleiman al-Chichani. »

Kozel se montra alors plus bavard qu'à son habitude, ne cherchant pas à dissimuler sa fierté. Avec l'appui total de la Boîte, ils avaient en effet fabriqué un mythe. Tout le monde avait apporté sa pierre à cet édifice, c'était une fiction collective, qui était devenue, par étapes, une réalité. Kozel avait montré à sa source Centaure son intérêt pour Suleiman. Centaure ne pouvait décevoir Nikolaï, lequel ne pouvait s'empêcher de jouer le « grand frère », le sous-off protecteur et responsable. Et l'officier traitant payait Centaure. Pour transmettre des renseignements dignes de ce nom. Centaure allait donc convaincre Suleiman, un sous-fifre à l'origine, qu'il était bel et bien la personnalité d'avenir de Daesh en Libye… Kozel avait alors surenchéri, développant cette stratégie : faire grimper le djihadiste dans la hiérarchie pour disposer à terme d'un accès à l'élite de Daesh, et, du coup, faire de Centaure, son camarade Ahmed Messaoui, une source incontournable. Et la Boîte s'en était félicitée. Elle s'était aperçue que le sujet Suleiman la valorisait auprès de ses homologues des services occidentaux. Russes compris. Le FSB avait montré un intérêt particulier, lors de leurs échanges. Grâce aux renseignements fournis par Kozel, la DGSE brillait. Le gouvernement français s'en flattait... On juge une grande nation également au respect qu'inspirent ses services secrets. La DGSE comptait ainsi parmi les agences de renseignement les plus performantes sur la question de l'État islamique. Ses consœurs (et rivales) l'enviaient toutes de voir figurer dans son cheptel cette source remarquable, une « source phare », Centaure, capable de fournir des informations aussi fructueuses sur l'un des terroristes les plus impénétrables de Daesh. Les Américains, les Britanniques, les Russes surtout, donc. Un Tchétchène ! Ces derniers avaient même proposé un traitement conjoint de Centaure sur l'objectif Suleiman. La Boîte, peu partageuse, avait refusé. Quand un service se voit valorisé par une proposition de coopération opérationnelle sur l'une de ses sources, il se persuade que cette source vaut la peine d'être exploitée. Vraiment. Plus les Russes se montraient pressants auprès de la Boîte sur la question Suleiman, plus Suleiman prenait de l'importance aux yeux de la Boîte, et plus Kozel poussait Centaure à travailler sur Suleiman, et plus Centaure poussait Suleiman à être ambitieux... Centaure, Kozel, la Boîte, le gouvernement, les Russes, tous avaient eu, à un moment donné, un intérêt à voir Suleiman devenir le maître terroriste qu'il n'aurait sans doute jamais été sinon.

Quand Nikolaï eut achevé son long monologue, Victoire, qui jusqu'ici n'avait pas bronché, dit simplement : « Un beau coup, effectivement. Et votre créature vous a échappé...

— Oui... Du fait de la mort d'Ahmed.

— Sauf que cette fameuse cible, vous l'avez retrouvée, à présent, Nikolaï. »

L'officier ne répondit pas. Il se leva. « Je vais quand même essayer d'aller dormir une paire d'heures. » Lorsqu'il disparut dans un couloir pour rejoindre les ascenseurs, Victoire savait qu'il allait trouver le sommeil.

30

« Feu vert ! » avait finalement déclaré à Victoire l'officier d'état-major du service Action. Pendant de longues heures, à Noisy, ils avaient pesé le pour, le contre, identifié les avantages, les risques, intégré les contraintes, les impératifs et ils avaient fini par se mettre d'accord : en dépit de la « menace Mansuy », le concours de Pégase était devenu une donnée incontournable dans la manipulation de Licorne.

Victoire n'était pas inquiète au sujet de Nikolaï. Elle ne doutait pas de sa loyauté. Sa propre culpabilité de l'utiliser lui suffisait. Elle savait bien qu'au départ elle avait bénéficié d'un coup de chance, ce qui, dans une partie d'échecs, était rare : le pion, Nikolaï, avait été bougé par Suleiman et sa fameuse lettre. Mais elle avait plutôt bien accompagné le mouvement, ensuite... Elle reconnaissait aussi qu'avec son plan, elle avait fait prendre de gros risques à son ancien formateur. Elle n'avait pas pu maîtriser tous les tenants et aboutissants : il avait été impossible de statuer, par exemple, sur la sincérité d'al-Chichani. Elle avait peut-être expédié une pièce de valeur à l'abattoir...

La France était en guerre. Seul comptait le succès de la mission.

31

Victoire fit donc revenir dans sa chambre du vingtième étage son ancien formateur. Ils étaient seuls. À sa demande, leurs « anges gardiens » se montreraient discrets, veillant à leur manière, dans les parages.

Ni l'un ni l'autre n'avait beaucoup dormi, mais ils se sentaient bien. Une sorte d'évidence les liait, une complicité dans laquelle entraient des sentiments paternels-filiaux, un soupçon de désir, discret, d'admiration réciproque, d'amour pour leur métier. Leur engagement. Nikolaï avait d'ailleurs, un jour, calmé les ardeurs patriotiques de son élève. « Nous sommes au service de notre pays, bien entendu. Ce n'est pas une raison pour que ça en devienne une obsession, qui affaiblirait beaucoup d'autres qualités nécessaires à notre efficacité professionnelle. Un peu de recul ne te fera pas de mal : sinon les déceptions, les désillusions te rendront amère, et à partir de là, tous les dérapages seraient envisageables. On fait ce que l'on peut, on sait que l'on peut… peu, et on sait que sitôt fait ce que l'on a eu à faire, il faudra recommencer. »

Aujourd'hui, assis face à face, comme posés dans le ciel

de Dubaï, avec la terre ferme et le monde réel tout en bas, ils se sentaient prêts. Mais Victoire avait la main et cela agaçait, légèrement, Kozel, qui, plein de bonne volonté, mais forgé comme il l'avait été par les valeurs viriles de la Légion, luttait pour s'adapter à son époque.

Nikolaï commença par réaffirmer sa conviction de la nuit précédente, quand il avait raconté dans le détail sa rencontre avec le Tchétchène : accorder à Suleiman l'asile politique avait incontestablement du sens dans le cadre de la recherche sur Daesh.

« Oui, répondit Victoire, mais, personnellement, je me fous de Suleiman... »

Elle se tut un instant, jugeant de l'effet de sa déclaration, tout en sachant que Kozel avait trop de métier pour laisser apparaître un quelconque étonnement.

« Celle qui m'intéresse, c'est sa mère, rien que sa mère. »

Et elle se mit à narrer à Nikolaï comment elle avait imaginé l'opération, cette vaste manipulation à plusieurs bandes, alors qu'elle détestait le billard, et le poker, le bluff en général. « La fille droite a pris goût en peu de temps aux coups tordus », plaisanta-t-elle.

Elle commença par l'attentat de Delhi, un an auparavant. Le président de la République qui avait tapé du poing sur la table. L'intuition qu'elle avait eue de considérer cette petite madrassa des zones tribales tenue par Khadimat, cette école coranique, donc, comme point de départ d'un vaste réseau terroriste, potentiellement responsable de l'attentat de Delhi. Comment elle avait découvert dans un dossier plus ou moins oublié que Khadimat avait eu un fils avec un Géorgien, du nom de Vassiliev. Et que ce fils n'était autre que Licorne, Timour, Suleiman...

Elle glissa au passage le tuyau qu'elle avait eu : une Française convertie était peut-être passée par là, qui se préparait à porter un autre coup aux intérêts français, n'importe où mais plus probablement sur notre territoire. Elle détailla son idée de manœuvre, alors que, désespérément, rien ne perçait des sources et des partenaires interrogés : infiltrer une espionne auprès de Khadimat. Les longs mois d'atermoiements, en quête du bon prétexte pour placer la perle rare, Nadia, fournie par la DGSI. Et finalement, la réception providentielle de cette lettre de Suleiman. Suleiman qui, en échange de l'asile politique pour sa femme et lui, devait permettre l'infiltration.

Pendant toute l'explication de Victoire, Nikolaï n'avait pas bronché. Mais il ne put s'empêcher d'éprouver un sentiment de satisfaction : au moins l'avait-il convenablement formée. Tout en craignant d'avoir été lui-même manipulé dans cette histoire. « J'aurais collaboré, dit-il, si tu m'avais simplement mis au parfum. » Mais il se rappela que s'il avait finalement accepté cette collaboration, après moult tergiversations, c'était surtout pour se blanchir des soupçons qui pesaient sur lui.

« Voilà comment vous pouvez agir, Nikolaï, reprit Victoire, voilà comment vous pouvez à nouveau rentrer dans les bonnes grâces de la Boîte... Vous allez recruter Suleiman. La Boîte le veut, mais la confiance ne règne pas, à Paris. Et voilà qu'on dispose d'une opportunité pour le mettre à l'épreuve...

— Faire d'une pierre deux coups, si je comprends bien : infiltrer la madrassa de la mère, et tester le fils.

— C'est exactement ça, Nikolaï : un homme capable

de trahir sa propre mère trahira ses anciens compagnons de Daesh… »

Pourquoi pas, pensa Kozel, amer. Ne suis-je pas moi-même en train de trahir mon frère d'armes ?

Ils se regardèrent un moment, commençant à être en phase.

« Nous allons pouvoir rediscuter avec lui… Vous allez pouvoir rediscuter avec lui. Mon capitaine. »

La mission se prolongeant, Nikolaï réalisa qu'il fallait prévenir sa mère, abandonnée au fin fond de l'Ukraine. Le SA s'en chargea. L'idée était de lui expliquer que le travail de son fils le retenait plus longtemps que prévu et de lui suggérer de prolonger son séjour dans son pays d'origine de quelques jours, voire quelques semaines.

Nikolaï ignorait si cette nouvelle lui ferait plaisir, ou si elle avait déjà trouvé le moyen de se brouiller avec tout le village.

32

13 heures. L'heure fixée par Nikolaï. Suleiman attendait, lissant son épaisse barbe.

Il s'était fait déposer en taxi à l'entrée du quartier historique de Dubaï, Al Bastakiya, puis il avait emprunté les ruelles étroites jusqu'au café Mawaheeb et s'était assis à l'une des tables de la cour centrale, ombragée par des dais tendus entre les façades intérieures du bâtiment, en fait un ancien caravansérail.

Leur échange téléphonique avait été bref. « Je te préviens, lui avait intimé son camarade de Légion, hors de question que je me prête à nouveau au jeu de "l'enlèvement au port de Dubaï". » Suleiman étant demandeur, c'était lui qui allait se plier aux exigences de Nikolaï. Ce dernier, d'ailleurs, lui avait signifié que la France n'accepterait probablement pas son marché. « Des désabusés du djihad, on en recrute facilement, ces temps-ci. On ne leur déroule pas le tapis rouge. Mais j'ai peut-être une solution... »

Si Dima était disposé à l'entendre, il voulait bien le revoir. Le Tchétchène devait venir seul. Dima/Suleiman n'ayant pas d'autre choix, il avait accepté.

Jetant un coup d'œil à sa montre, il se dit que Nikolaï avait sans doute été retardé par la circulation, dense dans cette partie de la ville. Il était sur le point de répondre à la barista venue prendre sa commande quand son téléphone vibra dans sa poche. Suleiman jeta un œil à l'écran : « Dubaï Museum, 10 mn. » Perplexe, il remercia la barista en s'excusant de devoir finalement quitter le café avant d'avoir consommé.

Il s'éloigna sans remarquer le jeune couple d'Européens attablé dans un coin du patio devant un jus de citron à la menthe. Victoire et Rufus – du SA – échangèrent un discret sourire de contentement, le « colis » avait bien réagi... Ils restèrent toutefois vigilants car un autre couple était entré dans le patio peu après Suleiman et s'était également installé à une table. Mais ils ne parurent pas faire cas du départ du Tchétchène. Ces deux touristes accablés par la chaleur étaient probablement « clairs ».

Suleiman sortit de Bastakiya et se dirigea d'un pas alerte vers le musée. Il ne lui fallut pas plus de dix minutes pour arriver à destination et se présenter à l'entrée antique, se demandant quelle mouche avait bien pu piquer le sergent Kozel... même s'il avait bien sûr compris que des précautions avaient été prises par ce dernier afin d'assurer la discrétion du contact à venir. Ce qui accentuait encore l'importance de ce contact.

À peine avait-il franchi le porche d'entrée du musée que, d'un angle de la cour, déserte à cette heure-là, surgit un touriste qui le salua et lui glissa un papier plié en quatre : il devait maintenant se rendre au Mini Punjab, une petite gargote connue des gourmets pour ses plats locaux. Kozel utilisait les grands moyens. Cela flatta Dima : il devait malgré tout avoir une certaine valeur aux yeux de son camarade ainsi qu'à ceux, sans doute, de la grande maison des services français. Et encore, Victoire avait simplifié le « tourniquet », pour ne pas mettre le poste de Dubaï dans le coup et ainsi risquer d'alerter Mansuy à Paris.

Le Tchétchène coupa à travers Al Fahidi, le quartier indien.

Ne décelant aucun dispositif autour de lui, Clotaire, un autre membre du service Action, installé dans un café proche du Mini Punjab, prévint Victoire.

Suleiman s'assit à une table du bar sur le trottoir avec son naan au fromage. Il attendait Kozel en le dégustant quand il reçut un nouveau SMS : « Al Fahidi Station. » Suleiman sourit : Kozel devait se venger de son « kidnapping ». Il se dirigea donc vers la station de métro à travers le dédale des ruelles du quartier.

Clotaire transmit le message convenu à Victoire. Le Tchétchène était « propre », le contact pouvait avoir lieu en toute sécurité.

Suleiman remontait une avenue en direction de la station Al Fahidi quand une Nissan Patrol noire aux vitres teintées s'arrêta le long du trottoir. La portière arrière droite s'ouvrit et Dima aperçut sans surprise Kozel sur la banquette qui l'invitait d'un signe de la main à monter…

Nikolaï n'était pas seul à bord du 4 × 4. Il y avait deux gaillards à l'avant, aux cheveux longs et à la barbe presque aussi fournie que la sienne. Cela confirmait ce que Suleiman pressentait : son ancien sergent avait bien quitté la Légion, et même l'armée régulière, il œuvrait à présent pour les services secrets.

« Tu as rejoint le côté obscur de la force, Nikolaï ? demanda-t-il, narquois.

— On ne peut rien te cacher, Dima », répondit Kozel.

L'un des gaillards intervint : « Je vais vous demander de lever les bras, monsieur Suleiman. » Il ne put réprimer une grimace.

« C'est la procédure, Dima, dit Kozel.

— Je croyais que tu avais confiance en moi…

— Tu connais l'adage : la confiance n'exclut pas le contrôle. »

Suleiman s'exécuta et le barbu à l'arrière procéda à une longue palpation de sécurité.

Kozel attaqua. En l'état, Suleiman al-Chichani pouvait présenter un intérêt pour la France. Lorsqu'il avait transmis la requête du Tchétchène aux « autorités françaises » – Suleiman comprit qu'il devait s'agir de la DGSE –, ces dernières avaient répondu : « Donnez-nous un indice, un seul, qui pourrait nous convaincre que Suleiman n'est pas une planche pourrie. » Il fallait donc qu'al-Chichani fournisse, dès à présent, un gage, non seulement de sa sincérité, mais aussi de son utilité. Juste une preuve, une preuve de sa volonté pleine et entière de collaborer. En souvenir de leur passé à la Légion, Kozel s'engageait, de son côté, à lui offrir la chance de fournir cette preuve. Mais Dima ne devrait pas se dérober.

Kozel lui donnait rendez-vous à Kaboul. « Kaboul ? Pourquoi Kaboul ? » Nikolaï ne répondit pas vraiment, mais fit remarquer que la capitale afghane était au départ une idée de Dima lui-même. « J'ai passé une semaine à t'attendre et à m'emmerder là-bas, je te rappelle... »

Puis Kozel poursuivit son brief. Dima et sa femme rejoindraient donc Kaboul et, dès leur arrivée, ils rendraient compte de leur présence. D'ici là, Nikolaï allait réfléchir au moyen de convaincre la France que Suleiman était bien l'homme qu'il prétendait être. C'était une sorte de test, auquel il lui faudrait se soumettre. S'il était concluant, l'ex-djihadiste pourrait rendre visite à sa mère. « Voilà pourquoi Kaboul, dit Kozel, on n'est pas des monstres, Dima. » Au bout du compte, lui et sa femme seraient embarqués dans un avion spécialement affrété à l'aéroport militaire de Bagram pour être exfiltrés vers Paris.

Nikolaï lui remit alors une enveloppe avec de l'argent pour réactiver son réseau de passeurs, qui devrait les acheminer, sa femme et lui, en Afghanistan.

« Bon, te vexe pas, ajouta Kozel, mais je dois te faire signer un reçu. C'est pour des histoires de compta... » Dima saisit en maugréant le document tendu par son officier traitant. En le signant, il eut la désagréable impression de s'engager. Reconnaître par écrit avoir reçu de l'argent du service français, c'était vraiment trahir. Il se demanda où allait finir ce bout de papier...

Dima regarda Nikolaï. Les choses ne se passaient pas vraiment comme il l'aurait souhaité. Mais il comprit qu'il n'avait pas le choix. Et puis la perspective de revoir sa mère, probablement pour la dernière fois, le rassurait.

« Écoute-moi bien, Dima, ajouta Kozel, quand vous serez à Kaboul, Nour et toi, vous rejoindrez directement le cinéma Pamir, au sud-est de la ville. Tu m'enverras un SMS, tu écriras “Sur zone”, c’est tout. On viendra te chercher dans l’heure. »

« Monsieur Suleiman, prévint Alceste, il ne faudra pas être surpris, à Kaboul, on procédera à une nouvelle fouille, de vous, et de votre épouse.

— Vous rigolez ? s’offusqua le Tchétchène. Vous croyez vraiment que je vais vous laisser peloter ma femme ! »

Kozel lança un regard à Alceste. Le message était clair : « On ne va peut-être pas pousser le bouchon trop loin. »

« OK, fit Alceste en présentant à Suleiman un détecteur de métaux portatif. Ceci est un Garrett. On le passera le long des vêtements de votre femme. Sans la toucher. Mais attention, s’il se met à couiner, on sera obligés de passer à la fouille au corps.

— Tu comprends ce que ça veut dire, Dima ?

— Non », répondit-il. Son agacement était manifeste.

« Ses bijoux. Nour devra se débarrasser de ses bijoux avant de rejoindre le cinéma. »

Suleiman al-Chichani fut déposé au port. Nikolaï lui souhaita bonne chance. Le Français était envahi par les scrupules. Il savait qu’il allait devoir exiger du Tchétchène qu’il trahisse sa mère. C’était un cas de conscience qu’il n’avait pas encore réussi à évacuer.

33

« Tu me dis qu'il a quitté Dubaï ?

— Il a quitté Dubaï.

— Tu en es sûr ? Tu es où, là ?

— À Dubaï.

— Mais qu'est-ce qu'il est allé foutre à Dubaï ?

— Je ne sais pas. Il était avec sa jeune épouse tunisienne.

— Comment peux-tu l'affirmer ?

— Je l'ai pisté, mon colonel. Suivi à la trace. Par voie terrestre au Soudan, puis maritime sur la mer Rouge, la mer d'Arabie... Jusqu'à Dubaï.

— Comment tu as fait ? C'est ton réseau de passeurs ?

— C'est cela, mon colonel. Il a emprunté le réseau de passeurs dont je lui avais parlé. Passeurs, pirates, mais c'est à peu près la même chose.

— Et maintenant ?

— Je sais qu'ils sont en train de franchir le détroit pour rejoindre l'Iran.

— Mais tu es sûr que c'est bien lui ?

— Je pense que c'est lui. Mais je ne peux pas l'affirmer,

mon colonel. Je le saurais si je l'avais en face de moi. Je fais quoi, là ?

— Comment ça, “Je fais quoi ?” Mais tu franchis Ormuz, évidemment !

— Je… Je peux avoir des nouvelles de ma famille ?

— Elle va bien, rassure-toi. Elle est entre de bonnes mains. »

34

Les Afghans aimaient leurs arbres presque autant qu'ils aimaient leurs enfants, ils en étaient fiers. Dans ce pays montagneux, aride, les arbres constituaient un trésor national et la population en voulait encore à la force d'occupation soviétique qui, dans les années quatre-vingt, en avait abattu un grand nombre, afin d'éviter que des snipers moudjahidines n'y trouvent refuge pour tirer sur les soldats de l'Armée rouge. Sans parler de la guerre civile qui avait suivi, dans les années quatre-vingt-dix, et des bombardements incessants sur Kaboul, responsables eux aussi de la destruction d'une grande partie de la ville, et souvent de ses rares jardins publics.

Le parc de Shar-e-Nau, avec ses sombres conifères, était donc un des lieux préférés des Kaboulis pour flâner, s'asseoir sur un banc, discuter. Un refuge, alors que seize ans après que les talibans avaient été chassés du pouvoir par les Américains, en 2001, on craignait toujours ici le retour de ces extrémistes religieux.

Shar-e-Nau, la « ville nouvelle », c'était aussi le nom donné à tout le quartier entourant le parc, extension vers le nord, au début du XXe siècle, de la cité historique de la capitale afghane. Se concentraient là les sièges des banques, les grands magasins et les hôtels, ainsi que la plupart des ambassades.

L'agronome Stanislas Weber, de retour à Kaboul, s'y était installé avec sa petite équipe, dans une guest-house de Shar-e-Nau qu'ils avaient pris soin de privatiser. L'endroit était particulièrement sécurisé : murs de béton, barbelés, protection blindée sur les fenêtres… Probablement occupé, il y a peu, par quelque ONG, agence de presse ou antenne d'un service de renseignement particulièrement précautionneux. Nikolaï et les hommes du service Action se terraient là, sortant le moins possible.

Ils s'étaient répartis dans trois maisonnettes séparées par des jardins privés, et s'autorisaient seulement quelques heures par jour dehors, au soleil, assis sur de simples chaises en plastique. L'attente risquait d'être longue, Suleiman mettrait probablement plusieurs semaines à les rejoindre. Comme l'exigeait la procédure, ils avaient également reconnu une villa de secours au cas où, pour une raison ou pour une autre, celle-ci aurait dû être désertée.

Kaboul était la capitale d'un pays de nouveau abandonné peu à peu par la communauté internationale, et la présence de ces Français, s'ils ne s'étaient pas faits discrets, aurait pu intriguer.

La création de l'Afghanistan remontait au Grand Jeu, cette lutte d'influences en Asie centrale, au XIXe siècle, entre la Russie et l'Angleterre, et la région, aujourd'hui, restait un carrefour stratégique important pour des pays comme les États-Unis, la Chine, la Russie… l'Inde…

l'Iran… le Pakistan… Kaboul, nid d'espions. Stanislas Weber, de son vrai nom Nikolaï Kozel, nom de code Pégase, se sentait ici comme un poisson dans l'eau mais il se savait aussi potentiellement épié de tous côtés, risquant d'être harponné.

35

« Tu as des nouvelles, j'imagine ?

— Non. Mais je pense qu'il est à Kaboul. Toujours avec sa femme.

— À Kaboul ? Pourquoi Kaboul ?

— Il me l'avait dit : il voulait retrouver sa mère dans la région.

— C'est plutôt une bonne nouvelle.

— Pourquoi, mon colonel ?

— Parce que nous sommes encore un peu chez nous en Afghanistan, ha ha ha ! Tu sais où à Kaboul ?

— Non. J'ai perdu sa trace.

— Merde ! Il faut que tu les retrouves ! Comment fais-tu pour te faire comprendre ? Ils ne parlent pas tous l'arabe, à Kaboul.

— Non.

— Quelle langue parlez-vous, alors ?

— La langue du dollar.

— OK. Tu vas prendre un interprète, je vais te transmettre son contact.

— Quelqu'un chargé de m'espionner, mon colonel ?

— Quelqu'un chargé de faire en sorte que ça ne merde pas au dernier moment. Il faut que tu mettes la main sur Suleiman, tu m'entends, sinon tu sais ce qu'il t'en coûtera !

— Oui, mon colonel... Je vais essayer de faire au mieux... mais contrairement à vous, je ne suis pas chez moi, à Kaboul. »

36

En début de soirée, le petit téléphone mobile émit un faible couinement : un SMS venait d'arriver. Les soldats en civil interrompirent leur partie de belote et Nikolaï lut le message. Il provenait de Suleiman, et il était bref : « Sur zone. »

Le Tchétchène devait patienter, avec sa jeune épouse, devant le cinéma miteux qui lui avait été indiqué, au sud-est de Kaboul.

Nikolaï et son groupe s'y rendirent sans attendre. Il s'agissait d'agir avec prudence : Licorne n'était pas la cible la plus fiable que l'on puisse imaginer.

L'équipe se gara à deux cents mètres du lieu de rendez-vous. Agnan, un des gars du SA, resta au volant du véhicule aux vitres teintées. Les trois autres partirent à pied, en ordre dispersé, pour ne pas se donner l'allure d'un groupe de combat en repérage. Deux d'entre eux s'arrêtèrent devant une échoppe à peine éclairée par une ampoule brinquebalante et prirent le temps de s'acheter quelques kebabs, brochettes d'agneau auxquelles avaient été ajoutés des morceaux de graisse de queue de mouton, pour leur donner un parfum suave – ou repoussant, selon les goûts –, servies avec du nan, le pain local. Nikolaï, qui fermait la marche, les observait de loin avec envie. Il revivait, ici. Sa vie, c'était le terrain, les ruelles poussiéreuses, les odeurs fortes, et même le danger qui rôdait. Que ce soit sous sa légende d'ingénieur consultant en cultures de substitution au pavot, ou à cause de sa véritable identité d'officier de renseignement, n'importe quelle agression aurait pu lui tomber dessus sans prévenir. Au milieu de ces ombres, concentré sur ce qui l'entourait, Kozel se sentait étranger à lui-même. Enfin. L'esprit aiguisé, libéré.

Épiant discrètement les êtres autour de lui, ces Afghans qui luttaient pour leur survie, il se demanda ce qu'allait devenir ce monde où les uns, repus, cherchaient à sortir de la société de consommation (en Occident), des smartphones, des voitures, des avions... alors que les autres y entraient à peine, ou commençaient seulement à en rêver. Il était curieux de voir la suite. Curieux, sans plus.

Parvenus à proximité du petit cinéma délabré – encore couvert de vieilles affiches de films indiens à moitié déchirées, avec de beaux gosses gominés et ténébreux et des héroïnes accortes en tenues légères –, les trois hommes du service Action inspectèrent discrètement les environs puis se postèrent. Nikolaï aperçut Suleiman et, en retrait, sa jeune épouse tunisienne, ou plutôt une petite silhouette sous une burqa bleue. Kozel pensa au voyage de noces qu'elle venait de subir, de la Tunisie jusqu'en Afghanistan, plusieurs semaines sur les routes, en mer... Le djihadiste était agité, probablement agacé de devoir attendre ainsi. Apercevant Nikolaï, il marcha vers lui à pas vifs. Ils se firent un bref salut de la tête et Suleiman tendit aussitôt un sac en toile de jute à son ancien sergent. « Les bijoux de ma femme, ricana-t-il. Figure-toi que les lourds bracelets qu'elle portait aux avant-bras depuis sa petite enfance, on n'a d'abord pas réussi à les enlever ! J'ai dû les scier… » Nikolaï en resta interdit. Goguenard, le Tchétchène lui tendit un bout de papier griffonné à la main. « La facture ! »

Kozel mena le couple dans un coin à l'écart, plongé dans l'obscurité. Alceste les rejoignit, fouilla Suleiman et passa Nour au Garrett. Puis, sur un signe de Clotaire, resté en retrait, la voiture arriva et embarqua tout le monde. Commença alors un long parcours de sécurité dans la ville : ils filèrent d'abord plein sud, puis obliquèrent pour gagner les fameux jardins de Babur, conçus au XVIe siècle par le roi moghol. De là, ils firent un long détour, contournant plusieurs des collines éparpillées dans la capitale afghane, cette vaste cuvette perchée à 1 800 mètres d'altitude et ceinturée de montagnes. Ils allèrent jusqu'à l'hôtel Intercontinental, construit lui aussi sur des hauteurs, à l'ouest de la ville. Enfin, assurés de ne pas être suivis, ils regagnèrent la guest-house de Shar-e-Nau.

Une fois installés dans la planque, Nikolaï prit Suleiman et sa femme à part. Celle-ci avait ôté sa burqa, et Kozel se rappela combien il l'avait trouvée ravissante, sur le dhow de Dubaï. Ils s'assirent tous les trois dans un recoin du salon, autour d'une petite table basse. L'officier traitant observa le couple un moment, essayant de deviner dans quelle disposition d'esprit ils étaient. Suleiman s'agaça : « Si on est là, Nikolaï, c'est qu'on se sent prêts. Prêts à quoi, je ne sais pas. »

Nikolaï sortit d'une enveloppe quelques photos qu'il soumit au regard de la femme de Suleiman. Cette dernière détourna les yeux, et, écœurée, se leva et s'éloigna prestement. Suleiman, pourtant loin d'être un enfant de chœur, ne put retenir une brève grimace, avant de reprendre son air blasé. Sur les photos, on découvrait des corps démembrés, et même une tête séparée de son corps, visiblement celle d'une jeune fille. « Tu en as vu d'autres, Dima, je sais, dit posément Nikolaï. Et ces horreurs ne doivent pas te choquer tant que ça. Mais je suis venu te proposer de contribuer à empêcher qu'elles se reproduisent.

— Je vais t'aider. Au nom du passé. Au nom de la Légion.

— C'est bien, Dima. Je savais que je pourrais compter sur toi. »

37

Le lendemain, à l'aube, un des agents du SA tambourina discrètement à la porte de Suleiman. Ils laissèrent au couple une quinzaine de minutes pour se préparer puis les embarquèrent dans un véhicule. Le reste de l'équipe suivait dans une autre voiture, à distance raisonnable. Ils se dirigèrent vers le nord de Kaboul et prirent la route de Bagram, l'ancienne base aérienne américaine, à cinquante kilomètres de la capitale afghane. Conduisant tranquillement – ce n'était pas le moment d'emboutir une charrette ni quoi que ce soit et de se retrouver encerclés par une foule hostile –, Nikolaï restait silencieux, comme pour laisser le temps à Suleiman de réfléchir à ce qu'on allait bien pouvoir lui demander. L'officier traitant savait que les agents qu'on laissait mariner devenaient, avec le stress, des clients plus souples, et plus coopératifs.

Arrivés à destination, Nikolaï constata qu'il ne restait pas grand-chose de la présence de la coalition internationale qui avait pris position dans le pays à la fin de l'année 2001. Aujourd'hui, seule la mission Resolute Support – « Soutien déterminé » ! – de l'OTAN, qui avait pris la suite, fin 2014, de la Force internationale d'assistance à la sécurité, constituait un vague souvenir de toute cette mobilisation du monde pour ce pays en lambeaux, après la chute des talibans.

Pour l'heure, une vague piste d'atterrissage suffirait. Le service Action ayant obtenu les laissez-passer nécessaires, les deux véhicules pénétrèrent sur la base fantomatique.

Ils roulèrent lentement encore quelques centaines de mètres, avant de s'arrêter et de descendre des voitures. Face à un Fairchild Metro III. « C'est l'avion qui va vous exfiltrer à Paris, dit Nikolaï, comme s'il annonçait à Suleiman et à sa femme qu'ils venaient de gagner le premier prix d'un jeu-concours. Il était basé au Tadjikistan... » Le Tchétchène se renfrogna. « Et ma mère ? Nikolaï, tu m'avais promis ! »

Kozel adopta son ton le plus neutre. « On va procéder en trois temps. D'abord, on va mettre ta femme à l'abri. Donc, aujourd'hui, c'est elle qui part. Ensuite, tu nous rends le petit service que je t'ai demandé. Et, alors, seulement... enfin... tu pourras la rejoindre. » Suleiman fit la grimace. « Un problème ? demanda Nikolaï.

— Un gros, oui. C'est quoi, cette merde ? »

Alors que la nervosité montait d'un cran dans le groupe qui entourait les deux hommes, Nikolaï haussa les épaules et s'approcha de son ancien camarade de Légion. L'heure était venue de tout mettre sur la table. Même si l'endroit n'était pas le plus approprié : ils se trouvaient au milieu de nulle part, entourés d'un paysage désertique jonché de carcasses de véhicules militaires que l'armée américaine avait abandonnés là, ils étaient debout, le soleil cognait, et des tourbillons de poussière les aveuglaient. S'ils menaient une guerre, le champ de bataille avait des airs de néant désolé, sans ennemis en vue.

« Hier soir, Dima, je t'ai montré des photos, expliqua Nikolaï à Suleiman, le plus posément possible. Ces images de carnages, ces corps démembrés, ces civils massacrés... c'est l'œuvre d'une madrassa. Une madrassa qui pourrait être une simple école religieuse pour jeunes filles perdue aux confins de l'Afghanistan et des zones tribales pakistanaises. Cette madrassa, tu en as sans doute entendu parler, Dima... Parce que c'est celle qui abrite ta mère. Oui oui, ta mère. C'est de là qu'elle envoie à une mort certaine des jeunes filles, aussi jeunes que ton épouse. Elle les endoctrine, elle les forme... avant de les équiper d'une ceinture explosive. Alors, maintenant, il va falloir que tu choisisses ton camp, Dima. »

Suleiman n'eut pas la force de répondre. Il fixait le sol. Sa femme, elle, fondit en larmes. Elle avait compris qu'elle était l'instrument d'une manipulation, et qu'on allait la séparer de son mari. Mais elle pleurait surtout de rage et de dégoût. Sa belle-mère, elle l'avait imaginée comme la merveilleuse grand-mère de son futur enfant. Et tout s'écroulait.

Suleiman sentit le piège se refermer sur lui. Il eut envie d'envoyer tout balader parce que son camarade de Légion l'avait piégé, mais il pensa à Nour... Il ne pouvait pas décevoir Nour, il fallait la protéger, il fallait qu'il fasse un choix entre sa femme, et l'enfant qui allait naître, si innocents l'une et l'autre, et sa mère, si condamnable. Le dilemme était cruel.

Suleiman savait qu'il n'avait jamais été un véritable fondamentaliste. Une cuirasse de plus, qui avait simplement remplacé l'uniforme de légionnaire. Tout était plus ou moins faux chez lui depuis toujours, depuis l'adolescence il ne cessait de tenter de fuir des tourments qui ne l'avaient jamais quitté. Et Nour était arrivée dans sa vie. Son premier amour. La première fois qu'il se sentait lui-même, sincère. Avec elle, il avait mis de côté son cynisme, sa violence, sa grossièreté surjouée. Avec elle, une belle histoire commençait enfin.

« Qu'attendez-vous de moi ? » demanda-t-il.

On embarqua dans l'avion sa jeune épouse. Aux derniers regards échangés, Suleiman comprit que sa femme lui savait gré de son choix, le choix de la vie contre celui de la mort, le choix le plus éthique, même si trahir sa propre mère, pour une cause supérieure, relevait d'une exigence morale au-delà du concevable...

38

Encore sous le choc de cette coercition, de ces contraintes qu'il n'avait pas vues venir, Suleiman n'était pourtant pas au bout de ses surprises. Sa femme s'était à peine engouffrée dans le petit avion qu'il vit apparaître, sortant de la même carlingue, deux silhouettes féminines. Elles débarquèrent lestement par la courte passerelle et se dirigèrent vers Kozel. Celui-ci, toujours dans sa tenue de Stanislas Weber – un consultant jouant les baroudeurs –, accueillit d'abord Victoire, d'une poignée de main virile, puis adressa un bref salut de la tête à la deuxième passagère, une jeune femme vêtue d'une tenue traditionnelle afghane qui, sans être la burqa intégrale, ne laissait voir que son visage. Nikolaï fit de brèves présentations. Il commença par désigner Victoire : « Voici Constance. C'est elle qui dirige la mission. » Suleiman, déconcerté, souleva mollement la main en guise de salut. Nikolaï enchaîna en pointant Nadia du doigt, théâtral : « Et voici… ta femme. » Il observa son vieil ami Dima, éberlué.

Ils regagnèrent les voitures tandis que le Fairchild décollait.

Victoire avait pris place, avec Suleiman et Nadia, à l'arrière du premier véhicule, que Nikolaï conduisait, un homme du SA à son côté. Elle ne perdit pas de temps et commença illico à expliquer l'opération à Suleiman. Lui et sa jeune épouse, Nadia, alias Nour, s'étaient rencontrés à la frontière entre la Tunisie et la Libye. Une fois mariés, Suleiman avait insisté pour que Nour accomplisse une retraite au sein de la madrassa de sa mère, censée lui donner, de façon accélérée, une éducation religieuse approfondie. La jeune épouse avait approuvé avec enthousiasme, elle avait tout à apprendre de Khadimat, dont la réputation n'était plus à faire dans les milieux sunnites les plus radicaux. Nour, expliqua Victoire à Suleiman qui écoutait sans rien dire, devrait alors se lier avec sa belle-mère, s'en rapprocher, devenir sa confidente, voire son alliée. Enfin, à terme, et c'était toute la raison de son infiltration, Nadia, alias Nour, devait mettre au jour la compromission de la madrassa dans l'attentat de Delhi. La mission de Nadia, formée pendant de longs mois à l'art de la manipulation et de la dissimulation, devait aboutir à l'identification du réseau qui avait opéré, et l'empêcher de récidiver. Notamment contre des intérêts français. Ce dont Victoire, qui en était convaincue, avait persuadé sa hiérarchie.

Le convoi arrivait dans Kaboul, et la circulation devenait dense. Victoire se tut. Elle jeta un coup d'œil à Suleiman, toujours coi, hagard. Elle se demanda un instant si tout n'allait pas trop vite, si elle n'aurait pas dû, par exemple, distiller les éléments de l'opération par bribes, les laissant infuser par étapes. Alors que la voiture était bloquée dans un embouteillage, Nikolaï se retourna, observant tour à tour son ami Dima puis Victoire. Il sourit. « Tout va bien se passer », dit-il, avant de se concentrer à nouveau sur la route. Suleiman grogna. Victoire prit ça pour un encouragement et reprit : « Six mois. Nous nous donnons six mois.

— Six mois pour faire quoi, exactement ? » demanda le Tchétchène, dans son français au lourd accent caucasien. Il semblait avoir repris ses esprits.

« Pendant cette période, Nour viendra régulièrement en ville, à Peshawar, officiellement pour voir son mari, vous donc, mais en fait pour tout me raconter, à moi.

— Mais... » Suleiman marqua un temps. Sans doute pour montrer qu'il était de nouveau maître de lui-même, et qu'il pouvait imposer à la discussion son propre tempo.

« Oui ?

— Vous avez concocté un joli petit plan dans votre bureau, à Paris. Mais comment pouvez-vous être si sûre que je ne finirai pas par trahir votre espionne ? Par vous trahir tous ? »

Victoire tapota l'épaule de Nikolaï, pour l'inviter à répondre.

« D'abord, parce que nous avons confiance en toi, Dima. Parce que *j'ai* confiance en toi. » Après un silence, signifiant que cela pourrait presque suffire, il ajouta malgré tout : « Ensuite parce que ton souhait le plus cher est de retrouver ta vraie femme, qui, rappelle-toi, est à présent sous notre protection. Tu vas reconstruire ton avenir, avec ton fils à naître. Et puis... que penserait ta mère si elle apprenait que tu avais fait défection, que tu avais pactisé avec le diable ? »

Nadia n'avait pas ouvert la bouche et tous semblaient avoir oublié sa présence. Ni Nikolaï ni Victoire ne remarquèrent que la question posée par Suleiman avait rempli de crainte les yeux de la jeune femme.

39

Les deux tourtereaux étaient sagement assis sur un banc au milieu du parc Shar-e-Nau. Ils auraient pu passer pour un couple d'Afghans un peu plus moderne que la moyenne, pour se tenir ainsi l'un près de l'autre en public, même s'ils ne se touchaient pas, bien sûr, ayant laissé presque un mètre de distance entre eux. Mais il s'agissait en fait d'un Géorgien tchétchène, Timour Vassiliev, devenu Suleiman al-Chichani, chef djihadiste en Libye, et de sa fausse épouse Nour, connue aussi sous son nom d'emprunt, Nadia Amrani, une Française d'origine tunisienne formée à l'action clandestine par la DGSI, mise à la disposition de la DGSE pour une infiltration dans une école coranique au Pakistan voisin. Une madrassa dirigée par Khadimat, islamiste radicale plus pure et dure que son fils Timour. Ce dernier avait été contraint de participer à ce montage destiné, au bout du compte, à nuire à sa mère et à ses opérations terroristes... Victoire, qui avait conçu cette manœuvre des plus délicates de manière rigoureuse, voire obsessionnelle, et qui la dirigeait à cet instant même depuis Kaboul, postée non loin du couple, dans ce parc de Shar-e-Nau, jouant les touristes avec deux hommes du service Action, aimait se répéter ainsi les éléments essentiels de l'histoire, comme un mantra, comme pour s'assurer que toutes les pièces de cette partie complexe étaient bien en place dans sa tête, d'abord, et dans la réalité, surtout.

Les femmes étaient rares dans ce grand espace arboré, mal entretenu, peuplé d'une foule masculine sinistre. Des adolescents avaient improvisé une partie de cricket.

« Nour » ne semblait pas à l'aise. Elle fixait le sol comme si elle observait des insectes imaginaires. Enfouie sous des vêtements amples et sombres, la tête couverte d'un hidjab vert foncé, elle aurait même préféré porter une burqa et que l'on ne vît plus du tout son visage. « Apprenez à vous connaître ! » avait intimé Victoire. Alors Suleiman parlait. De lui, de sa mère, de son enfance, de sa jeunesse. Il y prenait plaisir, d'ailleurs. Il appréciait l'oreille attentive que lui prêtait cette jeune et jolie Franco-Tunisienne, qui arrivait à faire oublier qu'elle ne jouait qu'un rôle. Celle-ci, sachant qu'elle devrait être le plus à l'aise possible pour répondre aux questions que ne manquerait pas de lui poser Khadimat, à son arrivée dans la madrassa, écoutait avec attention, mémorisait, mais ne pouvait s'empêcher de sentir monter une répulsion pour ce type censé être son mari, pas forcément tordu, mais roublard, volontiers grossier, profitant de la situation pour s'émoustiller à bon compte. « Tu dois savoir, susurra le Tchétchène enhardi, que les femmes qui ont eu un aperçu de mes prouesses dans un lit… ou sur une table, ou n'importe où… ne se sont jamais plaintes, bien au contraire.

— Parle-moi plutôt encore de ta mère », lui lança sèchement Nour, en prenant garde de ne pas élever la voix. « J'ai lu, ajouta-t-elle, perfide, que dans l'islam, la relation mère-fils… Tu vois ce que je veux dire.

— Non, dis-moi, s'agaça Suleiman.

— L'insécurité de la mère, dans des sociétés patriarcales archaïques, qui surprotège son petit, qui l'étouffe… »

Suleiman préféra ne pas répondre. Il avait pris son pied droit d'une main, après avoir ôté sa sandale, et entreprit de nettoyer la crasse entre ses orteils. Il sourit en surprenant la mine dégoûtée de Nour.

De loin, Victoire décela quelques tensions au sein du couple, mais cela paraissait naturel et elle n'y trouva rien à redire. Elle aurait été contrariée d'apprendre, en revanche, que Nadia se permettait de sortir de son rôle, d'attaquer Suleiman, la pièce maîtresse de son plan, avec des considérations hors de propos, sorties tout droit de *L'Inconscient de l'islam*, un livre du psychanalyste Malek Chebel qu'elle lui avait elle-même conseillé pendant sa formation. Elle n'aurait pas pu imaginer que la pression subie par la jeune clandestine, d'apparence solide, longuement préparée, commençait à provoquer des fissures, encore invisibles, dans la cuirasse.

Le soir, Suleiman et Nour, et tous les autres, se retrouvaient dans une des petites maisons de la planque, pour préparer les repas. Nour se sentait mieux au milieu de ses compatriotes, à l'abri de la lourdeur de son époux. Elle aimait notamment plaisanter avec Alceste. Celui-ci, en plus d'être le chef d'équipe, servait d'interprète, il parlait le farsi et le pachtou, les deux principales langues d'Afghanistan. Nour échangeait avec lui en arabe. « T'es quand même très bronzé, non ? lui avait-elle glissé la veille, à peine s'était-elle retrouvée seule avec lui. Tu serais pas un peu muslim sur les bords ?

— Toi, je te trouve bien blanche pour une Maghrébine ! Bref… tu crois ce que tu veux. Tu peux même croire qu'Alceste est mon vrai prénom. » Ils s'étaient souri, complices.

Un soir, Suleiman décida de rejoindre son « épouse » dans sa chambre.

Le lendemain, au réveil, l'équipe trouva Nadia abattue. « Ça va, Nour ? » demanda Victoire. La jeune femme ne répondit pas, opinant vaguement. Victoire l'emmena dans une pièce à l'écart, pour discuter sérieusement. Et Nadia se confia. Ce qui pouvait arriver… était arrivé : les deux jeunes mariés avaient couché ensemble. Victoire comprit vite que Nadia avait été plus ou moins contrainte, mais qu'elle avait eu peur de gâcher l'opération, pour laquelle elle s'était préparée pendant de longs mois. La jeune Franco-Tunisienne ne souhaita pas en raconter davantage, mais elle ne pouvait empêcher un mélange d'images plus répugnantes les unes que les autres de lui remonter à la mémoire : les gros porcs qui, en Syrie, avaient abusé de sa foi naïve, elle qui, pourtant, en avait déjà vu de toutes les couleurs dans sa cité de la banlieue parisienne ; et maintenant ce Suleiman, un peu de bave coulant dans les poils de sa barbe, et cette pestilence qu'exhalaient ses parties intimes mal lavées, qui lui arrachait sa chemise de nuit, et qui, sans jamais la regarder dans les yeux, lui fourrait son membre dans toutes les ouvertures, dans les coins et les recoins de ce corps qu'il pensait posséder, comme s'il n'avait qu'un seul désir : provoquer le plus de dommages, de douleur, la souiller, la détruire.

L'équipe se réunit, et il fut décidé de passer outre.

Nikolaï prit sur lui d'aller faire un tour avec Suleiman, Dima en l'occurrence, son vieil ami de la Légion. Ils évoquèrent son attitude, ce qui s'était passé la nuit précédente, ce rôle d'époux qu'il semblait prendre trop à cœur. Le Tchétchène fit le malin, fanfaronna, prétendit qu'il ne savait pas faire les choses à moitié. Arrivés dans une ruelle déserte, Nikolaï lui mit son poing dans la figure.

40

« Tu penses à quoi ? »

Victoire sortit de sa rêverie et regarda Nikolaï. « Comment ?

— “Les paysages nous attirent dans la mesure où ils sont le miroir de notre perception intérieure...”

— Vous êtes bien poète, mon capitaine, de si bon matin ! »

Ils s'étaient autorisé, à l'aube, alors que la guest-house dormait encore – sauf Rufus, de garde –, une petite escapade à quelques kilomètres au nord de la capitale afghane. Après avoir garé leur voiture, ils marchaient dans un paysage de terre et de sable parsemé d'arbustes malingres, bordé au loin par des contreforts rocheux.

Ils avançaient rapidement. Victoire savait que sa vieille blessure à la jambe faisait souffrir Nikolaï plus que d'ordinaire, ces jours-ci – elle l'avait deviné, car il n'en parlait jamais –, mais elle comprit qu'il n'était pas question de ralentir le pas.

Cette virée impromptue, se réjouit-elle, ce temps passé ensemble, allait permettre de donner une certaine épaisseur à leur relation, qui butait, comme toujours mais encore davantage avec un taiseux comme l'ex-légionnaire, sur l'insuffisance des mots.

Tout était brun, ocre, gris – « on dirait la planète Mars, non ? » tenta Victoire, n'obtenant qu'un grognement en réponse –, et quand ils approchèrent des centaines de tanks soviétiques rongés par la rouille, abandonnés dans un « cimetière » depuis la fin de la guerre, en 1989, ils eurent d'abord du mal à distinguer ces épaves fondues dans le décor.

Ils s'étaient figés à quelques dizaines de mètres de ces tonnes de carcasses métalliques, de ces chars d'assaut éparpillés dans la campagne comme autant de témoins de violents combats pas si lointains.

« Ce n'est pas de moi. Mais d'Hélie de Saint Marc... »

Victoire se tourna vers Nikolaï, intriguée. Elle fit appel à des souvenirs de cours d'histoire, sa matière préférée au lycée. « Le... putschiste de 61 ?

— Et voilà, tout de suite, les raccourcis... Mais c'est pas faux. Il s'est justifié en expliquant qu'il n'avait pas voulu abandonner les harkis. Il a été condamné, et finalement réhabilité. Je pensais plutôt au résistant, et au grand légionnaire.

— Je vois, murmura Victoire, pas convaincue.

— Il a aussi écrit : “La déportation m'a appris ce que pouvait être le sens d'une vie humaine : combattre pour sauvegarder ce filet d'esprit que nous recevons en naissant et que nous rendons en mourant.”

— Pas mal... Pour répondre à votre question : je ne pensais pas à grand-chose. Je suis juste impressionnée de me retrouver ici, en Afghanistan... à vos côtés... »

Elle regarda Nikolaï droit dans les yeux et fut fière de le découvrir troublé. « Et, oui, poursuivit-elle, pour revenir à votre héros… les destins humains sont complexes, bourrés de contradictions, de beauté et de ratages, de quelques réussites et de belles conneries.

— “… la joie et la douleur en ce monde se pénètrent mutuellement, mêlant leurs formes et leurs murmures dans le crépuscule de la vie aussi mystérieuse qu'un océan assombri…” Conrad.

— Vous n'allez pas me citer Pétain, maintenant ?

— Ha, ha, ha. »

Ils continuaient à admirer la vue sans bouger.

« Puisque tu me le demandes, reprit Nikolaï, je pense, moi, devant ce paysage, à la guerre froide. Enfin, froide… quand on est face à cette… puissance de feu… Guerre froide qui s'est terminée la même année que l'abandon de ces chars, d'ailleurs. Tu avais, quoi, deux ans ? Je n'étais pas bien vieux non plus. Bref. J'ai le sentiment que les enjeux étaient relativement simples. En tout cas pour des Français qui ne s'intéressent pas à la géopolitique. Pour eux, la Chine, c'est la Grande Muraille. Mais de la Chine, ils vont prendre un jour des trucs dans la gueule qui ne seront pas la Grande Muraille… Bref : à l'époque, la peur d'être vitrifiés d'un coup donnait du sens, on avait des angoisses structurantes. Aujourd'hui, on parle à tout bout de champ d'effondrement, sans bien savoir ce qui nous attend, et nos concitoyens ne réfléchissent pas, ils ruminent, ils ergotent : immigration, insécurité, communautarisme, laïcité, etc. “Est-ce que je suis blanc, noir, transgenre ?” Ils descendent dans la rue, se déchirent, et débattent à n'en plus finir sur des sujets – le mariage gay, le voile des musulmanes, etc. – qui seront vite oubliés : des pets de mouche balayés par les bourrasques de l'Histoire. »

Victoire le regarda, un sourire ironique aux lèvres. « Donc, là, vous me dites, Nikolaï, que devant ce paysage, devant ces étendues, avec au fond ces montagnes, vous pensez à tout ça ! »

Kozel haussa les épaules, et se mit à rire. « Je n'ai pas fini ! reprit-il, à moitié sérieux. Au concours d'entrée, chez nous, pourquoi penses-tu qu'on n'admet que très peu de candidats pour les postes de haut niveau, en informatique par exemple ? Ils ont un excellent niveau technique, ces gamins, mais une "totale incapacité à prendre de la hauteur sur les sujets évoqués". On en est là, ma pauvre Victoire. » Il se remit à rire.

Il saisit un long sac qu'il avait apporté avec lui et qui, d'ailleurs, avait intrigué sa collègue. Il l'ouvrit et en sortit un vieux fusil d'assaut que Victoire, qui n'y connaissait rien, reconnut quand même comme étant un AK-47. « Viens, Le Lidec, on va tirer à la kalach' ! » La jeune femme fut frappée par la mine réjouie de Nikolaï. Ses traits d'ordinaire graves, son visage à la fois large et creusé – « une bête de proie », Victoire utilisait ce cliché quand elle pensait à lui – rayonnaient comme ceux d'un adolescent tout émoustillé par ce qu'il s'apprêtait à accomplir… ou par la simple présence à proximité d'une fille qu'il juge inaccessible mais qui l'attire d'autant plus, imagina Victoire, toujours prête à se raconter de jolies histoires. La réalité de la situation lui revint alors à l'esprit plutôt brutalement, ainsi que le poids de ses responsabilités et la hardiesse de leur opération. Elle inspira profondément, regarda Nikolaï, puis la kalachnikov qu'il brandissait comme pour l'appâter, puis de nouveau Nikolaï. Et prit un air désolé. « Sans moi, Kozel. Je le sens pas, là tout de suite... Et puis, bon, je vous rappelle, respectueusement, qu'on n'est pas ici pour se faire remarquer. »

L'ancien légionnaire s'était déjà félicité d'avoir trouvé en Victoire une personne encore plus psychorigide que lui. Dure avec elle-même, elle se montrait aussi corrosive avec les autres, et Nikolaï, malgré le respect réciproque qui cimentait leur relation, en faisait parfois les frais. Il aimait plutôt ça, il appréciait qu'on ait barre sur lui, que l'on violente son intériorité cadenassée. Mais il essayait encore de mesurer à quel point elle aurait pu le prendre parfois de haut, manifestant peut-être – à moins qu'il ne se fasse des idées ? – un léger mépris social.

Il fit l'enfant. « Oh là là... On est de simples consultants agronomes bien payés pour écrire des rapports inutiles et qui ont envie de s'amuser un peu dans un pays post-conflit.

— Bon, on va rentrer. J'ai peur que vous ne finissiez par me balancer que je suis moins drôle que vos potes légionnaires...

— Traite-moi de bourrin, Le Lidec.

— Pas d'assignation identitaire entre nous ! J'ai seulement envie de rentrer. Nadia m'inquiète, pour être franche.

— Ça... »

Nikolaï refourra l'arme dans le sac, et les deux officiers se remirent en route. Ils se montrèrent plus nonchalants qu'à l'aller, plus diserts également. Ils parlaient de tout et de rien, notamment de cinéma. Ils aimaient tous les deux les films de Sautet. Leur préférence allait à *Un cœur en hiver*. Kozel avoua qu'il s'identifiait à Stéphane, qu'il était sorti de la première projection tout ragaillardi, pensant enfin comprendre cette difficulté qu'il avait avec les sentiments. Victoire admit avoir des points communs avec Camille. Leur échange se poursuivit dans un fin brouillard de non-dits. Prenant conscience qu'ils s'aventuraient sur un terrain miné, s'égarant chacun de son côté, comme les personnages du film, ils finirent par se taire et accélérèrent l'allure.

Mais, après quelques pas, Kozel s'arrêta. « J'en ai une dernière…

— Quoi ?

— Une citation d'Hélie.

— Je vous écoute.

— "Si rien n'est sacrifié, rien n'est obtenu." »

41

L'ambiance était devenue pesante, dans la guest-house. Suleiman et Nour devaient continuer, dans la journée, à se comporter en jeunes mariés, comme si de rien n'était. Le Tchétchène se tenait désormais à carreau, enchaîné à sa fidélité vis-à-vis de Nikolaï, son ancien sergent, à cet homme droit devenu son seul repère dans le tourbillon qui, depuis sa naissance, avait emporté son destin. Son respect des rapports de force et de la hiérarchie cadenassait son impétuosité…

Une nuit, n'arrivant pas à dormir, Victoire alla frapper doucement à la porte de Nadia. Celle-ci la fit entrer, semblant heureuse d'avoir de la visite. Elles s'assirent sur les deux chaises de cette chambre spartiate dépourvue d'autres meubles.

« Comment ça va, Nadia ? interrogea Victoire à voix basse.

— Ça va, ça va. Merci. J'en ai vu d'autres. Et si tu te le demandes, je suis toujours prête pour la mission…

— Je n'en doutais pas. Et je t'admire. Tu es une fille si solide. »

Les deux jeunes femmes se regardaient en silence, se jaugeant mutuellement, sans en avoir l'air.

« Si tu me racontais, justement, ce qui t'a amenée à accepter cette mission ? demanda Victoire. À ta manière. J'ai eu beaucoup d'informations par la DGSI, mais très peu par toi, finalement…

— Si tu veux, pas de problème. »

Nadia semblait heureuse que l'on s'intéresse à elle.

« Tout s'est passé de manière plutôt classique. Si on revient en arrière : on ne peut pas dire que j'ai été vraiment radicalisée, à la base. Des galères, de galère en galère, dans ma banlieue… Exilée de l'intérieur, selon l'expression. Prête, comme tous mes potes, à mener cette existence que l'on voyait autour de nous, à la télé surtout, mais qu'on semblait nous refuser. Considérée trop souvent comme une beurette débile. Puis l'expérience de la délinquance… »

Victoire pensa à Nikolaï, que la fréquentation de délinquants à l'adolescence avait fini par conduire à la Légion.

« J'ai vu des musulmans modérés glisser chez les fondamentalistes, poursuivit Nadia, et un nombre important de ces derniers glisser chez les islamistes. J'ai fini par entendre tous ces discours autour de moi : "La laïcité française, ennemie de la religion… Ce pays colonisateur encore présent partout sur les terres d'islam : au Moyen-Orient, au Maghreb, etc." Cette république n'avait plus vraiment de sens, alors que l'idéologie islamiste fournit une vision du monde, une aventure collective et un salut personnel. On capte plein de trucs sur Internet, un véritable bordel. On ne sait plus très bien, au bout d'un moment, ce qu'on a compris, retenu… ce que l'on pense. La "loi morale de Dieu" est adaptée à toutes les opinions, chacun a un avis. On s'embrouille, on se met à faire du prosélytisme sans même s'en rendre compte. »

Elle se tut, et sourit, indulgente envers celle qu'elle avait été.

« J'ai mis un peu de temps à voir que cette idéologie datait du VIIe siècle ! Moi qui ne souhaitais que la paix, celle de mon âme comme celle du petit univers autour de moi. La bêtise fatale est venue tout naturellement : le départ en Syrie… »

Le visage de la jeune femme se crispa, elle n'avait plus envie de sourire.

« Au moins, ce séjour m'a ouvert les yeux, c'est le moins qu'on puisse dire… J'ai eu droit à tout, en quelques semaines : le mariage temporaire – *zawaj al-mût'a* –, le viol institué, l'obsession de Daesh de punir les musulmans jugés déviants… Bref. J'ai eu de la chance, si je peux dire : j'ai assez vite trouvé le moyen de fuir tout ça. Je n'ai pas hésité une seconde. Je ne voulais que le droit de me poser de grandes questions, pas qu'on m'impose les réponses. De retour en France, je suis tombée sur un juge compréhensif, puis, après quelques mois à Fleury, sur des flics – pardon, des policiers –, des agents de la DGSI, qui ont vu que j'étais plus paumée que haineuse. J'étais prête à changer, à repartir de zéro. J'ai été testée, puis formée : résister au stress, me dissimuler – je n'étais déjà pas mauvaise, dans ce domaine –, encaisser les coups, maîtriser mes émotions. Même si, sur ce point, j'ai toujours eu un doute : on dit que les épreuves rendent plus fort, je me demande quand même si avec le temps… les fêlures… »

Elle se tut, émue. Victoire hochait la tête, cherchant le meilleur moyen de la réconforter, mais, surtout, de l'évaluer, mieux. Elle commença par la féliciter pour ce beau parcours. « Le plus dur est fait, Nadia. Si je peux dire. La mission à venir ne sera pas simple, mais tu es prête. Tu as fait le point avec toi-même. On a tous des doutes. J'ai des doutes, moi aussi, tout le temps. Je ne dors pas souvent la nuit, comme tu vois. Mais nous savons ce que nous avons à faire, nous avons aussi des certitudes, non ? »

Nadia ne répondit pas. Des mots tournaient dans sa tête : défectrice, revenante, repentie… Mais de s'être exprimée lui redonna des forces. Son visage très blanc, terne, prit des couleurs.

« Les croyants sont crédules, murmura-telle avec un demi-sourire. Ils mélangent souvent le vrai et le faux, comme tous nos concitoyens d'ailleurs. J'ai toujours la foi, une foi simple, que plus personne ne pervertira. L'islam fantasmé des origines, le retour de plusieurs siècles en arrière que proposent Daesh ou al-Qaïda, c'est définitivement terminé pour moi. Je souhaite me racheter une fois pour toutes de mes égarements et repartir sur de bonnes bases. Il faudrait seulement que la République arrête de rabâcher son catéchisme incantatoire, d'exhiber ses symboles à tout bout de champ, et fasse appel à notre intelligence… Et nous donne une espérance aussi puissante que celle que nous procure la religion. Mais j'ai enfin compris que la laïcité permettait la liberté de croyance, tout en interdisant la justification de la violence. J'y crois vraiment, Victoire. Je suis prête à me battre pour ça. Je considère que c'est à moi, et à moi en tant que musulmane, de lutter contre l'islamisme, contre ses dérives. En tant que musulmane et en tant que Française. Tu me fais confiance ? »

Victoire resta d'abord silencieuse, souhaitant donner du poids à sa réponse. « Nadia. Les mots sont insuffisants. Si tu es là aujourd'hui, si je suis ici avec toi, si nous sommes prêtes toutes les deux à accomplir cette mission, difficile, dangereuse… jouant gros toi et moi – toi plus que moi, mais moi aussi, car si ça foire, sache que ma vie professionnelle ne sera alors plus qu'un interminable supplice… Bref, Nadia, oui, j'ai une totale confiance en toi. »

Les deux femmes se donnèrent une accolade. Puis décidèrent d'essayer de se reposer un peu. Victoire repartit vers sa chambre à pas tranquilles.

Vint enfin le jour où il fut décrété que Nadia devait rejoindre la madrassa. La décision avait dû recevoir l'aval de nombreux responsables, à Paris, et aucun ne souhaitait se prononcer à la légère. Ce genre d'opération ne se menait pas tous les jours.

Suleiman commença par envoyer un message à sa mère. Il fut décidé d'utiliser le système de transmission mis au point par Khadimat et son fils des années plus tôt : le « draft ». Ils partageaient une même adresse mail, et se laissaient des mots dans les « drafts », la boîte des brouillons, ce qui normalement empêchait quiconque d'intercepter leurs échanges.

« Maman, je suis à Kaboul, je viens te voir. »

La Tchétchène répondit le soir même. « Jalalabad, sortie ouest, mardi prochain, 15 h. »

On interpréta la réponse rapide de Khadimat comme un signal positif : elle devait être particulièrement heureuse de revoir son fils, dont elle était séparée depuis si longtemps, et de faire la connaissance de sa belle-fille. Elle proposait apparemment de dépêcher un véhicule à Jalalabad, la grande ville de l'Est de l'Afghanistan, la plus proche du Pakistan. De là, le couple pourrait passer la frontière et rejoindre l'école coranique, côté pakistanais. Dans un autre message, elle demanda à son fils de ne parler de son départ à personne, la région étant infestée d'espions de toutes sortes, à la solde des infidèles, mais aussi des administrations corrompues des deux pays.

Victoire et son équipe se congratulèrent, tout se déroulait pour le mieux.

Le Lidec imagina que ce moyen de communication pourrait être utilisé par l'infiltrée, une fois sur place. Suleiman fut chargé d'en convaincre sa mère, quand il la verrait.

Le mardi matin, l'équipe du service Action se prépara pour embarquer le « couple » et le conduire jusqu'à Jalalabad. Ils avaient acheté, payée en espèces, une vieille Toyota Corolla passe-partout et se déguisèrent en voyageurs afghans plus vrais que nature. Victoire avait décidé d'être du voyage, persuadée que Nadia aurait besoin de son soutien. Nikolaï, après avoir désapprouvé – « une complication inutile » –, observa Nadia, qui ne semblait pas au meilleur de sa forme, et finit par se ranger aux arguments de sa collègue.

Victoire rappela à Nadia qu'elle n'aurait plus de téléphone à partir de maintenant – la jeune épouse d'un djihadiste comme Suleiman ne se promenait pas avec un portable –, une information déjà donnée et répétée à la future infiltrée mais qui sembla pourtant la déconcerter.

Kozel, dans un deuxième véhicule, escortait l'équipage. Aux portes de Kaboul, il se gara sur le bas-côté et observa, non sans une certaine appréhension, la Corolla du service Action prendre la route de Jalalabad et s'engager vers l'inconnu.

42

Nadia fixait le cours tumultueux de la rivière Kaboul tout en bas, au fond des gorges déchiquetées que la route surplombait en s'accrochant aux flancs rocheux et abrupts des falaises. Elle n'avait jamais eu le vertige de sa vie. Aujourd'hui, sur la voie escarpée en direction de Jalalabad, elle ne redoutait pas non plus la chute de leur voiture – ce qui se produisait souvent, même plusieurs fois par semaine –, ni un éboulement, ni une bétaillère qui leur aurait foncé dessus à vive allure avant de se rendre compte que le passage était trop étroit... Non, Nadia n'avait qu'une question en tête. Pourquoi une jeune femme comme elle, qui avait pourtant décidé une bonne fois, après de nombreux errements, de ne plus faire honte à ses parents, ne pouvait-elle pas leur raconter ce qu'elle était en train de donner à ce pays, la France, qu'ils avaient choisi avec candeur et passion ? Elle aimerait tant qu'ils puissent imaginer ses pérégrinations, à bord d'une vieille Toyota brinquebalante menaçant à tout moment de basculer dans le vide, avec, trop collé à elle, un soi-disant mari tchétchène, grossier et sans hygiène, et des hommes des services français aguerris et renfrognés. Seule la présence de Victoire la réconfortait quelque peu, même si elle aussi semblait tendue. Nadia se demandait d'ailleurs comment on avait pu confier l'organisation de cette opération complexe, tordue, à une femme aussi jeune.

Elle se concentra alors sur le paysage, grandiose, des sommets déchirant le bleu si dense du ciel et des crevasses aux couleurs de métal sombre, et, plus près d'eux, les camions bariolés sur lesquels s'empilaient familles et marchandises.

Quand ils émergèrent des gorges, pour longer une vallée plantée de palmiers et d'orangers – on quittait l'Afghanistan des montagnes pour filer vers des plaines semi-désertiques, transition entre l'Asie centrale et l'Asie du Sud –, d'autres états d'âme assaillirent Nadia. Elle imagina ce qui l'attendait : l'arrivée dans la madrassa, les présentations, sa « belle-mère » Khadimat, que les rares photos auxquelles elle avait pu avoir accès montraient toutes sous le même jour : pieuse et dure, froide et déterminée.

« Tu as la foi ? » lui demanda Suleiman à brûle-pourpoint. Elle sentit son haleine. Au départ, Victoire avait voulu s'asseoir entre eux, mais le Tchétchène avait été catégorique : il leur fallait jouer leur rôle de jeune couple jusqu'au bout. Nadia tenta d'écarter son visage et fit mine de concentrer son attention sur un troupeau de moutons qui longeait la route. Mais Suleiman ne la lâcha pas. « Nour ? Je te parle. As-tu la foi, oui ou non ? Réponds, c'est tout...

— Fais chier..., grinça la Franco-Tunisienne entre ses dents.

— Oubliez-la, Suleiman, s'il vous plaît, intervint Victoire.

— OK chef, OK, OK… on se calme les filles ! » Le Tchétchène, en ricanant, donna un coup de coude à Nadia. Celle-ci se tourna enfin vers lui, défigurée par l'exaspération… par la peur ? « Ta gueule, putain ! Mais ferme-la ! Djihadiste de merde ! » Ce qui déclencha un rire énorme chez Suleiman.

Les deux hommes du service Action, à l'avant – Alceste conduisait, Agnan serrait un fusil d'assaut dissimulé sous une fine couverture de laine qui lui couvrait les jambes –, se jetèrent un coup d'œil indéchiffrable, mais Victoire ne put s'empêcher d'y lire un jugement sur sa façon de diriger cette opération. Elle inspira, puis se pencha, repoussant d'une main Suleiman en arrière, pour s'adresser directement à Nadia. « Nour ? Tranquille. Ces petites provocs, c'est rien, tu le sais. Tu es prête. Tu es prête à bien pire. Tout va bien se passer. Reste dans ton rôle, quoi qu'il arrive. Non, ce n'est pas une partie de plaisir d'être la jeune épouse de ce… Mais tu t'en fous. On s'en fout. Toi et moi, on en a rien à branler de tous ces mecs. On les connaît. Ils n'ont que de la gueule. Tu m'entends. Les couilles, c'est nous. Fais-moi confiance. Ce voyage est chiant, mais une fois là-bas, tout va se dérouler comme prévu. Khadimat, tu la connais par cœur. Aussi bien que moi. On connaît toutes ses failles, même celles qu'elle ne connaît pas elle-même. Tu seras intouchable. On va la gagner, cette partie. On doit la gagner ! Tu m'entends ? »

Nadia secouait la tête, sans s'arrêter, de droite à gauche, de gauche à droite, de haut en bas… Personne n'aurait pu dire si elle approuvait, si elle refusait d'admettre, ce à quoi elle pouvait bien penser.

Elle avait pourtant été entraînée psychologiquement pendant de longs mois pour cette mission. Mais ce type de formation n'était pas une science exacte. Le « facteur humain » n'était pas un mythe. L'incontournable facteur humain. Une bombe à retardement, aussi instable que de la nitroglycérine. Ils arrivèrent à Jalalabad, et se garèrent au point de rendez-vous convenu. Le véhicule mandaté par la mère de Suleiman allait arriver.

Personne n'était à l'aise, tout le monde semblait craindre ce qui risquait de se produire : que Nadia flanche. Suleiman lui-même avait perdu de sa superbe. Victoire avait un air grave... comme si elle se préparait à prendre une décision implacable et fatale.

Suleiman fit signe à Victoire et tous les deux s'extirpèrent de la voiture pour faire quelques pas. Le Tchétchène fut catégorique. « Cette gamine va tout faire foirer. Elle peut craquer à n'importe quel moment, et vous le savez. Je ne veux pas prendre le risque. Vous me mettriez ensuite ça sur le dos. » Victoire ne répondit rien. Un paramètre que Suleiman était trop malin pour expliciter n'échappait bien sûr pas à la Française. Si elle décidait de tout annuler maintenant, le Tchétchène gagnerait sur tous les tableaux : il ne trahissait pas sa mère en lui présentant une fausse épouse, et il retrouvait sur-le-champ sa jeune femme enceinte, avec en plus, selon leurs accords, un statut de réfugié en France.

Elle fit sortir les deux hommes de l'équipe pour les consulter. Ils n'hésitèrent pas un instant : on devait rebrousser chemin, illico. « Les conditions de succès ne sont pas réunies, insista Alceste, on est en plein dans un "cas non conforme" et tu le sais. »

Victoire s'écarta, seule. Elle ne semblait pas affolée, ni même hésitante. Juste en pleine réflexion, comme si elle avait déjà pris une décision et qu'elle en évaluait les tenants et les aboutissants, les derniers détails. En fait, elle apparaissait déterminée comme jamais.

Le véhicule de la madrassa apparut alors au loin, enveloppé du brouillard de poussière qu'il soulevait au milieu de cette étendue désertique. D'abord, autour de la Corolla, ils l'observèrent sans bouger, figés. Le silence était total. Puis le son du moteur se fit entendre. Il y eut un moment de flottement. Sur un signe d'Alceste, ils rentrèrent dans la voiture : il était encore temps de fuir. Les deux hommes du service Action pressèrent Victoire du regard. Elle resta imperturbable.

Les djihadistes approchaient lentement, on pouvait les distinguer plus nettement : ils étaient dans un pick-up. Le conducteur, un passager, grands, turbans au vent, armés… Le barbu qui ne conduisait pas tenait ostensiblement une kalachnikov.

Victoire dit seulement : « C'est moi qui y vais. » Elle accompagna ses paroles d'un geste ferme des deux mains, coupant visiblement court à tout débat. Tous la regardèrent, sidérés, mais elle ne leur laissa pas le temps de réagir : elle confia discrètement son téléphone à un des hommes du SA, puis ouvrit sa portière et se dirigea vers le coffre pour saisir le bagage de Nadia. Suleiman suivit. Il attrapa ses propres affaires, tous les deux se dirigèrent vers le véhicule des djihadistes, et ils embarquèrent sans broncher, à l'arrière, côte à côte, comme le couple que dorénavant ils étaient censés être.

43

Dans le jardinet bien entretenu où s'épanouissaient les roses, une autre passion afghane, Nikolaï tournait en rond. Aucunes nouvelles de l'expédition de Victoire à Jalalabad. Les hommes de son équipe, assis à l'intérieur de la maison, l'observaient par les fenêtres ouvertes avec ce mélange de flegme et de vigilance qui ne les quittait jamais.

Alors que cette scène quasi bucolique était gommée peu à peu par l'obscurité tombant sur la ville, le bruit d'un moteur sortit Nikolaï de ses ruminations. La vieille Toyota Corolla rentrait enfin de Jalalabad. Le conducteur la gara devant l'entrée de la guest-house, des portes claquèrent. Nikolaï fixa, ahuri, la jeune femme qui entrait dans le jardin. Il ne s'agissait pas de Victoire mais de… Nadia. Honteuse, bouleversée.

Nikolaï ne put dissimuler sa colère. Que s'était-il passé ? Où était la responsable de l'opération ? Il laissa Nadia se réfugier dans la maison et fonça vers les deux hommes du service Action pour leur demander des comptes. Alors ceux-ci racontèrent : le comportement douteux de

Suleiman, la crise de Nadia, la décision de Victoire… Ils n'avaient rien pu faire…

Kozel se ressaisit. Il fallait faire un point, rendre compte à la Boîte, se poser, réfléchir… Et patienter : Suleiman allait bientôt revenir. Il ne pouvait pas rester dans l'école coranique, où la présence des hommes était interdite. Il ne pouvait qu'y déposer son « épouse », puis repartir. On aurait alors des nouvelles, on connaîtrait la localisation de la madrassa. Il essaya d'imaginer ce que Victoire allait faire, si elle pouvait « prendre en compte » la mission dévolue à Nadia…

L'officier de renseignement Victoire Le Lidec parlait couramment l'arabe. Elle pouvait passer pour une Maghrébine avec son teint mat et ses cheveux noirs – elle ne s'était d'ailleurs jamais interdit de le faire, et avec un certain succès, lors de sa propre formation. Elle connaissait parfaitement la légende de Nadia, qu'elle avait contribué à bâtir. Elle avait participé à la préparation de la Franco-Tunisienne, l'avait suivie assidûment tout le long du parcours, jusqu'aux dernières heures passées avec Suleiman. Elle l'avait accompagnée jusqu'au bout. Elle était donc capable de la remplacer. Capable de réussir. Elle réussirait.

44

« Mais vous délirez complètement ! » répondit depuis Paris le chef du service Action. Il venait de recevoir le compte rendu crypté adressé par Nikolaï Kozel sur l'ahurissante décision prise par Victoire Le Lidec de rejoindre la madrassa en lieu et place de Nadia.

Pour autant, Nikolaï ne reçut pas d'ordre contradictoire. La mission avait été lancée dans des conditions absurdes et irresponsables mais il eût été tout aussi absurde et irresponsable de l'interrompre : cela aurait mis à coup sûr Victoire en péril.

La situation était dramatiquement simple : une jeune fonctionnaire de la DGSE était en danger de mort parce qu'elle avait plongé tête la première dans un imbroglio fait de manipulations, de coups tordus, de mensonges, de trahisons... et qu'elle avait voulu accomplir sa mission jusqu'au bout. « Ne bougez plus un orteil, vous avez suffisamment fait de conneries, ajouta froidement le chef du SA à l'intention de Nikolaï, on prend l'affaire en main depuis Paris. Vous attendez les ordres. »

Nikolaï raccrocha. Il n'attendait plus qu'une chose, le retour de Suleiman, son camarade Dima, de la madrassa, pour savoir comment lui évaluait la situation.

45

Paris réagit dans l'heure. Une cellule de crise fut montée, rassemblant des fonctionnaires de l'ensemble des directions. La consigne qui leur avait été donnée était claire : pour tenter de sortir Victoire du guêpier dans lequel elle s'était précipitée, il fallait qu'ils agissent comme s'ils devaient gérer une libération d'otage. Avec célérité mais… avec circonspection.

En l'état, la DGSE ne pouvait pas s'adresser directement à l'ISI, les services de renseignement pakistanais. Pourquoi s'intéresserait-on, à Paris, au sort d'une Tunisienne réfugiée dans une madrassa ? Ce signal, tombé dans de mauvaises oreilles, pourrait être fatal à Victoire. Les fonctionnaires français décidèrent donc de mettre dans la boucle leurs homologues tunisiens. Ces derniers acceptèrent de sonder les Pakistanais : une de leurs ressortissantes aurait intégré une madrassa non loin de Peshawar. Tunis voulait la récupérer. L'ISI accepta de collaborer. Puis déclara, trop rapidement – ce qui laissait entendre qu'ils n'avaient pas entrepris de recherches –, n'avoir trouvé aucune trace d'une Tunisienne dans une école coranique de cette région.

Paris renforça le poste DGSE d'Islamabad pour rassembler le maximum d'informations auprès des sources considérées comme loyales – une denrée rare. Mais comment œuvrer sans mettre Victoire en danger ? Si toutefois elle était encore vivante. Dès qu'une opportunité se présentait, on renonçait le plus souvent à l'exploiter de peur de déclencher le pire.

Fortement contrarié par la nouvelle, le grand patron de la DGSE fit annuler tous ses rendez-vous. Il convoqua en urgence ses directeurs pour obtenir un point clair de la situation. Ils étaient cinq, rassemblés autour de la table ronde placée au centre de la salle de réunion contiguë au bureau directorial. Le directeur de la Stratégie, chargé des relations avec les partenaires étrangers et nationaux (parmi lesquels on comptait la DGSI). Celui de l'Administration, qui avait validé le budget de l'opération sans pour autant en connaître les détails, dans la mesure où elle était menée dans la plus stricte clandestinité. Le directeur technique, auquel on faisait appel lorsque les capteurs humains ou opérationnels se montraient insuffisants. Et, bien entendu, les directeurs du Renseignement et des Opérations, sur lesquels reposaient respectivement l'initiative puis la conduite de la manœuvre. Cinq... plus un, car était aussi présent le général Philippe Boyer de Latour du Moulin, le directeur de cabinet, qui n'avait aucunement l'intention de se laisser intimider par la colère de son chef.

Lorsque celui-ci pénétra dans la pièce, les six hommes se levèrent. Le DG n'était pas homme à verser dans les mondanités, il était peu dispendieux en sourires, amabilités et autres poignées de main.

« Je vous écoute ! » lança-t-il donc sèchement, sans échanger le moindre regard avec ses collaborateurs.

Le général du Moulin prit la parole.

« Monsieur le directeur général, la lutte contre le terrorisme visant le territoire national ou les intérêts français dans le monde reste un objectif stratégique. La DGSE est une maison où certains, "soutiers de la gloire", risquent leur vie, sans que personne le sache. À l'étranger, dans le danger, la clandestinité, et l'isolement... »

Les cinq directeurs étaient habitués au lyrisme du dircab, lequel n'hésitait jamais à paraphraser de Gaulle, Jean Moulin, ou, comme ici, Pierre Brossolette. Ils attendaient donc – presque amusés, malgré la tension palpable – la fin de son intervention. Le directeur général, lui, dissimulait mal son impatience. En clair : il piaffait.

« J'aurais dû dire, d'ailleurs, poursuivit le général, où "certaines"risquent leur vie, car je voudrais, avant tout, rendre hommage au courage de Mme Victoire Le Lidec...

— Venez-en au fait », l'interrompit, glaçant, le DG.

Le directeur des Opérations saisit cette opportunité. « Si vous le permettez, monsieur, la situation est sous contrôle. Le Lidec est certes enfermée dans les murs de la madrassa...

— En est-on sûr ? demanda le DG, agacé.

— Nous en aurons la certitude dès lors que nous aurons repris contact avec Suleiman al-Chichani. Ce qui ne saurait tarder. Par ailleurs, elle dispose d'un moyen de liaison via la boîte mail mise à sa disposition par la mère de Suleiman...

— En est-on sûr ? insista le DG, cette fois irrité. Écoutez, cessez de me faire tourner en bourrique avec vos supputations, je n'ai nullement besoin d'être rassuré, je veux juste savoir ce qui se passe. Je veux du concret, rien que du concret. Faites-moi venir le chef SA, et puis Reilhac… et Mansuy, de la sécu ! J'espère que ceux-là ne se défileront pas ! »

« Ce n'est pas faute d'avoir tenté de vous alerter, monsieur », fit remarquer Mansuy, dès lors qu'on lui donna la parole.

Quand il apprit que l'élément central du dispositif, Nicolaï Kozel, sans qui l'approche de Suleiman n'aurait pu avoir lieu, était soupçonné d'être un agent double manipulé par les Russes, le sang du directeur général ne fit qu'un tour. « Et vous vous étonnez qu'avec une taupe à la manœuvre, on se retrouve avec une fonctionnaire aux mains des islamos !

— Kozel, un agent double ? Ce n'est qu'une supputation, monsieur, comme vous dites, et sans réel fondement. Nous n'y avons jamais cru, déclara stoïquement le général du Moulin.

— Justement ! Du concret, rien que du concret. Vous allez me ramener ce Kozel par la peau des fesses, et me le passer au polygraphe. Puisqu'on ne peut plus avoir confiance dans les hommes, on va s'en remettre aux machines ! Je veux tout savoir sur ce type, comment il aurait trahi une première fois avec les Russes, et comment son intervention dans votre manip à la con nous a mis dans un tel pétrin !

— Rapatrier Kozel ? Impossible ! se risqua à nouveau le directeur de cabinet. Le cas échéant, on perdrait toutes les chances de reprendre le contact avec Le Lidec. Kozel est le traitant de Suleiman, on a encore besoin de lui là-bas, quoi qu'il en coûte. »

Le DG fit mine d'ignorer cette dernière remarque du général. Il ne le regarda même pas. Il n'avait désormais que de la rancœur à l'égard de son adjoint, ce « quatre étoiles » qui avait fait en sorte que le rapport de Mansuy sur Kozel ne lui parvienne... qu'une fois les dés jetés. Son directeur de cabinet avait voulu le placer devant le fait accompli. Dans l'esprit du directeur général de la Sécurité extérieure, haut fonctionnaire issu de l'ENA et de l'administration préfectorale, il s'agissait à coup sûr d'une manœuvre militaro-militaire bassement corporatiste, destinée à marginaliser la composante civile, majoritaire depuis quelques années au sein de la DGSE. Le directeur des Opérations, Reilhac du contre-terrorisme, le chef du service Action, Kozel... tous étaient des officiers de l'armée de Terre, et ils semblaient vouloir se prouver leur solidarité dans une manipulation flirtant avec l'insubordination.

« Foutez-moi le camp, tous ! Je vous sonnerai quand j'aurai besoin de vous. »

Le DG ne retint dans son bureau que Mansuy, laissant par là même entendre aux autres que la confiance s'était définitivement désagrégée.

« Puisqu'on ne peut pas ramener Kozel à Paris, ordonna-t-il au chef du service de sécurité, vous allez partir là-bas, à Kaboul. Vous vous installerez à l'ambassade, avec l'équipe du polygraphe. Kozel y sera convoqué, sur mon ordre, et vous me le passerez à la lessiveuse ! Je vais avertir l'ambassadeur immédiatement. Vous avez mon soutien le plus total dans cette affaire. »

46

Atterrir dans un pays comme l'Afghanistan, avec ses paysages grandioses, son exotisme et tout le romanesque sombre des contrées brisées par les guerres, avait laissé Gérard Mansuy aussi indifférent que s'il avait parcouru le boulevard Mortier pour se rendre à son bureau. Il vivait son premier séjour à Kaboul comme chaque fois qu'il allait sur le « terrain », ce qui revenait, pour lui, à s'enfermer dans les locaux d'une ambassade le temps d'accomplir une mission, consistant, le plus souvent, à détecter si un officier de renseignement français avait failli.

Le chef de la sécurité de la DGSE ne se l'était pas fait ordonner deux fois. Appuyé dans sa démarche par la plus haute autorité de la Boîte, il tenait enfin Kozel. Nikolaï Kozel, cet ancien légionnaire ukrainien recruté à la DGSE malgré son dérapage de Mogadiscio, et qui avait soi-disant brillé comme chef de poste à Tunis, allait enfin répondre de ses actes. Mansuy, sans se l'avouer, avait aussi l'intention de lui faire ravaler son arrogance à son égard. Accompagné de spécialistes du détecteur de mensonge, il avait pris un avion à Charles-de-Gaulle, et après une courte escale à Bakou, en Azerbaïdjan, il s'était posé à Kaboul, où une voiture officielle de l'ambassade de France était venue le chercher. Ils avaient bien entendu été bloqués dans le chaos des embouteillages : personne, ici, ne savait vraiment conduire, les véhicules étaient des fossiles et les vendeurs de rue et autres pousseurs de charrettes à bras zigzaguaient sans états d'âme au milieu de ce fatras de vieille tôle. Mansuy n'avait pu s'empêcher de râler. « T'es vraiment sûr que c'est le moment de faire passer tes putains de brebis crades et pelées au milieu de la rue ! » Ni d'ajouter : « Et encore, ils ont eu le bon sens d'interdire aux femmes de tenir le volant... »

Une fois reçu par le chef de poste DGSE puis par l'ambassadeur, Son Excellence François Dupont de Dinechin, il s'était installé avec son équipe dans les chambres de la résidence réservées aux invités de marque. Mansuy avait découvert, flatté, que ses fenêtres donnaient sur un vaste parc, à la végétation exceptionnelle dans ce pays sec.

Mais cette arrivée discrète dans la capitale afghane du fonctionnaire français et de son équipe ne passa toutefois pas inaperçue. En dépit d'une déculottée monstre en 1989, qui avait provoqué leur départ d'Afghanistan, les Russes avaient réussi à maintenir à Kaboul leurs services spéciaux. Le FSB, notamment, avait conservé des liens étroits avec les anciens « khalqis », les communistes du Parti démocratique populaire, alliés des Soviétiques pendant la période d'occupation. Et beaucoup, parmi la population de la classe moyenne, avaient encore la nostalgie d'un Kaboul aux infrastructures développées par les

Russes – détruites par la suite dans une guerre civile sanglante qui avait opposé différents clans de moudjahidines. Il avait ainsi été aisé pour le FSB de placer des agents un peu partout, des lieux les plus anodins aux endroits les plus stratégiques de la capitale afghane.

Et quand le Federalnaïa Sloujba Bezopasnosti apprit d'un agent placé au contrôle des passeports de l'aéroport qu'un officiel français dénommé Gérard Mansuy venait d'atterrir à Kaboul pour se rendre à l'ambassade de France, il lui parut évident que l'homme n'était pas venu ici pour y passer ses vacances. « Qui dit Mansuy, dit probablement Suleiman », conclut le FSB. Leur homologue ne leur avait-il pas lâché, quelques mois plus tôt, qu'il disposait de renseignements précieux sur le terroriste tchétchène ?

Les services russes se réjouirent donc de voir le Français débarquer à Kaboul, alors qu'ils venaient d'apprendre de leur informateur que Suleiman avait lui aussi échoué dans la capitale afghane. Pour l'instant, ils ne savaient pas précisément où, mais Mansuy allait peut-être les y mener. Malgré lui.

47

Seul un vent fort rompait le silence dur, angoissant, qui encerclait à des kilomètres à la ronde la madrassa aux hauts murs de terre, à l'architecture sans aucune fantaisie, une prison en somme, nichée dans un vallon d'altitude.

À l'aube, Suleiman eut droit à quelques minutes d'intimité avec sa chère épouse, pour lui dire au revoir. Khadimat était allée chercher Nour dans la partie de l'école coranique où la présence des hommes était interdite. La Tchétchène se déplaçait comme une ombre et son masque sévère parut plus marqué encore à la Française, comme si les quelques heures qu'elle venait de passer avec son fils, dans un lieu isolé de ce vaste ensemble de bâtiments religieux, n'avaient pas laissé la vieille femme aussi indifférente qu'on aurait pu l'imaginer. Khadimat abandonna le couple et rejoignit son bureau.

Victoire ne fut pas longue à percevoir chez Suleiman une amertume mal dissimulée. La Française et le Tchétchène avaient besoin l'un de l'autre, mais ces derniers jours la tension entre eux n'avait fait que s'accentuer.

« Dès que vous arrivez à Kaboul, voilà ce que vous dites à Nikolaï, attaqua Victoire à voix basse : “Cas non conforme mais tout va bien. Surtout ne fais rien. La madrassa est…” Vous saurez expliquer où est la madrassa ?

— Évidemment, grogna Suleiman.

— Je sais que vous avez joué votre rôle. Je sais aussi à quel point vous avez envie de revoir votre femme. Écoutez : racontez tout à Nikolaï. Dès votre arrivée à Kaboul. Dites-lui qu’on est plutôt vers le nord de Peshawar, à deux heures de route… »

Suleiman ne l’écoutait plus. Il semblait avoir compris qu’elle continuait uniquement pour se rassurer elle-même. Ils se regardèrent en silence. Puis Victoire se ressaisit et essaya de reprendre un ton professionnel : « Vous dites bien au capitaine Kozel ce qui était prévu : “Rendez-vous à Peshawar dans un mois. Premier débriefing.” Et surtout, n’oubliez pas : “Cas non conforme mais tout va bien, ne rien entreprendre. On ne change rien.” C’est bien compris ? »

Le Tchétchène ricana. « Ouais, ouais, ça va. Arrête de stresser, toi. Je te dis que tout va bien se passer. Tu vas mal bouffer, peu dormir, et lire le Coran toute la journée. Avec un peu de chance, ils vont même réussir à te convertir… Ah oui, au fait, ma mère s’est engagée à ne pas trop te fouetter…

— Rien que pour votre humour, j’ai bien fait de vous épouser. »

Victoire essayait d’entrer dans ce jeu de la dérision, sans être persuadée d’avoir la même capacité que cet ancien légionnaire, ex-djihadiste, à se bâtir une carapace sur mesure. Suleiman donna l'impression de percevoir ces états d'âme de la jeune femme et ne se priva pas d'insister pesamment, en accompagnant ses paroles d'un ton plutôt bienveillant. « Et ma mère t'a trouvée jolie, juste un peu vieille. Elle m'a promis de me fournir une deuxième épouse, une jolie petite adolescente.

— C'est bon, cassez-vous, dit-elle doucement, en souriant enfin.

— Nour… la Lumière. Nour, dans un long tunnel très noir… Qu'Allah te protège. »

Et Suleiman s'en alla.

Victoire le regarda s'éloigner, perplexe. En avait-il assez de cette comédie ? Assez de mentir à sa mère ? Assez de s'aplatir devant cette *kafir* qu'elle était malgré tout à ses yeux ? Regrettait-il d'avoir trahi ses vagues idéaux religieux, qui lui avaient cependant permis d'exister, après avoir été chassé comme un indésirable de la Légion, sa famille ? Il achèverait sa part du contrat, rendrait compte à son camarade Nikolaï, et la suite ne le concernerait plus.

Victoire, désormais « Nour », désormais tunisienne, désormais seule face à son destin d'infiltrée dans un lieu dédié à l'extrémisme musulman, et sans aucun contact avec le monde extérieur, ressentit un certain désarroi. Elle restait figée, ne sachant où aller, ni que faire. Une jeune fille, couverte, comme elle, d'un grand voile blanc, vint à sa rescousse, cette même camarade qui l'avait aidée à s'installer dans le dortoir, la veille. Mina était afghane et s'exprimait dans un arabe approximatif. Elle sourit et prit la nouvelle venue par la main : il fallait se dépêcher, la première prière allait débuter.

Comme elle devinait chez cette adolescente une gentillesse sincère, et une belle naïveté, Victoire faillit lui poser la question qui la taraudait depuis le trajet entre Jalalabad et la madrassa : où se trouvaient-elles exactement ? Mais elle se ressaisit. Elle ne devait pas se montrer trop curieuse. Hier, dans la voiture, elle avait posé des questions à Suleiman, en arabe comme il se devait, mais il l'avait fusillée du regard, et ne lui avait plus adressé la parole de toute la fin du voyage. Elle avait bien sûr repéré le passage de la frontière, entre l'Afghanistan et le Pakistan, à Torkham, puis ce qu'elle avait supposé être les faubourgs de la grande ville de Peshawar… mais, après, elle n'était plus sûre de rien. Elle avait été étonnée par la direction prise alors, car elle imaginait plutôt l'école coranique de Khadimat dans le Waziristan, le long de la frontière afghane, au sud-ouest de Peshawar. La suite du voyage, plusieurs dizaines de kilomètres par des petites routes d'altitude et des chemins de terre, les avait menés dans une région de hautes montagnes, de forêts et de lacs. Ils avaient longtemps suivi une magnifique vallée alpestre, beaucoup plus verte que ce qu'ils avaient vu jusque-là. Elle avait un temps oublié la folle mission dans laquelle elle avait foncé tête baissée, mue par une force irrésistible, un désir de réussite, de dépassement, de don de soi – qu'elle avait déjà imaginé avoir en elle, mais dont la confirmation l'avait emballée et lui avait procuré une bonne dose d'excitation. Elle avait eu une pensée pour Élie, qui lui aurait certainement infligé un cours, gestes tendres à l'appui, sur les manifestations physiques de toutes ces émotions.

Plein nord, avait-elle pensé à leur arrivée, district du Bas-Dir ou de Swat.

Victoire se ressaisit. Elle était heureuse, maintenant. Dès que Suleiman arriverait à Kaboul, Nikolaï serait mis au courant, et l'opération pourrait suivre son cours normalement. À un détail près, bien sûr : c'était elle qui était là... mais qu'importe. Des mois et des mois de préparation, et une belle réussite pour finir.

Le petit déjeuner qui suivait la prière avait lieu dans une vaste salle, toutes les étudiantes s'asseyant, encore somnolentes, à même le sol, le long d'une grande nappe en toile cirée grisâtre. Où leur fut servi en tout et pour tout un chaï – thé noir très sucré, aux épices et au lait –, dans un silence complet. Victoire osa jeter quelques regards à ces filles qui allaient partager sa vie, dorénavant, et s'aperçut qu'elle-même était observée, discrètement, par les unes et les autres. Elle eut même droit à des sourires timides.

48

Malgré le changement – dramatique – dans le plan prévu, Nikolaï Kozel agit selon la procédure mise en place par Victoire Le Lidec elle-même. Il envoya donc à Jalalabad deux hommes du service Action pour récupérer Suleiman, qui devait, après avoir présenté son épouse Nour à sa mère Khadimat, revenir en Afghanistan.

Alceste et Agnan partirent officiellement étudier la substitution, dans l'Est du pays, de la culture des olives à celle du pavot. Une expérience qui commençait à donner quelques résultats, malgré la présence, dans les environs de Jalalabad, de nombreux narcotrafiquants.

À l'ambassade de France, Gérard Mansuy ne perdait pas son temps. Il avait bien compris, lors de son récent entretien à Mortier avec le directeur général, qu'il bénéficiait d'une carte blanche. Zélé, il commença, avec l'accord de Son Excellence de Dinechin, impressionné par la détermination de son hôte, par convoquer l'équipe des gendarmes chargés de la sécurité de l'ambassade. Une partie d'entre eux furent chargés de se rendre sans tarder dans la planque de Kozel, à Shar-e-Nau, afin de lui signifier, de vive voix, sa mise en demeure de rejoindre au plus tôt la chancellerie. Là, il serait entendu pour des faits relevant d'une compromission de la défense nationale. Cette équipe de gendarmes disposait d'une lettre de mission dûment signée par le directeur général de la Sécurité extérieure et contresignée par l'ambassadeur.

Kozel et l'équipe du SA virent donc débouler devant la guest-house un imposant véhicule blindé avec une belle immatriculation corps diplomatique français, au mépris de toute discrétion. Ils tentèrent de dissimuler tant bien que mal leur colère et, surtout, une bonne part de leur vive inquiétude.

Nikolaï connaissait la raison de ce débarquement brutal. Il venait de recevoir par moyen crypté l'ordre de se rendre à l'ambassade, en évitant d'attirer l'attention, pour y rencontrer Gérard Mansuy. En soldat obéissant, il avait prévu de répondre à cette convocation, mais après que le contact avec Suleiman, de retour de la madrassa, aurait eu lieu. La priorité pour lui était d'avoir des nouvelles de Victoire.

Rufus et Clotaire firent promptement entrer le véhicule de la Gendarmerie à l'intérieur du compound et Kozel se permit d'engueuler les pandores. Savaient-ils que leur arrivée tapageuse compromettait une planque des services français ? Ils haussèrent les épaules en brandissant la missive officielle. Nikolaï comprit qu'il devait faire mine d'obtempérer : il donna sa parole d'officier, et, en guise de bonne foi, signa en retour le document. Cela suffit aux gendarmes, qui firent toutefois remarquer que si Kozel ne se rendait pas rapidement à l'ambassade, ils reviendraient et, cette fois-ci, l'embarqueraient manu militari. Tous se permirent alors un sourire discret. Ces hommes se sentaient plutôt complices. Mansuy n'était la tasse de thé de personne.

Kozel demanda aux gendarmes d'attendre la nuit pour repartir, mais ils n'en firent rien, et quittèrent les lieux comme ils étaient venus : à grand fracas.

Nikolaï et ses hommes décidèrent de déguerpir. Par la faute de Mansuy, leur planque avait été bêtement compromise. Il fallait déménager au plus vite. Quitte à laisser entendre au chien de garde de la Boîte que lui, Kozel, fuyait à nouveau.

Mais, à cet instant, Nikolaï reçut un message de l'équipe qui venait de passer des heures à Jalalabad, en vain. « Le gros n'est pas au rendez-vous. » L'officier imagina alors plusieurs scénarios. Il connaissait son vieux camarade de la Légion : impatient, impulsif. Tout avait pu arriver, surtout le pire.

Plus question de quitter les lieux. Le Tchétchène aurait dû avoir déposé, toujours selon le plan initial, son « épouse » Nour dans la madrassa de Khadimat au Pakistan. Sauf que maintenant, alors que Nadia avait été rapatriée, ce matin même, par le premier vol pour Paris, via Dubaï, Kozel se demandait si tout s'était déroulé pour le mieux, avec Victoire jouant les infiltrées improvisées. Il fallait qu'ils attendent, coûte que coûte, des nouvelles de Suleiman, et s'il y avait une chance de le revoir, c'était ici.

Le FSB, qui avait mobilisé l'ensemble de ses contacts, avait vite été informé de l'arrivée subite d'un véhicule officiel français dans une petite ruelle de Shar-e-Nau. Depuis le départ de la coalition militaire internationale, on ne voyait que rarement ce type d'équipage circuler dans les rues. Les services russes avaient donc rapidement monté un dispositif de surveillance dans une autre villa, aux abords de la guest-house. Et ils avaient eu la confirmation que cette dernière abritait des Français.

Un homme patientait là, aux premières loges, pour observer la situation. Il était le seul à pouvoir identifier Suleiman quand celui-ci apparaîtrait dans le paysage. Cet homme ruminait des idées aussi noires que l'âme qui l'habitait dorénavant, comme il s'en était persuadé. Car il était en train de trahir deux anciens frères d'armes d'un coup. Dima, que les Russes, qui le manipulaient, souhaitaient abattre sans délai. Et Nikolaï, son ami, qui menait une opération juste là, de l'autre côté de la rue. Difficile de faire pire, dans une vie si longtemps dévouée à la fidélité, à la loyauté.

49

Loin d'imaginer qu'il était sous la surveillance de sa source phare, Centaure, qu'il avait laissé pour mort en Tunisie, Nikolaï discutait avec Clotaire et Rufus, au milieu du jardin. Le dispositif de sécurité était forcément moins solide, puisque deux hommes n'étaient pas encore rentrés de Jalalabad.

En cette fin d'après-midi de printemps, l'air était doux à Kaboul. La circulation dans la ruelle de Shar-e-Nau se calmait, les Afghans rentraient presque tous chez eux avant la nuit. Seuls quelques cris d'enfants au loin rompaient le silence dans ces environs paisibles.

Puis tous les trois crurent entendre une voiture s'arrêter devant la maison.

On tambourina à la porte. Alors que Nikolaï se dirigeait vers l'entrée du jardin pour ouvrir – il lui tardait de mettre Suleiman à l'abri et d'avoir des nouvelles de Victoire –, les deux gardes du corps, de la main, lui firent signe de ne pas bouger : impossible de savoir si tout était normal. Il fallait respecter la procédure, vérifier qu'il s'agissait bien du Tchétchène, qu'il était seul et ne présentait aucun risque pour eux. Clotaire et Rufus ne transigeraient pas. Ils saisirent leur arme et Kozel les imita. On tambourina de plus belle.

Rufus monta à l'étage et, de là, s'exclama : « C'est le Tchétchène ! On attend ! »

Suleiman, pensa Nikolaï, avait dû arriver en avance à Jalalabad, et là, sans protection, avait décidé, tout simplement, de revenir à Kaboul par ses propres moyens.

Rien ne se passait et Nikolaï s'approcha du mur d'enceinte. Il entendit clairement Suleiman négocier, de sa grosse voix, le prix de la course. Il s'énervait, dans toutes les langues qu'il maîtrisait plus ou moins.

Kozel, contre l'avis des hommes du service Action, finit par sortir. Le Tchétchène, voyant son vieux camarade venir vers lui d'un pas tranquille, lui sourit. Il balança des billets à la tête du chauffeur de taxi et claqua la portière. Ce bruit fut suivi d'un deuxième, une détonation, sèche, puis encore une autre. Nikolaï ne comprit pas immédiatement ce qui se déroulait sous ses yeux. Il accéléra le pas. Le Tchétchène s'effondrait lentement, sans un bruit, sans un cri, comme s'il jouait la comédie. Clotaire et Rufus, armes à la main, foncèrent vers Kozel et l'embarquèrent de force pour le mettre à l'abri dans l'enceinte protégée. Alors seulement Nikolaï percuta : Suleiman avait été abattu, juste là, devant eux, devant leur prétendue planque.

Nikolaï hurla aux deux hommes d'aller récupérer le corps de Suleiman à l'extérieur. Mais ils temporisèrent. Leur priorité : protéger les vivants. Il y avait un conflit de missions : les gardes du corps devaient veiller sur l'officier traitant, alors que, pour ce dernier, faire parler la source

– Suleiman – était primordial, afin de sauver Victoire. Le rapport de force dura quelques secondes, chacun affichant son pouvoir, à coups d'ordres secs, d'attitudes inflexibles.

Finalement, alors qu'un lourd silence régnait à l'extérieur – le taxi avait bien sûr filé depuis longtemps –, Clotaire et Rufus acceptèrent de sortir prudemment. Les deux hommes du service Action fouillèrent du regard les environs, puis constatèrent la mort du Tchétchène. Ils regardèrent l'officier traitant, attendant des instructions. Fallait-il foncer dans les maisons d'en face ? Enfoncer des portes ? Risquer un scandale en débarquant dans des familles afghanes, en surprenant des femmes chez elles ? Et pour quel résultat ? Dégommer un ou deux tueurs ne servirait qu'à se faire repérer, à prendre le risque de se faire arrêter puis expulser du pays... et à griller toute l'opération. Nikolaï retrouva son sang-froid : il fit signe à son équipe de récupérer le corps de Suleiman, et de rentrer à l'intérieur de la maison. Assez déconné, se répétait-il. On nettoie, on disparaît. Ils allaient rejoindre la planque de secours, louée par l'équipe du service Action dès le début de l'opération à Kaboul. Il fallait rester dans la région, tant qu'on n'aurait pas davantage de nouvelles de Victoire. Où était-elle ? Avait-elle infiltré la madrassa, comme prévu ? Suleiman mort, tout lien était rompu. Victoire avait bel et bien disparu entre Jalalabad et des zones afghano-pakistanaises infestées de fanatiques religieux de toutes obédiences. Elle était devenue, au mieux, une ombre, et, plus vraisemblablement, à son tour, une proie.

50

Une vingtaine de jeunes étudiantes, assises en tailleur dans une salle de classe décrépie, étaient plongées dans un recueil de hadiths, ces textes qui relatent les paroles et les actes de Mahomet. Après plusieurs heures passées à réciter des versets du Coran, le Livre sacré, la parole d'Allah révélée au Prophète.

Maintenant, il s'agissait d'écouter, l'air pénétré, la professeure debout derrière un pupitre, face à elles. Ces filles sans éducation, de milieux modestes, buvaient ses paroles. Nour, elle, se tenait à carreau, réprimant une forte envie de bâiller. Elle se savait épiée par sa nouvelle « amie », Mina. Elle imaginait cette jeune Afghane faire un rapport à Khadimat sur le moindre de ses faits et gestes. « C'est quoi, la biologie ? lui avait demandé récemment celle qui ne la lâchait plus. — T'inquiète. C'est de la propagande des incroyants. Seul compte le saint Coran, avait répondu Nour. Le djihad, aussi. Et le combat va être long : il faut récupérer l'Espagne, la Hongrie… la Sicile… l'Inde… »

« Notre corps n'est-il qu'un objet de douleurs ? » lui avait demandé l'adolescente, un autre jour. Nour avait d'abord hésité puis répondu, sûre d'elle : « Oui. C'est évident. De douleurs et de honte. De honte, surtout. »

La Tchétchène était invisible, ce matin.

Après la prière suivante, celle de midi, suivie d'un rapide et frugal déjeuner, en silence bien entendu, les étudiantes avaient quartier libre : repos dans le dortoir, allongées sur des nattes à même le sol. Dans cette vaste pièce aussi vétuste que le reste de la madrassa, chaque fille avait droit à un mince oreiller – Victoire imagina toutes les larmes que chacun d'eux avait dû absorber – et à une fine couverture, ainsi qu'à des sacs en plastique cloués au mur, en guise de placards, contenant quelques vêtements et deux, trois autres effets personnels. Ni table ni chaise. Chacune pouvait aussi aller étudier, encore et encore, à la bibliothèque. Des adolescentes, exténuées, s'endormaient profondément, et certaines d'entre elles murmuraient encore, dans leur sommeil, des versets du Coran, ou plutôt des bribes, sans queue ni tête.

Dans cet univers fermé, se dit Victoire, alias Nour, c'est facile de transmettre une idéologie radicale. Si elle était entourée, depuis son arrivée, de filles âgées de quinze à vingt-deux ans environ, elle avait aperçu d'autres classes, de fillettes, certaines d'à peine six ans.

Cette madrassa relevait du pensionnat, du pénitencier, du harem… Toutes ces filles, éduquées selon une logique patriarcale, sans jamais voir d'hommes, développaient, selon leur caractère propre, de la roublardise, de la soumission ou, plus discrètement, du cynisme. Une certaine dureté était nécessaire pour survivre, ici.

Victoire avait chaque jour la confirmation de ce qu'elle

avait appris de manière théorique grâce à ses lectures, ou aux conférences auxquelles elle avait assisté, ces dernières années : l'indigence et le manque d'espoir poussaient ces gamines vers une version violente du salafisme. Alors que le sous-continent indien avait baigné durant des siècles dans un islam tolérant et avait été influencé par les soufis, ces mystiques ouverts à toutes les voies qui mènent à Dieu, l'extrémisme avait fini par prendre le dessus, en raison, notamment, de l'argent saoudien déversé – une idée américaine – lors de la guerre contre les Soviétiques. Elle se rendait compte aussi, plus que jamais, à quel point, dans cette guerre des propagandes, l'Occident, la diplomatie française par exemple, était faible en moyens d'influence. Ces « Mecque du djihad » vont être difficiles à réformer, se disait Victoire.

Le seul moment de loisir, si l'on peut dire, pour toutes ces filles était le vendredi après-midi, après la grande prière, quand elles allaient se promener dans le village d'à côté, chaperonnées bien entendu. Elles plaisantaient alors entre elles, grignotaient de petites sucreries.

Nour fut finalement convoquée dans le bureau de Khadimat. Elle s'introduisit dans une petite pièce, sobre, que dominait curieusement, derrière une table en bois toute simple, un profond fauteuil en cuir, neuf et confortable, sur lequel Khadimat trônait comme une reine. La Tchétchène, émue, autant que son visage émacié et fermé pouvait le laisser deviner, se leva et vint étreindre sa belle-fille avant d'aller se poster devant une fenêtre, tournant le dos à Nour. « Ma fille… ton époux, mon fils, Allah le garde sous sa protection, a quitté ce monde terrestre…

Des mécréants l'ont assassiné hier à Kaboul… Il est maintenant heureux dans le Paradis des vrais croyants. »

Victoire laissa échapper de sa gorge un petit cri déchirant, en se tenant le visage à deux mains. Elle se mit alors à pleurer longuement. La Française était sincèrement effondrée.

Khadimat expliqua qu'elle avait appris la nouvelle par les réseaux djihadistes. Les Russes avaient revendiqué l'assassinat. Victoire se dit que la Tchétchène devait être folle de haine, et à la fois tellement fière. Son aura n'allait-elle pas jouir dans le même temps de celle de son Timour, chair de sa chair, âme de son âme, martyr de leur cause sacrée ?

Séchant ses larmes, Nour se lança : « Mais… *oummi*… a-t-il souffert ? Mon aimé était-il seul quand ces lâches s'en sont pris à lui ? Et…

— Je n'ai pas de détails, ma petite. Qu'importe, d'ailleurs. Nous ne savons même pas où se trouve la dépouille. C'est un grand malheur. Nous allons prier, prier… »

Khadimat se retourna, et alors que Victoire s'attendait à la voir en pleurs, elle ne vit que l'habituel visage sec de la chef djihadiste, perdue dans son fanatisme. « Retourne auprès de tes camarades. Mina saura mieux te consoler que moi. Mon cœur a trop souffert dans ce monde pour pouvoir t'être d'un quelconque réconfort. Je suis navrée. J'avais promis à mon fils de te protéger. Je n'ai pas su t'éviter cette grande peine. Allah nous inflige des épreuves, et nous devons les accepter. » Elle montra la sortie, d'un geste qu'elle voulait le moins brutal possible.

Sans Suleiman, qui n'était plus dans l'équation, désormais, sans être sûre que Paris soit au courant de quoi que ce soit la concernant, sinon qu'elle était perdue dans une école coranique au fin fond des montagnes pakistanaises, au milieu de jeunes filles rêvant de se donner la mort, et sans plus pouvoir compter sur le « draft » pour établir une liaison avec l'extérieur, Victoire sortit du bureau piteuse, défaite. Veuve éplorée plus vraie que nature.

Prostrée sur sa natte, avec Mina à ses côtés qui tentait de la consoler par d'interminables prières, Victoire réfléchissait. Elle n'allait pas se laisser abattre par ce coup du sort, par la mort de son « époux ». Que ferait une veuve pétrie de foi à la suite du décès de son mari djihadiste ? Elle souhaiterait devenir une martyre, se dit-elle. Et personne n'y trouverait à redire. Elle allait venger Suleiman, elle allait se faire exploser, elle accomplirait le sacrifice suprême.

C'est en tout cas ce qu'elle imagina alors, le but étant de ne pas être laissée dans un coin de cette madrassa, à subir pendant des semaines la compassion de ses coreligionnaires. Khadimat serait sensible à cette abnégation, elle en était sûre, et ce serait le meilleur moyen de comprendre tous les mécanismes de l'attentat de Delhi, de remonter la filière de la formation d'une candidate au suicide. Si les personnes impliquées étaient persuadées d'avoir en face d'elles une future martyre, elle découvrirait ce qui se tramait ici, et ailleurs, influences, financements, projets...

51

Accompagné par Rufus et Clotaire, Kozel rejoignit, dès la nuit tombée, l'ambassade de France.

Comme prévu, ils avaient déjà quitté la première planque, qui n'en avait plus que le nom, car c'était bien là, dans la rue, juste devant leur porte, que celui qu'ils devaient à tout prix protéger, Suleiman, avait été abattu par des professionnels. Nikolaï aurait parié sur les Russes, mais, à cette heure, la spéculation ne servait à rien. Ils avaient rallié le deuxième lieu sûr, la planque de secours prévue par le service Action au tout début de la mission, où, dès leur retour de Jalalabad, Alceste et Agnan s'installeraient directement. L'opération infiltration suivait son cours, officiellement, avec Victoire perdue dans la nature.

Nikolaï savait qui l'attendait : Gérard Mansuy. Comme il s'y était engagé auprès des gendarmes, il se rendait donc à sa convocation.

Arrivés dans le quartier des ambassades, toutes transformées en blockhaus, entourées de murs de béton de plus de trois mètres de haut, de barbelés, de miradors, avec des barrières de contrôle à franchir sans cesse, ils finirent par passer les deux immenses portails métalliques coulissants de l'enclave française. Dans la cour, des sacs de sable protégeaient deux postes de tir. Kozel avait bien entendu annoncé son arrivée, de son ton le plus bourru, au chef de poste de la DGSE : « Je viens pour voir l'autre, là, Mansuy… »

Avant de descendre de leur véhicule, Kozel s'entretint avec les deux hommes du SA qui l'accompagnaient. « Bon, les gars, Mansuy n'a rien de sérieux sur moi. Il fait des vagues, il est bouffé par l'amertume, mais il a que dalle. Je vais répondre à ses questions à la con, et je vous rejoins. Vous m'attendez, et on reprend l'opération dès que possible. Il faut retrouver Victoire. Je ne sais pas comment, mais…

— Ne t'en fais pas, grommela Clotaire. On t'attend. Et après, on va fouiller toutes les putains de madrassas de la région et on la ramènera, Le Lidec. Un peu barrée, cette meuf, mais bien sympa… »

Nikolaï sentit une certaine émotion naître entre eux trois, et ce fut sur un simple « Allez salut les gars, à plus » qu'il ouvrit sa portière d'un geste résolu. « Au fait, on a encore le gros paquet-cadeau à délivrer… »

Kozel fut aussitôt entouré par une escouade de gendarmes pratiquement au complet. Un homme avança vers lui, surjouant un air d'autorité : Gérard Mansuy lui-même, en costume-cravate, rasé de près, comme s'il s'était préparé pour ce moment depuis des heures… depuis des mois. Nikolaï lui sourit, narquois, puis alla ouvrir le coffre du véhicule et en tira ce qui semblait être un lourd tapis, qu'il laissa tomber sur le sol, aux pieds de l'officiel français. « Un souvenir… »

Mansuy recula et fit signe à deux gendarmes de dérouler ce qui se révéla être un linceul improvisé, dans lequel gisait le corps criblé de balles de Suleiman. Le chef du service de sécurité de la DGSE eut un mouvement de recul. « Démerdez-vous avec ça, grogna Kozel, c'est à cause de vous qu'il est mort. »

Nikolaï Kozel fut mené vers un bunker discret. Là, après avoir descendu une volée de marches, il dut patienter avant d'être rejoint par Mansuy. Celui-ci affichait sa morgue à un point tel que Kozel se demanda si le chef de la sécurité n'allait pas lui sauter à la gorge et l'étrangler sur place, dans ce trou sous terre, devant toute son équipe technique. Nikolaï se força à sourire, en explorant du regard la petite pièce dans laquelle ils se trouvaient. Un polygraphe dernier cri trônait sur une table en bois. Des harnachements, des câbles... L'installation n'attendait apparemment plus que lui, Nikolaï Kozel, accusé d'avoir collaboré avec les services russes au détriment des intérêts de son pays, la France.

« Vous voyez que nous vous attendions, Kozel, attaqua Mansuy. Je dirais même que nous avons fait ce long voyage jusqu'ici spécialement pour vous. Sur ordre du directeur général de notre Maison. Vous savez de quoi on vous accuse. Alors nous avons perdu assez de temps comme ça. Posez votre cul sur cette chaise, là. »

Nikolaï resta debout. Non seulement l'homme de petite taille en face de lui, vêtu comme un cadre supérieur d'une compagnie d'assurances, ne l'impressionnait pas, mais il lui donnait envie de le provoquer, de lui rappeler, par exemple, quel piteux chef de poste il avait été, à Tunis. Mais il n'avait pas non plus envie d'y passer des heures.

« Tu n'es pas sans savoir, attaqua Nikolaï sans même regarder son interlocuteur, que le polygraphe ne fonctionne que si le candidat, moi donc, est consentant... »

Mansuy toussota de rage. « Depuis quand on se tutoie, Kozel ? Vous êtes accusé de crime grave. Baissez d'un ton !

— Comme vous voulez. Sachez, monsieur, que si je suis ici, ce n'est pas pour satisfaire votre lubie de chercher des ennemis parmi tous les gens que vous n'aimez pas, pour une raison ou pour une autre. Je suis venu pour vous dire un truc simple : vous êtes un incompétent notoire. Vous n'êtes pas accusé d'avoir trahi la France, mais je vous accuse, moi, d'avoir provoqué la mort de Suleiman... à cause d'une énorme faute, en ayant fait repérer notre planque, et, du coup, d'être responsable de la disparition, dans une région extrêmement dangereuse pour elle, d'un de nos officiers, Victoire Le Lidec. Vous êtes un con, Mansuy. Moi, j'ai la chance d'avoir mon honneur intact. Qu'on déblatère sur moi, à la Boîte, qu'on me mette en taule, même, je m'en tape, figurez-vous. Il n'y a qu'une chose qui compte à mes yeux : sortir Victoire de son trou à rats. Voilà. »

Et, ceci dit, il mit, avec toute sa hargne accumulée, un coup de poing en plein dans la figure du chef de la sécurité, qui s'écroula, sonné. Alors que son équipe se précipitait pour l'aider à se relever, les quelques gendarmes restés là empoignèrent Kozel et l'embarquèrent. Il fut enfermé dans une pièce du bunker, une sorte de geôle en béton.

Lorsque Mansuy eut recouvré ses esprits, il retourna, encore tremblant, au bureau mis à sa disposition, et, sans perdre une minute, rédigea son rapport : « ... insubordination révélatrice d'un comportement coupable... Je demande autorisation de ramener l'officier Kozel à Paris et de le traduire en justice sans délai... »

52

« Nour » dut patienter deux jours après la mort de son mari pour obtenir une nouvelle entrevue avec Khadimat. Sa belle-mère s'était isolée dans son bureau et refusait de parler à qui que ce soit.

Victoire avait donc eu le temps de mûrir son projet et souhaitait plus que jamais exposer son désir de devenir à son tour une martyre de la foi.

Elle avait eu de nombreuses discussions avec Mina, même si la jeune Afghane, quasiment illettrée, semblait obsédée par une seule chose : que devenaient les femmes au Paradis ? Auraient-elles un mari… ou même plusieurs ! « Nour » se plongeait alors dans le Coran et essayait de la rassurer : « *Al hamdoulillah*… nous retrouverons notre époux. Mais… mais… par exemple toi, si tu n'es pas mariée en ce bas monde… alors, au Paradis, tu seras avec celui qu'Allah, le Très Haut, choisira pour toi, car il n'y a pas dans le Paradis de célibataire (ni mâle, ni femelle) ; le Prophète a dit : "Il n'y a point de célibataire dans le Paradis." » Après d'autres recherches, elle ajouta : « Le mot arabe *houris* – ces vierges destinées à récompenser les bienheureux – peut être utilisé pour les hommes autant que pour les femmes. "*Al-hûr* est le pluriel à la fois de *ahwar* et de *hawrâ* ; on dit un homme *ahwar* et une femme *hawrâ*..." » Nour ne sentait pas Mina vraiment convaincue, alors elle poursuivait ses recherches. « Tiens, ce verset... "Les Musulmans et Musulmanes, croyants et croyantes, obéissants et obéissantes, loyaux et loyales, endurants et endurantes, craignants et craignantes, donneurs et donneuses d'aumône, jeûnants et jeûnantes, gardiens de leur chasteté et gardiennes, invocateurs souvent d'Allah et invocatrices : Allah a préparé pour eux un pardon et une énorme récompense." Une énorme récompense, Mina ! Là, c'est tout bon, fais-moi confiance. »

Victoire pensait que Mina serait bientôt prête pour se porter candidate à un attentat-suicide. Elle présentait le bon profil pour débarquer en Europe, par exemple, via un réseau de mineurs isolés. Les jeunes filles étaient prisées, comme martyres. « Le terrorisme, c'est de la com', ne cessait de répéter Reilhac à ses équipes. Ils ont longtemps usé des décapitations, maintenant les gamines qui se font exploser sont assez tendance. »

La suppression de la plus grande part de violence civile, dans nos sociétés, nous rendait vulnérables à ces actes barbares. « Mais, concluait le colonel, nous seuls pourrions nous détruire, si nous surréagissions, si nous cédions sur nos valeurs, sur notre liberté. »

Victoire songea avec émotion à son chef qui, avec ses vrais-faux airs martiaux, raisonnait simplement, clairement.

Lorsque la Tchétchène finit par accepter de recevoir la jeune veuve, sa belle-fille, elle commença par s'excuser de l'avoir abandonnée à son chagrin. Elle expliqua qu'elle avait dû enchaîner les prières, et que tout ce qui était terrestre lui avait alors paru secondaire. Mais elle se rendait bien compte, maintenant, combien celle que son cher fils lui avait confiée se morfondait. Elle alla jusqu'à l'étreindre, brièvement, ce qui n'était pas dans ses habitudes. Elle la fit asseoir sur un tabouret, trônant, elle, à son habitude, dans son superbe fauteuil, et eut quelques mots de réconfort convenus – sur la vie dérisoire dans ce monde-ci, et le Paradis où s'ébattait dorénavant leur héros. Nour en profita pour exposer en quelques mots maladroits son souhait de suivre son mari dans la voie du sacrifice : « J'ai beaucoup réfléchi, balbutia la jeune femme, je ne suis rien sans lui, mon seul but dorénavant est de le rejoindre, si Allah, dans sa Grandeur, le permet et m'accepte... »

Victoire se rendit compte que, malgré elle, son propre lyrisme emportait son imaginaire, et ses désirs, déconnectés de toute raison, vers cet univers de mythes et de transcendance. Un reste de discernement lui permettait de saisir mieux à quel point Khadimat séduisait ses jeunes disciples, s'imposait à elles. Elle-même se sentait fragilisée, à la merci de cette influence.

« Écoute, ma fille, déclama la Tchétchène, je te félicite pour ta décision. Mais laisse-moi te parler franchement : tu n'es pas encore prête. C'est tout sauf une démarche anodine. Il faut que tout ton être soit mobilisé pour accomplir cette volonté de Dieu. Nous allons y réfléchir. Et si l'idée fait son chemin, crois-moi, nous te donnerons la possibilité d'aller jusqu'au bout de ton choix. Nous te formerons, nous te guiderons : spirituellement, mentalement… et aussi, car ce genre d'opération demande des préparatifs minutieux, car il s'agit de faire souffrir et trembler nos ennemis, nous te donnerons une instruction militaire. Mais nous en reparlerons. Surtout que nous, les femmes… »

Elle se tut. Victoire pensa que l'entretien se terminait là. Mais Khadimat semblait vouloir parler encore, comme si elle était prête à fendre l'armure, à livrer quelques confidences. Elle semblait scruter le fond de l'âme de cette belle-fille qu'elle ne connaissait que par ce qu'en avait dit son fils.

« Ma fille, je vais te confier une pensée, une pensée… Nombreux sont ceux qui la jugeraient impure, et je te demande, au nom de cet amour commun que nous portons à jamais à notre défunt Suleiman – qu'Allah garde son âme sous sa haute protection –, je te demande de garder ça pour toi… »

Victoire prit son air le plus dévot, le plus humble.

Khadimat, contrairement à ses habitudes, se mit à chuchoter : « Nous, les femmes pieuses, vraies musulmanes, par nos connaissances, religieuses mais aussi culturelles, scientifiques… avons joui dans le passé d'une grande autorité. Mais, tu le sais, nous ne sommes pas arrivées à subvertir les structures dominées par les hommes. Ce n'est pas l'islam qui nous entrave, ce sont les hommes qui, pour préserver leur pouvoir, ont instrumentalisé les textes sacrés. » Les deux femmes se regardèrent en silence. Victoire était sous le choc. Jamais elle n'aurait cru entendre ce genre de paroles, ici, dans cette madrassa, école du djihadisme le plus radical, du terrorisme. Victoire devina que Khadimat n'en dirait pas plus, que ces quelques mots témoignaient déjà d'une immense confiance qui ne reposait que sur l'affection qu'elle avait eue pour son fils défunt, et sur la conviction que le choix de Nour par son Timour ne pouvait provenir que du plus grand discernement.

Victoire, Nour… Nour, Victoire… La jeune veuve candidate au martyre se leva, vacillante, salua Khadimat avec le plus grand respect, et sortit, tête baissée.

53

Un individu âgé d'une cinquantaine d'années environ, vêtu à l'afghane d'un *shalwar kamiz*, se présenta, à pied, l'air désemparé, sans papiers d'identité, devant le portail de l'ambassade de France. Il déclara, après avoir été fouillé, vouloir entrer en contact avec Nikolaï Kozel : il s'agissait d'une « affaire d'État ». « Dites-lui que mon nom est Ahmed. Ahmed Messaoui. »

L'homme restait planté là. Déterminé. Devant cet entêtement, on décida d'en référer plus haut.

Après quelques conciliabules entre les gendarmes et le poste DGSE, l'information fut transmise à Gérard Mansuy. « Impossible ! » trancha ce dernier. Le chef de poste insista : « On devrait quand même écouter ce qu'il a à dire. » Ahmed Messaoui... c'était Centaure. Encore fallait-il s'en assurer.

Mansuy accepta finalement de se déplacer. Il observa l'homme debout devant lui. Celui-ci baissa les yeux. On sentait chez lui un certain désarroi, comme s'il avait perdu tout repère. Vêtements sales, cheveux hirsutes, il ressemblait plus à un vagabond qu'à la source légendaire qui aurait donné aux services extérieurs français, à l'époque, des informations de première importance sur Daesh en Libye. À chaque question posée par Mansuy, il rétorquait immanquablement : « Je veux entrer en contact avec Nikolaï. Nikolaï Kozel. » Ce qui agaça bien entendu le chef de la sécurité. « Dites-moi ce que vous faites à Kaboul.

— Sauf le respect que je vous dois, bredouilla l'homme, dites-moi où je peux trouver Kozel. »

« C'est Centaure ? demanda le chef de poste à Gérard Mansuy.

— Peut-être. Ou c'est une combine. Il faut vérifier. »

Mansuy finit par prendre une photo d'Ahmed, puis, le laissant sous la garde des gendarmes, gagna le bunker où Kozel était toujours bouclé, Paris n'ayant pas encore donné suite au rapport du chef de la sécurité.

Nikolaï n'en crut pas ses yeux. Malgré l'air hagard et la barbe en broussaille du type sur la photo, il reconnut bien entendu sa source de Tunis, son frère d'armes de la Légion. Il imagina un piège de ce tordu de Mansuy. « Elle vient d'où, cette photo ? Ahmed est toujours en vie ? Parle, Mansuy, bordel, parle ! Vas-y, lâche le morceau !

— Figurez-vous que je me pose aussi des questions, répondit Mansuy. Il y a un type qui vient de se présenter à l'ambassade et qui prétend être Ahmed Messaoui. Un type déclaré mort, par vous d'ailleurs, quand vous étiez en poste à Tunis… Votre fameuse source, Centaure. Qui croire ? Vous qui prétendiez qu'il était mort, ou lui ? Qui dit que ce n'est pas encore une de vos manipulations ? Vous êtes bien capable d'avoir inventé un faux Ahmed Messaoui, tombé du ciel, et, de surcroît, au fin fond du trou du cul du monde... pour défendre opportunément votre cause. Alors que votre cause... »

Nikolaï regarda Gérard Mansuy, avec, pour la première fois, un certain calme, comme si de le découvrir décontenancé, dépourvu de ses habituelles convictions, de sa fausse autorité qui dissimulait si mal une faille intérieure pathologique, le rendait, non pas touchant, il ne fallait pas exagérer non plus, mais humain, et peut-être prêt à écouter un conseil.

« Passe-le au polygraphe, lâcha Nikolaï, sur le ton de l'évidence. Tout est prêt en plus. Tu as le matos, les experts. Au pire, tu découvres qu'un mythomane a débarqué ici. Et, sinon, tu ne seras pas venu pour rien à Kaboul... »

Mansuy l'observa, évaluant cette injonction, tâchant de découvrir si Kozel se moquait de lui. « Pour moi, ajouta Nikolaï avec franchise, Centaure est mort, et je ne sais pas d'où vient cette photo, mais là c'est lui, et bien lui. » Mansuy réfléchit. L'idée n'était pas mauvaise, et elle ne coûtait rien. Il se tâta la mâchoire, encore douloureuse après le coup de poing donné par Kozel la veille. Puis il quitta la pièce sans un mot.

Quand tout fut prêt – Ahmed assis sur la chaise destinée, à l'origine, à Nikolaï, les câbles branchés, les derniers réglages effectués, l'interrogateur debout, sa liste de questions à la main, et le chef de la sécurité assis de l'autre côté de la machine – un gendarme fit entrer Kozel. Nikolaï, impassible, fixa Ahmed. Ce dernier fut rassuré de voir son camarade, même avec des menottes. « Ahmed, tu parles... Tu dis tout. D'accord ? » Alors que le Tunisien approuvait d'un hochement de tête, Kozel était déjà ramené dans la pièce voisine, d'où Mansuy avait consenti qu'il suive la séance en vidéo.

Un technicien fit un signe et la séance commença. « Quel est votre nom, votre date et votre pays de naissance ?

— Ahmed Messaoui, né le 7 mai 1970 en Tunisie.

— Avez-vous rejoint la Légion étrangère en 1990 ? Répondez par oui ou par non.

— Oui. »

Après quelques autres questions générales, l'interrogateur passa à l'étape suivante. « Pourquoi pensiez-vous que Nikolaï Kozel se trouvait ici, dans cette ambassade ?

— Parce que j'étais posté à Kaboul moi aussi, avec des hommes des services russes, face à la planque de Nikolaï. Une planque que nous avons repérée grâce à un convoi de gendarmes qui s'est rendu directement là-bas depuis votre ambassade. Les Russes se doutaient que nous pourrions mettre la main sur Suleiman de cette manière...

— Faites des réponses brèves ! » le coupa Mansuy, agacé.

« N'intervenez pas, s'il vous plaît », demanda l'interrogateur.

« Une fois Suleiman abattu, reprit le Tunisien, les Russes, satisfaits – ils se sont empressés de revendiquer l'assassinat du célèbre terroriste tchétchène –, ont disparu. Enfin, quand je dis qu'ils sont satisfaits... je ne vous cache pas qu'ils aimeraient bien récupérer le corps, le trophée. Bref : ils ont levé le camp et m'ont laissé tomber comme une... comme un bon à rien. Sans passeport, sans argent. J'ai attendu vingt-quatre heures, envisageant d'autres moyens pour pouvoir quitter le pays… avant de réaliser que mon seul salut était de venir ici, pour que vous contactiez Nikolaï. »

Mansuy jeta un coup d'œil aux techniciens. Il avait constaté que les oscillations régulières du polygraphe ne révélaient a priori rien qui pût faire douter de cette histoire. « Vous pensez qu'il ment ? demanda-t-il à voix basse. — On devra faire une analyse plus fine, après coup. Mais bon, s'il ment, c'est qu'il est très fort… »

Dans la pièce à côté, Kozel trouvait également, une fois admis qu'Ahmed était en vie, que tout ce qu'il racontait était vraisemblable.

Mansuy se racla la gorge. Il voulait passer à ce qui comptait le plus, pour lui. Il se leva et murmura à l'oreille de l'interrogateur. Ce dernier reprit : « Avez-vous été utilisé comme source pour le compte de l'officier traitant Nikolaï Kozel, chef de poste DGSE à Tunis, pendant l'année 2016 ?

— Oui.

— L'avez-vous surtout renseigné sur les agissements d'un certain Suleiman al-Chichani, un Tchétchène ayant eu des responsabilités importantes au sein de Daesh en Libye ?

— Oui…

— Lorsque vous travailliez sur ces renseignements, avez-vous cherché, de concert avec votre cible, à intoxiquer votre traitant ?

— Non. J'ai bien renseigné mon camarade de la Légion, mon ancien sergent, sur ce Suleiman… Mais… comment dire… je ne lui ai pas dit que c'était un de nos camarades de la Légion, que c'était… Dima. »

Mansuy eut l'air interloqué. Kozel, face à l'écran vidéo, souriait : Le con, il a vraiment décidé de jouer franc jeu.

« C'est-à-dire ? reprit l'interrogateur.

— C'est-à-dire que je n'ai pas tout dit à mon officier traitant, au sergent... à Nikolaï. Je voulais lui faire plaisir, c'était mon camarade. Je voulais lui prouver mon importance. Quand je lui apportais des informations, il avait l'air content, il m'encourageait, il me disait que depuis Paris on le pressait comme un citron. Et puis... j'avais besoin d'argent. Plus j'en racontais, mieux j'étais payé. C'est à ce moment qu'on a eu l'idée de pousser Suleiman à prendre du galon – enfin c'était l'idée de Nikolaï, brillant... –, pour obtenir de lui des informations, du "rens'" comme vous dites, de plus en plus intéressantes. En fait, Dima... je veux dire Suleiman, comme djihadiste, au début, il a eu du mal. Il était plus ou moins chef, mais chef de pas grand-chose. J'ai dû l'encourager, moi-même encouragé par Nikolaï. Mais tout ça, vous le savez.

— Pourquoi avez-vous continué à cacher à votre traitant l'identité de la cible, qu'ils s'étaient connus à la Légion ?

— J'ai eu peur. J'ai eu peur de sortir du jeu, de ne plus être utile. Et puis il y avait la honte, la honte d'avoir commencé à mentir... »

Un nouveau silence envahit la petite pièce.

« Et ensuite ? » murmura Mansuy, agacé par la franchise d'Ahmed. L'interrogateur reprit : « Et c'est donc à ce moment-là que votre officier traitant, Kozel, s'est mis à collaborer avec les Russes ?

— Quoi ? Mais non, n'importe quoi ! »

Ahmed Messaoui, alias Centaure, détailla alors la suite

de l'histoire, quasiment sans intervention de l'interrogateur, et sans jamais faire ciller le polygraphe.

Lors de sa mission dans l'extrême Sud-Est de la Libye – mandaté par Nikolaï –, il avait été blessé au cours d'un règlement de comptes entre trafiquants. Laissé pour mort, il n'avait dû sa survie qu'à l'intervention dans cette zone perdue d'un bon samaritain, identifié par la suite comme un espion des Russes. Ceux-ci l'avaient mis au secret, soigné, puis… lui avaient demandé de collaborer. « Je n'ai pas eu le cœur de les envoyer balader, faut me comprendre ! J'en voulais d'ailleurs à Nikolaï qui, non seulement m'avait envoyé au casse-pipe, mais en plus ne m'était pas venu en aide au moment où j'étais en train de crever. »

Après coup, il avait fini par se dire que Nikolaï ne pouvait pas savoir qu'il était en danger… Mais les Russes avaient tout fait pour qu'il blâme le Français. Il avait même compris qu'ils avaient monté le coup juste pour aboutir à son recrutement. Ils l'avaient identifié, puis « pris en compte » à partir de Tunis, et ils avaient organisé l'affrontement dans cette zone de non-droit où tout le monde n'y verrait que du feu, pour ensuite lui porter secours…

Un recrutement sophistiqué, tordu, mais à la réflexion Ahmed s'était rappelé qu'en mobilisant ses réseaux pour organiser son déplacement dans cette zone il avait rapidement déniché les bons accompagnateurs, les bons guides… Un peu trop facilement. D'ordinaire, tout cela prenait beaucoup de temps. Poussé par Nikolaï, qui avait insisté sur le caractère urgent de la mission, il n'avait pas été trop regardant sur ceux qui allaient l'accompagner.

Finalement, après avoir fait en sorte de gagner sa confiance, les Russes lui avaient dit ce qu'ils attendaient de lui : il était le seul à pouvoir identifier avec précision Suleiman, le seul à connaître son vrai visage. Contre une rémunération conséquente, autrement plus importante que celle que lui versait la Boîte, ils lui confiaient la mission de cibler Suleiman afin de permettre son élimination.

« J'ai refusé tout net : Dima était un camarade, ils pouvaient tout me demander, sauf ça. » Mais les Russes avaient également repéré où habitait sa famille, à Sfax. Ils lui avaient gentiment fait comprendre que c'était à prendre ou à laisser. Leurs tueurs agiraient sans états d'âme, avec efficacité et discrétion, que ce soit pour en finir avec Suleiman… ou avec ses parents, sa femme et ses quatre enfants. « Voilà. J'ai dit oui. Mais Suleiman venait de déguerpir, ça tournait mal pour Daesh, en Libye. J'ai compris quel réseau de passeurs il avait dû utiliser – je l'avais rencardé quelques mois auparavant, à un moment où il disait vouloir aller rendre visite à sa mère –, j'ai donc suivi la trace de Dima… enfin Suleiman. »

Ahmed avait rendu compte, régulièrement. À un colonel du FSB. Jusqu'à Kaboul. Quand il avait découvert que Nikolaï était lui aussi dans le coin, il avait d'abord été surpris, puis s'était dit que ça ne changeait rien… « Avant de considérer, finalement, que ce serait peut-être ma seule issue pour sortir de ce merdier… »

La séance se termina. Mansuy quitta la pièce sans un mot.

Kozel demanda à s'entretenir avec Ahmed, mais le chef de poste ne donna pas suite à sa requête, considérant qu'à ce stade, ce n'était pas une bonne idée.

Les analyses des résultats du polygraphe furent formelles : à aucun moment Centaure n'avait menti.

Mansuy s'enferma dans un bureau et rédigea un nouveau rapport à l'attention du directeur général, en soulignant dans sa conclusion qu'aucune preuve de trahison ne pouvait être retenue contre l'officier Kozel, lequel méritait dès lors d'être réhabilité.

54

Victoire essayait de continuer à vivre à la madrassa le plus naturellement possible. Son statut de jeune veuve, dont le mari, qui plus est, avait fini son existence terrestre en *chahid*, lui conférait, elle le sentait aux regards portés sur elle, aux demi-sourires affectueux et admiratifs, une aura qui lui pesait. Elle s'était ressaisie, après la séance dans le bureau de Khadimat, et dorénavant tous ses efforts se concentraient vers un seul but : recueillir un maximum d'informations sur cette fabrique à *suicide bombers*, puis trouver un moyen d'en déguerpir un jour. Ne sachant pas si Suleiman avait réussi à communiquer avec Nikolaï avant d'être abattu, elle ignorait aussi si la Boîte avait la moindre piste la concernant, elle, et même s'ils l'imaginaient encore en vie. Ils devaient en douter, ou, dans le meilleur des cas, avoir mis son nom, souligné trois fois au stylo rouge par une équipe de psychiatres assermentés, sur la liste des officiers perdus pour le service, déficients mentalement, traumatisés par les événements vécus, voire souffrant depuis toujours d'un défaut de fabrication passé inaperçu lors de leur recrutement.

Pour donner le change, Nour se replongea dans les hadiths, avec une foi renouvelée, et Mina, qui l'observait discrètement, en fut impressionnée.

Elle essayait aussi, sans en avoir l'air, de discuter avec le plus possible de jeunes filles de la madrassa, ce qui ne donnait jamais rien, car presque aucune ne parlait arabe et, d'ailleurs, les étudiantes en religion évitaient cette veuve à l'aura si particulière.

Allongée la plupart du temps sur sa natte bouffée par les mites, Victoire écoutait d'une oreille distraite les papotages de Mina.

Elle eut cependant la confirmation de ce qu'elle imaginait. Toutes ces jeunes avaient un passé chaotique, et n'avaient pas eu, avant d'arriver ici, la chance de rêver à un autre avenir : se donner corps et âme à leur religion, en premier lieu, puis à un mari, beaucoup plus vieux qu'elles dans la plupart des cas, elles y étaient encouragées, forcées, par leur entourage, par leurs propres parents. Cette école coranique n'était que la salle d'attente fastidieuse du reste de leur vie. Le don de soi, comme martyre, que l'on proposait à certaines, les plus fanatiques, ou les plus désespérées, était finalement accepté comme un cadeau ou, plus ou moins consciemment, comme une délivrance.

Victoire gambergeait aussi sans fin sur tout ce qui avait mal tourné ces derniers jours. Que Nadia ait craqué, cela faisait partie du jeu, c'était une des inconnues de l'équation, qui faisaient que la réussite d'une opération n'était jamais assurée. Et il lui semblait avoir bien réagi, avoir eu le réflexe qui aurait dû remettre cette mission complexe et fragile sur de bons rails.

Mais voilà que Suleiman avait à son tour disparu

du paysage. Son seul lien avec le monde extérieur, son « mari », qui devait venir la chercher ici dans un mois pour aller faire un tour à Peshawar – où elle aurait dû avoir un contact avec un envoyé de la Boîte, un premier débriefing –, avait été supprimé et tout cela tombait à l'eau. Il lui fallait convaincre Khadimat d'accélérer sa formation, elle était tenue de devenir, et vite, une djihadiste prête à tout.

Elle devait garder la main, ne pas subir, être à l'initiative… et trouver une porte de sortie : sinon elle moisirait pour toujours dans ce trou perdu, ce bagne pour jeunes filles endoctrinées dans lequel elle s'était jetée. Et cette porte de sortie, la seule, c'était l'ambassade de France à Islamabad.

Elle réussit à obtenir une nouvelle audience, et cette fois, se montra plus déterminée, comme si elle avait pris son destin en main, de manière irrévocable. Elle avait eu le temps d'y réfléchir, lors de ces longues heures de prières, de rabâchage du Coran, de ces nuits sans sommeil…

« Voilà, attaqua-t-elle, de nouveau assise sur un tabouret face à Khadimat, j'ai pris ma décision. Définitive. Je veux mourir en martyre. Et je sais qui je vais frapper : la France. Ce pays impie qui pollue la tête de nos dirigeants, à Tunis, depuis si longtemps… Ce pays de *kouffar*, de colonisateurs, de blasphémateurs… qui bannit le voile… et qui a lâchement abandonné mon cher mari défunt, alors qu'il s'était mis à son service comme légionnaire. »

Khadimat ne réagit pas, gardant son visage sévère habituel.

« Et je sais où je vais frapper, enchaîna Nour. Je vais faire simple : à Islamabad. Le quartier diplomatique. L'ambassade. Si je suis bien entraînée… »

Khadimat l'observa, d'abord impressionnée. Elle eut une pensée pour son fils adoré : qu'aurait-il pensé de voir sa veuve ainsi prête à se sacrifier ? Il aurait approuvé, bien sûr. C'était un vrai croyant et il n'attendait qu'elle, au paradis.

« Ton souhait de mourir en martyre, en suivant l'exemple de ton mari, t'honore, dit-elle. Mais pour qui te prends-tu à soumettre ainsi tes exigences ? Tu crois pouvoir faire à ta manière ! Reste à ton niveau. Ne sois pas orgueilleuse. Reste humble. Ce n'est pas à toi de décider, ni du lieu, ni du jour, ni de l'heure. Retourne à tes prières. »

Victoire quitta le bureau, désemparée : ne venait-elle pas d'en dire trop, de se dévoiler bêtement ? Ou bien, de prendre le risque d'être retenue comme *suicide bomber* mais sur une autre cible que l'ambassade ?

55

Boulevard Mortier, toutes les personnes concernées par ce qui se déroulait ces jours-ci à Kaboul étaient plus mobilisées que jamais. L'effervescence, au sein de la cellule de crise, était à son comble. Beaucoup de décisions importantes, urgentes, opérationnelles, devaient être prises.

Concernant le corps de Suleiman, pas question de faire ce cadeau aux Russes. Sur une idée de Kozel, ordre fut donné de le rapatrier et de le rendre à son épouse, cette jeune veuve enceinte, dorénavant réfugiée en France.

Une décision devait également être prise à propos de Centaure. Que faire de cet individu qui, malgré les services rendus dans le passé, et sa totale franchise aujourd'hui, avait quand même collaboré avec le FSB et anéanti une opération de la Boîte, mettant en péril Victoire Le Lidec, alias, désormais, Icare ? Qu'il passe donc quelques semaines au gnouf, dans une pièce de béton au fond du bunker de l'ambassade. On déciderait de son sort plus tard, peut-être aurait-il la chance de pouvoir rejoindre sa famille en Tunisie, comme le réclamait Nikolaï… Ce dernier se promit, une fois Victoire sortie d'affaire, de rendre visite à son frère d'armes à Sfax. Ils pourraient alors évoquer tranquillement, devant un narguilé et une discrète théière remplie de vodka, de vieilles batailles qui n'intéressaient plus personne. À la manière de leurs anciens.

Blanchi et réhabilité, Nikolaï avait retrouvé une certaine cote dans la Maison. Le DG s'était même fendu d'un appel, pour lui signifier que Mansuy n'avait fait que son travail, et que tout le monde devait maintenant repartir sur de bonnes bases. On proposa d'ailleurs à l'officier traitant de suivre de près l'opération : il reçut l'ordre de se rendre à Islamabad. Dans la capitale pakistanaise, depuis le poste DGSE à l'ambassade de France, il lui serait plus facile d'obtenir des informations sur la madrassa où se trouvait peut-être Icare. Même s'il faudrait être prudent avec les sources : il ne fallait surtout pas, bien entendu, compromettre la jeune femme.

Les Russes eux-mêmes furent sollicités. Le sujet « Suleiman » fut laissé de côté et l'on prit soin de ne transmettre aucun indice sur le véritable mobile de la démarche. Il s'agissait de les appâter en évoquant Khadimat, une Tchétchène, une djihadiste… Gérard Mansuy, de retour à Paris et qui avait initié ce contact avec le FSB, en fut chargé.

56

Alors que Victoire continuait à se morfondre et trouvait les journées de plus en plus longues, elle fut enfin convoquée par Khadimat. Celle-ci, pour une fois, affichait un visage détendu. On pouvait deviner, parmi toutes ses rides, une sorte de sourire, crispé, mais un sourire tout de même. « Bonjour, Nour. Assieds-toi. Je suis désolée, je t'ai laissée bien seule ces derniers jours. J'ai été très occupée. Tu dois savoir que j'ai parlé de toi avec... des gens. J'ai parlé de ton idée : l'ambassade de France à Islamabad. » Elle se tut alors, longuement.

« Nous verrons, reprit-elle, mais à toutes fins utiles, nous t'envoyons là-bas, repérer un peu les lieux. Aujourd'hui même. Prends tes affaires, car après ce premier séjour, tu iras ensuite directement dans le Waziristan. Pour quelques semaines. Tu y suivras une formation : armes, explosifs, etc. Va, ma fille. Je suis fière de toi. Mon Timour te voit et il est, lui aussi, fier de toi. Qu'Allah te garde. »

Victoire sortit enthousiaste du petit bureau. Il lui semblait qu'elle avait enfin repris la main. Si elle jouait bien le coup, elle obtiendrait tout ce qu'elle espérait, depuis le début, lorsqu'elle avait monté cette opération : du renseignement.

Pour l'heure, la seule information sûre qu'elle avait fini par obtenir, en écoutant les unes et les autres, était que la madrassa était effectivement située, comme elle s'en doutait depuis un certain temps, dans le sud du district de Swat. Magnifique région, avec sa rivière qui coulait au milieu d'une vallée entourée de forêts et de montagnes. « La Suisse du Pakistan », se rappela-t-elle en souriant, repensant aux longues heures passées à potasser ses fiches, dans son minuscule bureau dans les combles de la Centrale.

Elle n'eut l'occasion de dire au revoir à personne – toutes les filles étudiaient, à cette heure-là – et dès qu'elle eut récupéré ses affaires, une garde-chiourme vint la chercher et la mena jusqu'à une voiture, à l'entrée de la madrassa. Le chauffeur ne lui jeta pas un seul coup d'œil et démarra dès qu'elle se fut installée à l'arrière.

Elle reconnut la route de l'aller et ne fut donc pas surprise quand, deux heures plus tard, ils arrivèrent à Peshawar. Là, elle fut logée dans une grande demeure. Accueillie chaleureusement, elle n'eut cependant pas l'occasion de rencontrer le maître des lieux. Elle ne se lia qu'avec la petite fille de la famille, tout heureuse de faire la connaissance d'une étrangère. Elles jouèrent un peu, échangeant quelques mots en arabe et en anglais, langues que la fillette apprenait, et grâce aux notions d'ourdou de Victoire qui le maîtrisait de mieux en mieux. « Ton papa, il n'est pas souvent là ? demanda Victoire, l'air de rien.

— Mon papa est très connu !

— Ah bon ? plaisanta Victoire, il est président ? »

Victoire avait bien repéré de loin quelques photos de famille encadrées, accrochées au mur du salon, mais elle n'avait pas été invitée jusque-là à se rendre dans cette pièce. La chambre de la fillette jouxtant la salle de séjour, elle fit quelques pas dans cette direction, l'air de rien.

« Mais non, t'es bête. Mieux que ça. Il est général ! »

Victoire s'approcha encore un peu des photos et regarda attentivement l'homme entouré par sa famille, sur certaines, ou, sur d'autres, en uniforme, lors de cérémonies officielles. Quelques secondes lui suffirent pour mettre un nom sur cette silhouette et ce visage. Des années de travail de fourmi, enfermée dans son bureau, à râler, souvent, mais obstinée, toujours, cela finissait par payer, se dit-elle. Général Nazik Khetran, responsable pour l'ISI d'une partie des zones tribales du Nord-Ouest, enregistra-t-elle, en revenant vers la fillette.

« Ah bon ! C'est super. Tu as de la chance, tu as une gentille famille. »

On avait apparemment décidé de lui faire en partie confiance désormais, « Nour » n'était pas spécialement surveillée. Elle en fut excitée, en tant qu'infiltrée, mais un peu stressée quand même : son sort, à partir de maintenant, pour tous ces gens qu'elle croisait, était scellé.

Dès le lendemain, le même chauffeur mutique la conduisit à Islamabad. Ils franchirent sans encombre tous les check-points qui protégeaient la capitale. L'homme au volant était muni d'un laissez-passer signé d'une autorité de la police. Elle découvrit alors, enfin, cette ville moderne dont elle avait étudié tant de photos, une métropole construite ex nihilo dans les années soixante, moins dense que les autres cités du pays, avec ses larges avenues et ses espaces verts.

Elle fut hébergée cette fois dans une guest-house, prêtée pour l'occasion, comme elle l'apprit un peu par hasard, en parlant avec le personnel de la maison – certains se montraient méfiants, d'autres plus volubiles quand ils étaient seuls avec elle –, par un mollah de l'opposition particulièrement actif en politique. Auquel elle attribua aussi sans difficulté un nom.

On était aux petits soins pour elle : elle eut droit à des samosas d'agneau, du riz biryani et toutes sortes de friandises. Et comme la chaleur était accablante en cette fin d'été, on lui approchait un ventilateur, où qu'elle soit dans la maison.

Un matin, un véhicule de la police vint la chercher. On l'emmena dans des parages éloignés, déserts. Là, on l'installa au volant d'un 4 × 4 Mitsubishi grand luxe qu'elle devait apprendre à conduire.

Elle galéra d'abord un peu. Mentalement, elle essayait de plaisanter : Conduire un 4 × 4, même avec une boîte automatique, moi la Parisienne habituée à la bicyclette ! Et pour simplifier les choses, au Pakistan, on roulait à gauche !

Puis on lui fit faire le tour de la ville, toujours au volant, ce qui permettait à la candidate à l'opération suicide de repérer au mieux l'itinéraire, si un jour prochain elle devait se retrouver seule face à son destin.

Elle était accompagnée de deux hommes, qu'elle ne réussit pas à identifier avec précision : ils pouvaient être aussi bien des extrémistes religieux que des soldats, des policiers ou des membres des services secrets. Mais elle s'aperçut vite qu'ils étaient moins expansifs que toutes les personnes qu'elle avait croisées, ces derniers temps. Ils ne lui adressaient pas la parole. Comme si sa condition de *suicide bomber* potentielle était entrée dans une nouvelle phase, et que, moins elle en saurait, mieux ce serait.

Ils lui firent reconnaître la moindre rue susceptible de la mener à l'objectif, à savoir : le quartier diplomatique. Inutile qu'elle y pénétrât. Du fait de l'attroupement que causait le contrôle scrupuleux de la voie qui y donnait accès, elle n'aurait qu'à déclencher, le jour prévu, le bouton-poussoir de sa ceinture explosive. Elle comprit alors le choix du luxueux 4 × 4 : il devait passer inaperçu parmi les véhicules des diplomates et autres officiels qui s'agglutinaient ici chaque matin, à l'ouverture des bureaux.

Mais comment provoquerait-elle un carnage avec une charge aussi légère ?

Elle aperçut l'ambassade de France, l'enceinte la plus proche de cette entrée. On ne voyait d'ailleurs qu'elle : une bâtisse moderne du plus mauvais goût, arrogante. Elle devina que cette voie avait été choisie, parmi d'autres accès à l'enclave diplomatique, pour la proximité du bâtiment français, et le symbole qu'il représentait.

Lors de ce séjour à Islamabad, Victoire eut l'occasion de croiser d'autres personnes qui gravitaient dans cette nébuleuse religieuse extrémiste : des complices plus ou moins assumés, des facilitateurs, des officiels qui ne prenaient presque pas la peine de dissimuler leur sympathie pour ce qui se tramait… Lorsque l'on estima qu'elle en avait assez vu, que le terrain où se dérouleraient les événements prévus – imagina-t-elle, car on n'allait pas jusqu'à la mettre dans le secret des opérations à venir – lui était familier, son départ fut organisé pour le Waziristan, où auraient lieu les derniers préparatifs.

Nour quitta la capitale pakistanaise le lendemain matin.

À peu près à la même heure, dans cette enclave diplomatique que Victoire avait repérée ces derniers jours, Nikolaï prenait son petit déjeuner, au bord de la piscine du Club 21, en compagnie du correspondant de Radio France Internationale, Philippe Duroy. Un vétéran du métier que l'officier avait fréquenté à plusieurs reprises dans le passé, notamment à Phnom Penh et à Tunis.

Le Club 21 (21 comme l'immatriculation des véhicules diplomatiques français) recevait une clientèle surtout étrangère, de nombreux diplomates et leurs familles. En raison de l'alcool qui y coulait à flots, les seuls Pakistanais présents étaient des officiels de haut rang dûment invités. Un îlot d'entre-soi, assez standard dans ce genre de pays, cantine officielle de la communauté française, notamment, qui n'aimait rien tant que de se retrouver protégée dans l'enclave diplomatique, loin des multiples menaces du pays, plus ou moins fantasmées.

Philippe et Nikolaï avaient déjà échangé quelques informations par le passé, ou, plutôt, avaient confronté leurs analyses, restant chacun sur ses gardes, l'un étant jaloux de son indépendance professionnelle, l'autre tenu au secret, la plupart du temps. Mais ils s'appréciaient, partageaient cet humour particulier des vieux expatriés, se moquant gentiment du pays où ils vivaient, conscients cependant qu'ils n'avaient aucune envie de rentrer à Paris.

Nikolaï évoqua alors un bon sujet pour un « journaliste couillu » : le *suicide bomber* de l'attentat de Delhi l'an passé était une jeune fille. « Comment des femmes peuvent-elles être amenées à commettre de tels actes ? Est-ce qu'il y a une manière particulière de radicaliser les jeunes Pakistanaises ? Quels en sont, le cas échéant, les vecteurs : la famille, les ONG islamistes, l'école, les madrassas ?

— Tu ne me proposes pas ça par hasard ? sourit le journaliste.

— Bien sûr que non. À ta place – mais... je ne préférerais pas, c'est quand même très mal payé ! – j'irais faire un reportage sur des madrassas de filles vers la frontière afghane... »

Philippe dévisagea l'espion. Cela faisait plusieurs semaines qu'il avait l'intention d'aller travailler dans cette région bourrée d'extrémistes de tout poil. Il n'allait pas perdre de temps à demander à Nikolaï s'il avait été mis au courant de son projet d'expédition, de toute façon il avait déjà évoqué ce sujet de documentaire avec beaucoup trop de gens. Surtout dans les soirées où, après avoir un peu trop bu, il se répandait en anecdotes, se vantant des risques qu'il avait pris, et surtout de ceux qu'il avait l'intention de prendre. La dernière fois qu'il avait été en poste ici, au début des années 2010, il répétait à qui voulait l'entendre qu'il était sur le point de localiser Ben Laden. Comme au Cambodge, dans les années quatre-vingt-dix, où il aurait été « à ça » d'obtenir une interview de Pol Pot.

« C'est une bonne idée, oui. Je voulais y aller, de toute façon. Je vais accélérer mon départ, tout est trop calme ici en ce moment, je compte m'installer à Peshawar quelques jours et, de là, circuler dans la région. Je vais essayer de rapporter des images aussi, je pars avec un cameraman. Mais ça va pas être facile : la plupart de ces écoles sont noyautées par des fanatiques. » Il rit. « Mais je suis con, tu es au courant. Enfin j'espère ! »

Nikolaï sourit, mais redevint aussitôt sérieux. « Si jamais... je ne peux pas être plus précis... Si jamais tu aperçois une jeune femme, entre vingt-cinq et trente ans, environ... typée maghrébine sur les bords – pas complètement non plus... pourrait être aussi bien une brune bouclée de... disons, de Saint-Étienne, tu vois ce que je veux dire... –, tu me préviendras, s'il te plaît ? Il y a une chance sur mille, mais j'en parle aux rares personnes en qui j'ai confiance et... on ne sait jamais. Une femme qui te regarderait peut-être de manière un peu insistante... mais très discrètement.

— Tu m'excites. Et ça serait sympa de m'en dire plus.

— Non, désolé. Mais je te revaudrai ça. Tu le sais. Quand je peux, je t'aide. Mais là, c'est le max que je puisse révéler. »

Philippe savait quand il était inutile d'insister. Il leva son verre, trinquant à leur accord.

57

Cette fois-ci, au moins, Victoire savait où ils allaient. Son nouveau chauffeur – ils circulaient maintenant dans un véhicule militaire – n'hésitait pas à bavarder, dans un ourdou mâtiné d'anglais.

Ses propos confirmaient ce qu'elle avait déjà appris : le Waziristan était une région montagneuse du Nord-Ouest du pays, frontalière avec l'Afghanistan et divisée en deux districts. Eux se dirigeaient vers le Waziristan du Nord. Leur destination finale se trouvait dans les zones tribales, à quelques dizaines de kilomètres du village de Darra Adam Khel, célèbre pour la fabrication artisanale et familiale d'armes, de la kalachnikov au lance-roquette, incroyable marché à ciel ouvert où l'on venait tester – dans un bruit d'enfer, au milieu de la rue même – ce que l'on souhaitait acheter.

Victoire trouva ironique qu'elle eût toujours imaginé l'école coranique de Khadimat dans ces parages. Ils n'en étaient pas si loin au fond, mais cette fois au sud-ouest de Peshawar au lieu du nord, et le paysage ici était très différent : des montagnes arides, pelées, émaillées de villages en brique et en terre. Des maisons tournées vers l'intérieur, semblables dans toute la région : quasiment aucune fenêtre ne donnait sur l'extérieur. La population – des Pachtounes, comme du côté afghan de la frontière – vivait repliée sur elle-même, dans des atmosphères confinées, familiales, claniques. Aucun étranger n'était autorisé à pénétrer dans les habitations, ou alors seulement dans une pièce réservée à cet usage. Cependant, Victoire savait aussi qu'à partir du moment où il était admis à l'intérieur, cet étranger serait aidé, protégé tel un membre de la famille ou du clan.

Lorsqu'ils passèrent à Peshawar, Victoire tenta un coup. Elle ne cessait d'y penser depuis des jours : il fallait qu'elle essaye de communiquer avec les Français, avec les services. Elle se rappela cette « boîte aux lettres » morte, parmi toutes les informations que Nadia avait dû mémoriser, à Paris : une trappe dissimulée dans les toilettes d'une gynécologue de Peshawar. Tout avait été prévu par Victoire. Notamment que l'infiltrée, Nadia à l'époque, n'arrive plus à entrer en contact avec Suleiman et doive utiliser une autre façon de communiquer avec ses officiers traitants.

Elle demanda au chauffeur de s'y arrêter. « Une urgence, un problème de femme. » Elle imagina, une fois là, rédiger un bref rapport, indiquant la localisation de la madrassa, notamment, et le déposer dans la cachette. Mais son chauffeur, pourtant si affable, refusa tout net. Il n'arrivait pas à dissimuler la gêne qu'avaient provoquée les mots « gynécologue », « problème de femme »… et n'avait rien voulu savoir : « On nous attend, tu verras dans le camp où nous allons, ils s'occuperont de tes problèmes… »

La chaîne de montagnes au milieu de laquelle ils roulaient maintenant était parcourue par de nombreux camions pakistanais colorés et décorés – créatures mythologiques, guirlandes de fleurs, etc. – qui franchissaient presque sans contrôle la frontière, extrêmement poreuse.

Ils arrivèrent à Darra Adam Khel. Les hommes qui se promenaient dans les rues étaient tous armés – les garçons, ici, recevaient leur première pétoire au sortir de l'adolescence, Victoire le savait. Après avoir quitté le village, la voiture roula encore plusieurs heures avant de s'arrêter devant de hautes barrières couvertes de barbelés entourant un hameau composé de maisons toutes simples, perdues au milieu de nulle part. Victoire aperçut des hommes et quelques rares femmes qui s'entraînaient, notamment au maniement d'armes à feu : elle venait donc d'arriver dans le fameux camp retranché de moudjahidines dont on lui parlait depuis quelques jours.

Deux djihadistes vinrent l'accueillir et la firent entrer dans une masure en terre battue. Dans une semi-obscurité, Victoire devina un intérieur rudimentaire : peu de meubles, de grands tapis et, en guise de matelas, quelques toshaks à même le sol.

Tout d'abord, personne ne lui adressa la parole. Puis on la fit participer à des séances de tir à l'arme automatique. Juste pour la sensibiliser, pour qu'elle prît conscience de ce à quoi elle s'engageait : mourir les armes à la main. Elle passa des heures à massacrer des cibles diverses dans des champs couverts de douilles. Ensuite ses instructeurs lui firent visiter un entrepôt rempli de caisses de munitions, de grenades, de fusils et de roquettes.

Mais la kalachnikov n'était pas l'arme qui lui était destinée. Une formatrice d'origine irakienne lui montra le fonctionnement de la ceinture explosive. Pas bavarde, Shad ne donnait à Nour que des indications techniques et refusait d'évoquer quoi que ce soit d'autre, ni comment elle était arrivée jusque-là, à la frontière entre l'Afghanistan et le Pakistan, ni à quoi elle se destinait elle-même. Chacun, ici, remplissait des tâches précises, en parlant le moins possible, une vie morne bien réglée, ponctuée par les prières.

Khadimat débarqua un jour au Waziristan pour voir sa belle-fille. Elle avait tenu à s'entretenir avec Nour « une dernière fois ». Elle semblait soulagée que la Tunisienne n'eût pas renoncé à son projet d'aller rejoindre son époux, au paradis.

Nour demanda des nouvelles de Mina, l'amie qu'elle avait laissée là-bas, dans la madrassa. « Elle pose beaucoup de questions te concernant, j'ai répondu que tu allais bien, que tu avais choisi ton destin et que cela te rendait heureuse. »

La Tchétchène semblait plus sentimentale que dans l'école coranique. « Ce que tu fais est bien, insista-t-elle, cela va rejaillir sur notre petite madrassa. » Elle hésita puis commença à se confier à cette fille qui allait bientôt sacrifier sa vie. « C'est compliqué en ce moment. Nous avons toujours été financés par le Hezb. Je ne sais pas si tu en as entendu parler ? Le Hezb-e-Islami ? De Gulbuddin Hekmatyar ?

— Non », répondit Nour sans hésiter, alors que Victoire avait travaillé plus que de raison sur ce vieil Afghan, surnommé « le boucher de Kaboul » dans les années quatre-vingt-dix.

« Depuis peu, reprit Khadimat, il s'est officiellement rangé, il est même retourné à Kaboul pour refaire de la politique. Alors du coup, Daesh aussi essaye de s'installer dans les parages. Il y a une sorte de compétition entre ces groupes-là et les responsables de la madrassa, les hommes à qui j'obéis et à qui je suis censée fournir des jeunes kamikazes, des filles prêtes comme toi à mourir pour notre foi... Ces responsables prennent des financements de tous les côtés... le Hezb, al-Qaïda, l'État islamique, etc. Je ne sais pas si notre religion s'y retrouve, avec tout ça, mais je n'ai pas mon mot à dire. Même le gouvernement d'Islamabad est content que cette école accueille gratuitement les gamines pauvres du coin et... Mais je parle trop, tu dois te concentrer sur ta mission. »

Khadimat eut un geste rare d'affection, elle enlaça Nour et, en murmurant quelques dernières paroles – « *Al hamdoulillah* » –, repartit de son pas sec et rapide.

Dans le camp, l'attention de Victoire avait été attirée par une autre jeune femme, à peu près de son âge, qui l'observait parfois à la dérobée, lors des moments collectifs, tels les repas ou les prêches. Victoire finit par trouver un prétexte pour s'approcher d'elle et lui demander son prénom. « Aryana », répondit la fille, aux cheveux lisses et châtains. Petite, elle dégageait pourtant une force physique menaçante, on la sentait prête à sauter à la gorge de tous ceux qui pénétraient ce qu'elle devait considérer comme son espace vital.

« Et tu es Nour, c'est ça ? Tout le monde parle de toi ici. La jeune veuve... Tu es tunisienne ? Tu parles français ? » Elles sympathisèrent, autant que faire se peut dans un camp de formation au djihad, aux attentats-suicides. Aryana révéla vite ce qui était difficile à dissimuler : elle était française, « une vraie, une Gauloise. Je me suis convertie il y a quatre ans. Une histoire d'amour : avec un rebeu… et avec notre Prophète. Mon fiancé a fini par rejoindre Daesh en Syrie, je n'ai plus eu de nouvelles… Et moi je suis là ! »

Elle raconta aussi qu'elle était dans ce camp depuis plus d'un an. « Tu vas voir – non, je suis bête, normalement tu auras une mission très vite –, mais ici, il fait très chaud l'été et glacial l'hiver. Je me rappelle avoir vu de loin des soldats pakistanais sur la frontière, en février, c'était horrible tellement il faisait froid : ils étaient enfouis dans des sortes d'igloos. Le désert gelé des Tartares… »

Victoire venait donc de faire la connaissance de cette convertie que les services intérieurs français avaient perdue, un an auparavant. Le fameux échange : « On vous donne Nadia, pour votre infiltration, et vous nous dites si vous retrouvez Anne-Valérie Carez, alias Aryana. Une Normande prête à tout… »

Elle éprouva un bref sentiment de satisfaction, comme si ce métier finissait par porter ses fruits, malgré toutes les frustrations, tous les déboires, toutes les fausses pistes. Puis elle réalisa que, dans sa situation, veuve d'un djihadiste formée pour mourir en martyre dans peu de temps, elle n'était pas vraiment en mesure de faire profiter qui que ce soit, DGSE ou DGSI, de sa découverte…

Les deux femmes se retrouvèrent ensuite à plusieurs reprises. Elles partageaient leurs impressions sur ce qu'elles étaient en train de vivre. Victoire savait qu'Anne-Valérie

Carez venait d'un milieu plutôt bourgeois. Ça pourrait être moi, pensait-elle.

Aryana expliqua doctement que, selon elle, l'État islamique aurait du mal à s'implanter dans le coin. « Ici, ils sont plus sensibles au djihad régional : les histoires afghanes, les talibans, ou, vers là-bas, le Cachemire (elle désignait l'est). Pourtant, j'y ai cru, en venant. J'ai pensé : le Khorassan… c'est bien, ça, pour un nouveau califat. Je me suis dit : c'est soit le Sahara, soit le Waziristan ! » Victoire se souvint de ses entretiens avec son chef du contre-terrorisme, le colonel Reilhac. Il aurait été d'accord avec cette analyse : l'EI (Daesh), avec son idéologie salafiste internationaliste, n'arriverait pas à s'implanter dans ces parages. Même en y mettant les moyens, en termes d'attentats meurtriers, pour séduire les jeunes. D'ailleurs, cette communication éprouvée du terrorisme, le carnage et le chaos, n'attirait plus autant la nouvelle génération, dès lors qu'elle avait bénéficié d'un minimum d'éducation. Sans parler des services pakistanais, qui fermaient les yeux sur les activités djihadistes, voire les encourageaient, plutôt quand les cibles n'étaient pas sur leur sol, or Daesh franchissait souvent cette ligne rouge.

Quant au Grand Khorassan, qui, autrefois, englobait plusieurs pays de la région, il n'était plus aujourd'hui, selon Reilhac, qu'un mythe vague et creux.

« Mon défunt mari, répondit Nour à Aryana, y croyait, lui, à l'implantation de Daesh dans le secteur. Il répétait toujours : "Ce que nous n'avons pas réussi en Libye, dans les années 2015-2016, nous allons le réaliser ici…" »

À l'évocation de Suleiman al-Chichani, mort en martyr, toutes deux prirent un air attristé de circonstance.

Nour voulut savoir ce qui motivait pour le martyre cette Française, en ajoutant prudemment : « Même si, comme toi, je pense que c'est ce qu'il y a de mieux à faire, pour notre religion... » Elle repensa à Mina, à sa jeunesse, son inculture, sa naïveté. « Espères-tu qu'un mari... ou plusieurs... t'attend, là-haut ? » Aryana éclata de rire. « Il ne manquerait plus que ça ! Que les hommes me foutent la paix. Ici-bas ou "là-haut", comme tu dis... Je ne veux qu'une chose : buter le plus de Français possible ! J'en ai trop bavé, dans ce pays de merde, sans courage, sans solidarité... sans foi. »

Les deux jeunes femmes se fixèrent, cherchant à comprendre ce qu'elles avaient en commun. Puis Aryana s'illumina. « Ils me formaient, me formaient... je me préparais à finir mes jours ici, à tirer à la kalach' et à manier des explosifs... mais ils ont enfin pensé à moi pour une mission, je viens juste de l'apprendre ! Une belle mission ! Et tu n'es pas pour rien dans ce projet, figure-toi. »

Nour la regarda, avec un étonnement qui n'était pas feint.

« Eh oui, on devrait y aller ensemble. Enfin, ils m'ont dit ça à demi-mot. Ils ne sont pas bavards sur les détails, tu devines bien. Mais voilà ce que, moi, j'ai deviné : ils m'envoient à Paris. Là, avec d'autres filles déjà en place, on va faire péter Notre-Dame !

— La cathédrale ? Mais comment, péter ? C'est grand quand même !

— On va faire ce qu'on peut. Mais de gros dégâts en tout cas : avec des bonbonnes de gaz. Je bosse là-dessus en ce moment...

— Et moi ? Quel rapport ?

— Toi, tu dois être une sorte de diversion, je pense. Non non, sois pas déçue, tu vas vraiment exploser... »

Tu me rassures, pensa Victoire, la gorge serrée et une boule au ventre.

« ... à Islamabad. Il paraît que c'est toi qui as eu l'idée, d'ailleurs. L'ambassade...

— Oui. L'ambassade de France.

— Voilà. Toi d'abord là, et moi le lendemain, boum, à Paris. C'est bien, non ?

— Oui, oui. C'est malin. Ils seront tellement paniqués par l'attentat au Pakistan que tu auras plus de chances, toi, de passer sous les radars... Si Dieu le veut.

— *Inch Allah, Nour, inch Allah.* »

Les jours suivants, Nour ne revit pas Aryana. Les responsables du camp n'avaient pas dû apprécier de les voir autant discuter ensemble. Le jour J devait approcher, car, plus les heures passaient, plus elle sentait qu'on la traitait avec respect. Elle ne dormait plus : ce qu'elle avait appris tournait en boucle dans sa tête, dans un grand désordre, sans qu'elle puisse élaborer un quelconque plan pour sortir de cet enchaînement programmé d'événements.

Il faut que je prévienne la Boîte... Et si je renonçais ? Et si je disais que je ne veux plus me faire sauter ? J'en sais trop, en fait. Ils ne savent pas tout ce que je sais, mais ils ne prendront pas ce risque. Ils me buteront. Je n'ai pas d'issue. Pas ici en tout cas. Je dois aller jusqu'au bout. Il n'y a qu'à Islamabad qu'il me reste une minuscule chance de prévenir quelqu'un...

58

À Islamabad, Nikolaï n'avançait pas : aucune des pistes explorées ces derniers jours n'avait abouti. Personne ne semblait avoir entendu parler d'une jeune Tunisienne suivant des études religieuses dans une école coranique dans le Nord du pays. Même Gérard Mansuy, en contact avec les Russes à Paris, avait échoué dans sa tentative d'obtenir des informations. Le FSB, pourtant, ne cachait pas sa motivation pour retrouver une djihadiste tchétchène dont la réputation n'était plus à faire : Khadimat.

Philippe Duroy contacta Nikolaï depuis Peshawar. En termes intentionnellement vagues, qu'il imaginait incompréhensibles pour d'éventuelles « grandes oreilles » – les journalistes aiment se faire des films –, il lui dit que son reportage patinait sérieusement. « En plus, mon con de cameraman est un bras cassé : il a pris du matériel qui ne marche pas ! Bref. Je poursuis. J'en profite pour faire un peu de radio. Mais c'est pas facile de rentrer dans les madrassas réservées aux filles... De toute façon, je vais rester ici, ça m'étonnerait qu'il y ait de l'actu à Islamabad, ha ha ! »

Accompagnée cette fois-ci, outre le chauffeur, par deux djihadistes, Nour reprit la route d'Islamabad. Mais ils ne repassèrent pas par Peshawar, ils traversèrent directement le Pendjab.

Les conifères cédèrent la place à des chênes, des érables, des bouleaux.

Ils franchirent à nouveau tous les check-points sans encombre. Et, de retour dans la capitale pakistanaise, Nour fut logée dans la même villa, au mur d'enceinte croulant sous le jasmin blanc.

En revanche, contrairement à son précédent séjour, elle ne croisait plus le personnel. Plus aucun moyen de communiquer avec qui que ce soit, et ce n'était pas un hasard : elle était sous haute surveillance. Ses entrées et sorties de la chambre étaient contrôlées par des gardes qui se relayaient. Elle passa là deux jours et deux nuits, à tourner en rond. On lui laissait ses repas sur un plateau devant sa porte.

Un matin, tôt, sans rien lui dire, on mena Victoire dans un quartier de commerces. À cette heure-là, tous, ou presque, étaient encore fermés. Seuls quelques marchands ambulants proposaient aux premiers passants des articles pour femmes, lingerie et contrefaçons de parfums.

Ce fut dans une semi-obscurité qu'on fit entrer Nour dans un magasin de vêtements. La poussière et l'odeur de moisi la saisirent et elle se dit qu'on ne devait plus y servir de clients depuis bien longtemps. Victoire découvrit alors trois hommes, dont un mollah, qui ne lui jetèrent pas un seul regard, mais deux femmes l'accueillirent et l'emmenèrent sans perdre de temps dans l'arrière-boutique.

Là, on la prépara. Elle fut débarrassée de ses vêtements, puis lavée, sommairement. Les ablutions d'usage. Aucun mot ne fut échangé, tout allait vite, dans une ambiance à la fois tendue et recueillie. Une des deux djihadistes tendit à la future martyre de quoi se vêtir, d'abord un justaucorps de coton, puis une tenue occidentale, un pantalon et un chemisier trop large qui allait servir, devina la Française, à masquer la ceinture explosive. Elle eut droit aussi au hidjab pour dissimuler ses cheveux et une partie de son visage, sans lequel elle se serait fait davantage remarquer.

On la fit alors revenir dans la pièce principale de la boutique, où un des hommes se chargea de l'équiper. Ses gestes brusques témoignaient de sa gêne à toucher ce corps de femme et il se gardait de la dévisager. Une fois le gilet, rempli d'explosifs, armé d'un détonateur, bien en place, tout le monde se figea. Le mollah murmura ce qui devait être une bénédiction : il demandait à Allah de veiller sur elle dans la mort, de lui pardonner, évoquant un carré de terre face à La Mecque qui l'attendait pour l'accueillir et l'enlacer comme une jeune mariée... « L'islam est le but de la vie et de la mort... » Mais Victoire n'entendait pratiquement qu'un mot sur deux, son esprit ne répondait plus. Elle commençait à manifester de sérieux signes d'anxiété. Un autre membre de cette clique terroriste s'approcha alors et lui fit une piqûre. De l'héroïne ? se demanda Victoire. Mais elle n'avait aucun moyen de le vérifier, et il pouvait s'agir de n'importe quelle autre substance censée lui calmer les nerfs.

Elle eut alors un sursaut de conscience. Elle comprit, à l'instinct, qu'elle avait une dernière chance d'agir. Elle se tourna vers le mollah et lui adressa poliment la parole. D'abord gêné, celui-ci l'écouta finalement avec bienveillance. Elle expliqua qu'elle souhaitait rédiger un testament destiné à sa famille. Elle assura qu'ils seraient fiers d'elle, en Tunisie, lorsqu'ils apprendraient son attentat-suicide, mais que, pour l'heure, ils n'avaient plus aucune nouvelle depuis de longues semaines. Le mollah regarda les deux hommes dans la pièce, qui semblèrent approuver. Il demanda aux femmes de ramener Nour dans l'arrière-boutique et de lui fournir du papier et un crayon.

Là, assise devant un petit bureau, Victoire commença la rédaction d'une courte lettre en arabe. Voyant que personne ne s'intéressait à elle, elle se mit alors, discrètement, à noter sur une deuxième feuille, en français cette fois, l'essentiel de ce qu'elle avait appris ces dernières semaines : le projet d'attentat à Paris bien sûr, mais aussi la localisation de la madrassa, le rôle de Khadimat, les complicités dont profitaient les extrémistes dans tout le pays, y compris dans les différentes strates de l'État. Puis elle plia ce rapport et le glissa sous son justaucorps, entre ses seins. Enfin elle se leva, et, revenant dans la boutique, tendit son testament au mollah. Il y jeta un rapide coup d'œil, sourit, le mit dans une de ses poches et s'engagea à tout faire pour qu'il soit remis, d'une manière ou d'une autre, à sa famille.

Quand Victoire sortit, le Mitsubishi l'attendait, le même modèle que celui avec lequel elle s'était entraînée. Elle s'installa au volant. Il était environ 8 h 30. Elle prit la direction de l'enclave diplomatique. Elle roulait lentement, regardant de tous les côtés, et surtout dans le rétroviseur : elle ne repéra rien de suspect, mais, avec une circulation aussi dense, il était très difficile de remarquer quoi que ce soit. Elle était cependant persuadée qu'on la suivait de près.

Elle eut alors l'impression de se mouvoir dans un monde schizophrène, comme si un créateur de science-fiction, ou une divinité diabolique, avait décidé de fondre deux univers en un seul : dans cette capitale verte, propre et calme, si différente des mégalopoles d'Asie du Sud, dans cette ville protégée, la plupart du temps, des violences qui ensanglantaient le reste du pays, une population clairsemée et paisible vaquait à ses occupations les plus courantes, des enfants en uniforme marchaient vers leur école ; alors qu'elle, Victoire, Nour, soi-disant jeune veuve d'un chef djihadiste à la réputation internationale, se préparait, l'air de rien, à mourir en martyre, programmée pour se faire exploser au milieu de diplomates étrangers se rendant avec leur voiture de fonction à leurs ambassades respectives, sans inquiétude particulière, pensant encore, pour certains, à la femme et aux enfants qu'ils venaient d'embrasser avant de quitter leur résidence, leur jardin, leurs domestiques.

Elle était Nour, ou bien Victoire, une fille de bonne famille, à la vie sentimentale certes chaotique, célibataire endurcie, mais, outre cette extravagance selon les critères de son entourage, « bien dans ses baskets » de trentenaire aux idées claires sur ses ambitions et ses choix et qui, après de brillantes études, s'était engagée sans états d'âme dans les services de renseignement français, par souci du bien commun et un certain goût pour les émotions fortes.

Elle ne parvenait plus à réfléchir clairement. Ses mains tremblaient, cramponnées au volant. N'était-elle pas devenue folle ? Ou, plutôt, n'était-elle pas depuis toujours cinglée, aliénée ? Toutes les heures consacrées à scruter les âmes de chaque individu croisé sur mon chemin… à la recherche d'un grain de folie… Et ce grain, je l'ai à chaque fois trouvé. Chez tout le monde. Et quand je dis « grain »… Les gens sont dingues. Tous. Cela m'a affolée, d'abord – tant de folie – mais, au bout du compte, cela m'a rendue plus forte. Être emportée dans ce tourbillon d'aberrations a fini par offrir à ma raison un soulagement paradoxal.

Une pulsion fugace la traversa. Et si elle se faisait sauter, comme prévu ? Quelques diplomates y perdraient peut-être la vie – ça ne changerait pas la face du monde, près de cinq cent mille personnes étaient victimes de violences meurtrières chaque année aux quatre coins de la planète –, mais, au moins, le message envoyé serait clair : une lourde menace pesait sur nos sociétés inconscientes, ankylosées.

Elle pensa à Nadia, à Mina, à Aryana… Ces prénoms, ces visages qui se mêlaient. « Je suis Nour, je suis… Victoire. » Elle se mit à ricaner, grimaçante, les yeux exorbités, puis, reprenant son sérieux, plongeant dans une réflexion intense, confuse, elle songea à se convertir. Elle connaissait maintenant le Coran mieux que nombre de musulmans… Elle revint au moment présent et imagina alors se libérer de son enveloppe corporelle, la pulvériser, et offrir ainsi son âme, pure et légère, au Ciel.

Peut-on rêver éveillé ? se demandait-elle. Au sens littéral : ne pas dormir, mais ne plus être conscient non plus du monde qui nous entoure. Pas forcément un voyage cotonneux et agréable dans des pensées d'accomplissement, de gloire et d'épanouissement affectif et sexuel, mais un rêve au sens strict, avec son cheminement déroutant, elliptique, parfois douloureux, combinaison de mots et d'images, abolition du temps et de l'espace...

Victoire se ressaisit. Elle sentit que l'effet de la drogue s'atténuait, et elle réussit à faire appel à son métier, à son expérience.

L'heure est bien choisie, se dit-elle. Les terroristes savaient, pour les avoir observés, que les diplomates démarraient leur journée de travail à 9 heures. Lorsqu'elle arriva, en raison du contrôle à l'entrée de l'enclave, une longue file de voitures s'était déjà formée et, parmi elles, un certain nombre de plaques immatriculées 21.

Nour devait prendre sa place entre deux véhicules, attendre son tour, et se faire sauter en amont du contrôle. Que ce soit la France qui était visée prendrait du sens avec le second attentat, à Notre-Dame, le lendemain. Elle supposa qu'Aryana, de son côté, avait déjà rejoint Paris.

Parvenant au niveau du barrage, la jeune femme cessa de réfléchir. Elle sortit précipitamment du Mitsubishi et s'avança, chancelante, vers les gardes pakistanais. Ceux-ci firent de grands gestes énervés, lui demandant avec rudesse de reprendre place dans son véhicule. Mais Victoire était prise de panique.

Elle tenta néanmoins de retrouver son calme. Elle savait que si elle n'allait pas jusqu'au bout, elle ne pourrait pas prévenir de l'attentat programmé à Paris. Elle cria : « Je m'appelle Victoire Le Lidec, je veux voir quelqu'un de l'ambassade de France ! »

Un des diplomates français sortit de sa voiture. La jeune femme, fiévreuse, lui dit : « Faites évacuer la zone, appelez le poste DGSE. » Elle entrouvrit son chemisier, le fonctionnaire crut défaillir en découvrant le gilet explosif. Les gardes pakistanais avaient braqué leurs armes sur Victoire, sachant très bien que s'ils tiraient, ils risquaient de tout faire sauter. Dans la file d'attente, les gens ouvraient leurs portières et prenaient la fuite en courant.

D'une voix plus calme, Victoire s'adressa de nouveau au diplomate français. « Notre-Dame, à Paris. Notre-Dame est en danger… Appelez le poste DGSE. » L'attaché, tremblant de tout son être, prit son téléphone et s'exécuta. Dans la minute qui suivit, trois gendarmes débarquaient, l'arme au poing, suivis par un gaillard en civil. Nikolaï Kozel, du poste des services français, était le seul officier présent à l'ambassade. À cette heure matinale, les autres débriefaient leurs sources à l'extérieur.

Il ne reconnut pas tout de suite Victoire, sous son hidjab. Ce fut quand elle se mit à expliquer, d'une voix de moins en moins assurée : « Je suis chargée… » que Kozel comprit à qui il avait affaire. La jeune femme finit par tourner de l'œil et s'écrouler au sol, provoquant immédiatement un mouvement de recul chez les gendarmes et les gardes pakistanais. Nikolaï se rendit compte qu'il fallait désamorcer rapidement. Aucun des gendarmes n'avait ce savoir-faire. Lui y avait été formé, mais il y avait très longtemps, quand il était artificier à la Légion. Il était caporal, à l'époque.

Il s'avança vers le corps inerte de Victoire et le prit dans ses bras, s'écarta des voitures pour gagner une zone dégagée, la plus reculée possible, en sachant toutefois qu'il devait agir vite, et commença à dégrafer délicatement le gilet explosif. C'est à ce moment que Victoire revint à elle. Nikolaï lui murmura « chut », affectueusement. Elle parvint à sourire, et, rassemblant ses forces, elle récupéra avec de petits gestes prudents son « rapport » glissé entre ses seins et le tendit à celui qui tentait de la sauver. Kozel jeta un regard autour de lui et, voyant que personne ne les regardait à cet instant, fit disparaître la feuille dans sa propre veste. « Écoute, c'est très important, articula-t-elle avec peine. Demain... Notre-Dame... Un attentat-suicide... des bonbonnes de gaz... Anne-Valérie Carez... » Nikolaï lui fit signe que l'information était bien enregistrée, lui posa une main sur la joue pour la rassurer, puis se remit à l'ouvrage.

Dès que Victoire fut « libérée », il lui ordonna de s'écarter, de courir le plus vite possible vers les gendarmes. Ce qu'elle fit sans attendre.

Absorbé par son travail de haute précision, il ne vit pas les gardes pakistanais embarquer la jeune femme manu militari, sous les yeux impuissants des gendarmes, réfugiés derrière un mur de blocs de béton, absorbés par le spectacle que leur offrait Kozel au loin, et par les nombreux appels téléphoniques qu'ils recevaient.

Nikolaï se releva enfin. Il avait réussi ! La charge était désamorcée.

Il se retourna, cherchant Victoire des yeux, croyant que les gendarmes l'avaient mise à l'abri.

Mais Victoire n'avait pas pénétré dans l'enceinte de l'ambassade, elle était toujours sur le territoire pakistanais, et avait été arrêtée par la police locale.

59

Nikolaï venait d'apprendre que l'attentat de Paris avait été déjoué. Grâce aux renseignements fournis par Victoire. « Aryana » – Anne-Valérie Carez – et deux complices avaient été arrêtées au dernier moment, alors qu'elles garaient une camionnette bourrée de bonbonnes de gaz à proximité de Notre-Dame. Le président de la République avait montré sa satisfaction, sans préciser la provenance des informations. Comme il n'évoquait d'ailleurs plus l'attentat de Delhi, déjà loin dans les mémoires.

Les autorités pakistanaises se sentirent obligées de fermer la madrassa du district de Swat et de confiner Khadimat dans une geôle. Mais il était de notoriété publique que de nombreuses autres écoles coraniques fonctionnaient de la même manière, et que d'autres encore, de toute façon, ouvriraient, ici ou ailleurs.

À Mortier, le DG félicita le supérieur de Victoire Le Lidec, Reilhac, ainsi que le chef du service Action et ses hommes, qui n'avaient pas ménagé leur peine. « Il nous reste maintenant, bien entendu, souligna-t-il, à récupérer notre collègue, actuellement aux mains des services pakistanais. » La DGSE savait qu'elle devait déléguer cette mission au Quai d'Orsay : il n'était pas question de reconnaître que cette Française était un agent infiltré dans une école coranique du Pakistan. Soit le ministère des Affaires étrangères, par l'intermédiaire du consulat sur place, soit une ONG serait chargée, de rendre visite à la jeune femme, et devrait tout entreprendre pour parvenir à la faire rapatrier.

Nikolaï ne voulait pas quitter Islamabad sans Victoire, lui non plus. Mais il commençait à perdre patience devant les atermoiements diplomatiques. Il essayait par tous les moyens de convaincre les services secrets locaux qu'il aurait été légitime que la DGSE assistât aux interrogatoires de cette femme, qui s'était fait appeler « Nour » pour accomplir un attentat, avant de reconnaître sa véritable identité : Victoire Le Lidec.

Victoire – tout le monde l'appelait « la Française » dans la prison, en affichant un air de dégoût – essayait tant bien que mal de reproduire ce qui avait plutôt bien marché dans la madrassa : se faire des amies. Elle pensait avoir retrouvé cette ambiance cafardeuse de gynécée aux désirs contrariés, une vie de privations où l'on priait avec avidité à défaut de manger à sa faim, où malgré tout elle avait connu, avec les jeunes étudiantes, quelques moments de légèreté, et de solidarité. Mais le regroupement carcéral, cet entassement de femmes dures, inquiétantes, était sinistre et se caractérisait par l'abattement de toutes et la domination d'une poignée d'entre elles sur les autres, soumises et veules. Victoire adressa la parole à quelques codétenues mais celles-ci se détournèrent et elle finit par renoncer. Le contexte ne favorisait pas la camaraderie. Elle n'avait d'ailleurs aucune idée d'où elle se trouvait : quand elle n'était pas coincée dans une cellule d'une dizaine de mètres carrés au milieu de femmes menaçantes, chacune défendant farouchement son espace vital, elle circulait dans des couloirs sombres, sans apercevoir la moindre lueur de jour.

À force d'insistance, et avec l'appui de l'ambassadeur de France, Nikolaï Kozel obtint finalement un rendez-vous avec le patron des relations extérieures de l'ISI, au siège de cet « État dans l'État », Point Zéro, dans le quartier du marché d'Aabpara, tout proche du Jinnah Stadium.

Victoire et ses codétenues sortaient de leur cellule une fois par jour – ou par nuit ? – dans une « cour », en fait une pièce de béton, éclairée par une seule ampoule. Il y faisait une chaleur insupportable. La Française devina que ce lieu devait être plus proche de l'air libre que leur geôle souterraine, humide et bénéficiant d'une fraîcheur toute relative. Elle savait que ce mois de septembre était plus torride que jamais : elle se souvenait encore de sa peau couverte de sueur, le jour de l'attentat-suicide.

Les prisonnières disposaient de très peu de minutes pour tenter de soulager leur corps endolori, grâce à quelques mouvements limités dans cet espace réduit. Victoire pensait alors à Nikolaï, elle ne pensait même qu'à lui. Il l'avait sauvée une fois, en lui ôtant son gilet explosif, et elle était persuadée qu'en ce moment même, il remuait ciel, terre et tous les appareils d'État de ce pays pour la sortir de là.

Ensuite, les détenues rentraient, tête baissée, descendaient quelques marches et suivaient les mêmes longs couloirs obscurs et humides. Si elles traînaient, les coups de matraque pleuvaient.

Kozel fut accompagné à son rendez-vous à Point Zéro par le chef de poste DGSE et par le consul. La discussion fut tendue. Pendant que les deux officiels français qui l'encadraient tentaient d'apaiser les esprits, déployant tous leurs talents de diplomates, Kozel se répétait intérieurement, comme un mantra : « Le terrorisme échoue depuis cent cinquante ans. Ils attaquent notre système pour qu'il s'effondre. Il ne s'est jamais effondré... »

À l'ambassade, ses collègues avaient pourtant essayé de le convaincre que le gouvernement pakistanais travaillait à améliorer l'image du pays, à tout mettre en œuvre pour que la communauté internationale ne vît plus le « Pays des purs » comme un refuge pour tous les extrémistes religieux. « Vous voulez dire, avait répondu Kozel, que dorénavant le gouvernement contrôle l'ISI ? »

Mais en réalité, à cet instant, Nikolaï pensait surtout à Victoire. Il revoyait la confiance sur son visage, ce visage marqué par ce qu'elle avait vécu les dernières semaines, pendant qu'il se démenait avec le gilet explosif qui aurait pu, au moindre faux mouvement, les faire exploser tous les deux.

L'officier pakistanais laissa entendre que celle qu'il ne cessait d'appeler « la terroriste » n'avait pas souhaité collaborer. Elle n'avait rien dit. Il reconnut, sans gêne excessive, que les hommes qui l'avaient interrogée ne connaissaient qu'un nombre limité de méthodes pour faire parler les prisonniers, et qu'ils avaient dû… insister. Le consul posa sa main sur le bras de Kozel, qui s'agitait sur son siège. « Je ne vous cache pas non plus, insista le haut gradé de l'ISI, que les filles qui partagent sa cellule n'aiment pas beaucoup les fanatiques étrangères qui s'en prennent à notre pays. »

À la « sortie » suivante, la « promenade » quotidienne hors de la cellule, Victoire s'étonna de n'être accompagnée que de trois codétenues et d'aucune geôlière. Elles restèrent d'abord deux ou trois minutes dans la pièce bétonnée mal éclairée sans faire le moindre exercice.

Il faisait toujours aussi chaud mais la Française fut cependant prise de frissons. Les trois filles ne bougeaient pas. Le dos appuyé contre un mur, côte à côte, elles fixaient Victoire, sans dissimuler leur hostilité à son égard. Puis, l'une d'elles fit brusquement apparaître dans sa main ce qui semblait être une fine lame. La Française commença à reculer vers la porte mais celle-ci était verrouillée de l'extérieur. L'unique ampoule de ce caveau souterrain s'éteignit et Victoire ne distingua plus alors que des ombres qui se dirigeaient lentement vers elle.

La délégation française finit par obtenir l'autorisation de rendre visite à leur compatriote.

Les trois hommes ne cachaient pas leur inquiétude.

On les accompagna dans de sombres sous-sols. Quand ils pénétrèrent dans la cellule où était enfermée Victoire Le Lidec, Nikolaï eut du mal à la reconnaître, mais cette fois ce n'était pas à cause de son hidjab. Elle gisait sur un matelas crasseux, les vêtements en lambeaux, tachés de sang, et le visage tuméfié. La geôle lépreuse, aux murs suintants, était remplie de femmes au regard impitoyable, soit des prisonnières de droit commun, soit de simples complices des services pakistanais.

Victoire n'arriva pas à se relever, mais entrouvrit un œil, avec difficulté. Lorsqu'elle reconnut Nikolaï Kozel, son formateur, son ange gardien, elle esquissa un sourire douloureux. Elle voulut ouvrir la bouche, pour le remercier. N'en eut pas la force. Nikolaï s'agenouilla près d'elle et lui prit la main. Il approcha son visage, collant sa joue contre la sienne, et il se concentra pour saisir les paroles de la jeune femme, murmurées dans un souffle : « Mon capitaine… »

REMERCIEMENTS

Les auteurs remercient pour leur aide précieuse Éloi Deslandres, Emmanuel de Dinechin, Éric de Lavarène, Marie-Aude Cap, Arnaud de La Grange, Matthieu Maury, Allan Mauduit et Cyrille Moleux.

Un grand merci, également, à toutes celles et tous ceux, familles et amis, qui nous ont apporté un soutien discret.

DES MÊMES AUTEURS

Hubert Maury

LE PAYS DES PURS, *avec Sarah Caron*, La Boîte à Bulles, 2017.

FÊTES HIMALAYENNES. LES DERNIERS KALASH, *avec Jean-Yves Loude, Hervé Nègre et Viviane Lièvre*, La Boîte à Bulles / Musée des Confluences, 2019.

Marc Victor

PEUPLES D'INDOCHINE, *avec Patrick Bernard, Françoise Demeure et Y Pen Bing*, Anako, 1999.

KANITHA, L'Harmattan, 2000.

REGRETS ÉTERNELS, Mutine, 2003.

LA TRANSORIENTALE. *Une aventure hors du commun, de la Russie à la Chine*, photographies de Daniela Jérémijévic, Frédéric Le Floc'h, Clément Marin, Eric Vargiolu, EPA, 2009.

LE BOUT DU MONDE, Lattès, 2016.

Série *Kaboul Kitchen*, Canal+, 2012-2017.

Composition : Nord Compo
Achevé d'imprimer
par Normandie Roto Impression s.a.s.
61250 Lonrai, en avril 2022.
Dépôt légal : avril 2022.
Numéro d'imprimeur : 2201635.
ISBN: 978-2-07-295014-8/ Imprimé en France.

396644